矮墙

顾小平 /著

九州出版社
JIUZHOUPRESS

图书在版编目（CIP）数据

矮墙 / 顾小平著 . -- 北京 ：九州出版社，2023.7
ISBN 978-7-5225-1958-6

Ⅰ．①矮… Ⅱ．①顾… Ⅲ．①长篇小说－中国－当代
Ⅳ．① I247.5

中国国家版本馆 CIP 数据核字（2023）第 120276 号

矮　墙

作　　者	顾小平　著	
责任编辑	安　安	
出版发行	九州出版社	
地　　址	北京市西城区阜外大街甲 35 号（100037）	
发行电话	（010）68992190/3/5/6	
网　　址	www.jiuzhoupress.com	
印　　刷	唐山才智印刷有限公司	
开　　本	880 毫米 ×1230 毫米　32 开	
印　　张	10	
字　　数	251 千字	
版　　次	2024 年 1 月第 1 版	
印　　次	2024 年 1 月第 1 次印刷	
书　　号	ISBN 978-7-5225-1958-6	
定　　价	85.00 元	

目录
CONTENTS

1

第一章　惹不起躲得起

　　从空中鸟瞰边镇，边镇像是漂浮在水面上的一张菱盘，边镇上古老的房子就像盛开在菱盘上的花儿。

　　这是江南水乡的一个小镇，有多少年的历史无从考证了。小镇四面环水，无舟不行，水路四通八达。走进小镇，眼前缓缓地铺开一幢幢古色古香的黑砖青石的房子，房与房之间总隐着一条幽幽的古巷。站在巷内，抬头望去，小巷的上空便露出一抹狭长的天，看到蓝天、白云，飞檐翘角。

　　古屋、古巷、古街，它永远是这个小镇的灵魂，小镇上祖祖辈辈在亘古中不断地延伸。

　　"四奶奶，快，帮我称一斤红糖，快。"

　　被称为"四奶奶"的听到从隔壁传来的喊声，嘴里一边答应着："好、好、来了、来了。"四奶奶赶忙拿了一张报纸往柜台上一放，端起红糖罐，从糖罐里抠了三勺，放到报纸上，然后赶紧一包，没有称，就赶快离开柜台，直往小店西边的天井矮墙跑去。

　　一堵齐腰高的矮墙那边，漂亮的小女孩看到四奶奶走过来，手已经伸到了矮墙的这边来了，嘴里还着急地喊道："快、快、快，锅里等着用。"

四奶奶三步并作两步，答道："来了，来了。"人还没到墙边，手已经伸到墙边。漂亮小女孩接过四奶奶手里的糖包，立即掉头往屋里跑去，就像运动员搞的接力赛般配合默契。

从她们的喊声、动作中，可以看出她们已经不止一次这样了。四奶奶站在矮墙边，稍微停了停，抬头向墙那边看了看，而后才慢慢走到柜台内。

柜台内，四奶奶的丈夫迟志来正在一本用白纸装订的简易本子上记着：六月六日，段家，欠红糖……写到这儿，迟志来停下笔，抬起头，双眼盯着四奶奶，脸上毫无表情地问道："多少？"

四奶奶向丈夫赔着笑脸说："没称。"

迟志来"唉"的一声叹了口气，又摇了摇头，将柜台一角边上他刚才吃剩下的半支烟拿过来，送到嘴里含着，划着一根火柴，点燃香烟，深深地吸了一口，又深深地吐出一股长长的白烟。迟志来好像吐出了心中的一股怨气，不，是怨气随着白烟被空气融化了。

迟志来是镇供销社的一名职工，经营着供销社的一个门店。说是门店，其实就是一个连家店，是供销社响应号召"发展经济，保障供给"，要搞好为人民服务的工作，于是供销社不但在全镇各村设立代购代销点，还在镇区增加销售点，方便百姓购买。有条件的供销社职工可以在家开店，不需要按时按点到供销社门市部上班。迟志来考虑到家有五个女儿，最大的十六岁，最小的才八岁，如果在家开个店，既算上了班，工资照拿，还能照顾家庭，帮老太婆做做家务，减少老太婆的负担，真是一举两得的好事。于是打了报告，得到了批准。供销社专门为供销点配货，都是一些日常生活用品。当然，包括所在这一片的百姓计划供应的如火油、火柴、肥皂、香烟、酒、红糖、白糖等。这样的供销点，还有个最大的特点就是不管老百姓什么时候来买都能买到，二十四小时服务，随到随买。真是个便民的服务店，真真正正符合迟志来店门头上面写在砖墙上的不规整的红色大字"为人民服务"。

迟志来的祖祖辈辈都生活在这个水乡的小镇，边镇不大，也就五千多人口。迟志来的祖上是经商的，在公私合营的时候，他家祖上的店就归了供销社，他被安排到了供销社，既然祖上经商，祖上的家产还是殷实的，首先在小镇的中心为他留下了一排门面房，家就住在小镇最热闹繁华的地方，虽然被收走了一部分，但还是为他们兄弟四个留下了居住的房子。迟志来在家排行老四，他为人忠厚老实，加之祖上是经商的，也懂得和气生财的道理，从小迟志来就耳濡目染爷爷、父亲乐善好施和善的做人原则。四奶奶虽不是大家闺秀，在讲究门当户对的年代，她也是个明礼诚信王家的女儿。迟志来在家是老四，所以人们就称她四奶奶。其实，她还没有做奶奶呢，怎么就叫奶奶呢？那是这个小镇人对在当地有一定名望或者对有权有势的人的一种尊称。四奶奶可无权无势，只是一个普普通通的老百姓，主要是她为人好，乐于帮人而已。有时邻居家小孩要吃糖，她就毫不犹豫地从糖罐里拿些小糖给小孩，有时有些人由于手头紧，一时转不过来，四奶奶总是先赊着。

四奶奶望着丈夫生气的样子，笑着说："别生气了。"

迟志来弹弹烟灰说："我能不生气吗？欠着我不怕，可总得有个头啊。"

四奶奶赶忙收起笑容，对丈夫使着眼色，又用手指指矮墙那边，说："你小声点，别让人听到了。"

迟志来又猛地抽了两口烟，然后重重地把烟屁股甩到门外去了。

住在迟志来隔壁的那户人家姓段，男主人叫段奇。段奇到边镇后就看中了迟志来隔壁的房子，三间正房，两边有厢房，一个大天井，又在镇中心。其实这房是与迟志来的房子连在一起的六间，都是迟志来祖上留下来的。现在段奇住的三间是边镇公社收缴迟志来的。由于迟志来交了房子，就算是公私合营了，于是迟志来成了供销社的职工，在六间房的正中间只砌了一道齐腰的小矮墙就分成了两家。

这六间房坐北朝南，房的东面就是热闹的小镇中心，房的西边是一条比较宽的巷子。迟志来家的大门朝东，他把东厢房打通后就成了供销社的门市部。段奇家大门朝西，是从西大门进出，西厢房隔成了两间，一间成了段奇家的厨房。一间又成了房间，虽说两家是邻居，但分别是一门朝东，一门朝西，本来是各奔东西的，由于中间矮墙不高，这两家成了最近的邻居。如果在天井里说话，两家都能听得清清楚楚的。

段奇家的门不管什么时候都是关着的，不管家里有人没人，门都是关着的。这在边镇很独特，边镇的居民除了出远门或出门有事才关门锁门，平时只要家里有人或是在不远的地方有会儿事，门是不关不锁的。于是，边镇有人说，段主任是城里人，城里都是这样的。还有人说，段主任是警惕性高。

门开了，是段奇最小的女儿段梅霞开的。段奇走进门，立即转身把门关上，然后抱起梅霞，在梅霞细嫩的脸上亲了一口，走过天井，到了堂屋。

段奇将段梅霞放下，把包放到旁边的藤椅上。

儿子段资和大女儿段修正在做家庭作业。段资是长子，在兄妹四人中排行老大，今年十七岁了，才上初二，因为那时在城里段奇就是个一般的职工，谈不上富有，段资上学较晚。大女儿段修今年十四岁，上小学五年级，上学也比较晚。二女儿段素霞正在厨房里和妈妈在一起忙着做晚饭呢。段梅霞是老小，今年九岁了，上小学二年级。一男三女，别看他们在城里不怎么样，一家六口挤在二十多平方米的小房里，也是并不起眼的家庭，加之段奇在城里上班时吊儿郎当的，这个家庭的情况也就在中下等了。后来段奇到了边镇，带着全家住上了大房子，段奇成了边镇人人皆知的大人物，可以在边镇呼风唤雨。

段奇家吃晚饭的时候，也是迟志来店里最忙碌的时候。因为这时候，在田里劳动的人收工回来了，他们匆匆忙忙到店里买油盐酱醋。每当这时，四奶奶都帮着忙。可不管怎么忙，迟志来、四奶奶始终不厌其烦，特别是四奶奶总是带着微笑，招呼后来的人稍等。

每当这个时候，迟志来的孩子们都在堂屋里做作业。二姑娘迟玉香已经十四岁了，今年正在读初一，三姑娘迟满香十二岁，上四年级，四姑娘堂香十岁，上二年级，五姑娘秀香八岁，上一年级。大姑娘迟金香，已经十六岁了，她上半年被安排到供销社做临时工，上班后被分配到离家八公里的一个自然村供销站做营业员，平时很少回家。迟家是五个姑娘，没有儿子，为这事四奶奶总感到对不起迟家，想继续再生，一定要为迟家生个儿子。可迟志来总是说，男孩女孩都一样，不管男孩女孩只要良心好就好。这五个丫头，在我心中都是男孩。

四个姑娘在堂屋各做各的作业，鸦雀无声，只听到她们呼吸的声音，只听到她们写字时笔与纸的摩擦声。这是迟志来给她们定下的规矩。放学后，要立即回家，不准在路上任何地方停留，在回家的路上姐妹四个要结伴回家，回家后就在堂屋的饭桌上做作业，做作业时不允许她们讲话，也不允许发出声音，如果弄出大的声音就要罚抄作业，晚上不许睡觉。所以，姐妹四个在家里，好像家里无人一样清静。

迟志来明确定了家规，他坚信读书是有用的，中国从古代就说读书有用，我的子女一定要读书。

晚市已经渐渐地到了尾声，顾客稀稀拉拉地走了。天色也渐渐暗下来了。四奶奶走进堂屋，为丫头们拉亮了电灯。四奶奶轻声说："都收起来吧，吃晚饭了。"

四个丫头都收起了书本和笔。四奶奶走进堂屋，穿过天井走到厨房里，这个厨房搭在天井的一角，由于东厢房改成了店面，所以厨房就搬到天井里了，很简易，是土坯墙，盖着麦草，两间土灶。四奶奶刚进了厨房，迟玉香就进来了。四奶奶盛着粥，迟玉香就一手端一个碗送到堂屋去，在家的姐妹中，迟玉香的年龄最大，在家她都能帮助妈妈做点儿力所能及的事了。

晚饭很简单，就是粥，四奶奶端了一碗咸菜放在桌中间，她爱怜的眼神看了看丫头们，又轻声说道："慢慢吃啊，我去换你们的爸爸来吃。"说着就往外走。店里虽说现在不忙了，但还有顾客来买东西，是不能离人的。四奶奶来到柜台里说："她爸，你先去吃晚饭吧。"

迟志来站起来，从甜萝卜干的罐里抓出一把放到等盘秤一称，三两，然后放到一只碗里带进堂屋，放在桌中间，说："甜萝卜干，你们爱吃的。"

所谓的甜萝卜干，就是普通的萝卜干里放点酱油和糖浸泡几天，比普通萝卜干甜和鲜。

迟秀香立即夹了一块萝卜干放到嘴里。迟志来看着老小天真的样子，笑笑说："你慢点儿，没人跟你抢。"然后又问，"作业做完了？"

迟秀香一边嚼着萝卜干，一边点头，说："做好了。"

迟志来又问其他三个丫头是否都完成了作业。迟志来捧起一碗粥，说："你们几个把老师讲的在睡觉前再想一遍，这样才能记得住。要听老师的话，不准与老师顶嘴。"

第二章　四奶奶为邻居

吃过晚饭，迟志来又到店里去了，他知道店门还要开一会儿，还有些零星的顾客或者家里比较忙的人家，吃过晚饭后还会来买肥皂、电池之类的东西。每当这时候，迟志来总是坐在店里，换下四奶奶吃晚饭，而后四奶奶还要烧一大锅热水给全家人洗一洗。

四奶奶进入堂屋端起粥喝着。

迟玉香说："妈，您慢慢吃，我去烧水。"

四奶奶嘴里含着粥，说："玉香把锅洗干净，火要小心。"

吃完饭，四奶奶到西房间为玉香、满香姐妹俩铺好床铺，放好一床被子，然后又用手捂了捂。二姑娘、三姑娘两人合盖一床被子睡在西房，四姑娘、五姑娘由于年龄小，与迟志来和四奶奶在东房睡在一张床上，小姐妹在铺里放一床被子睡。

四奶奶忙完这一切，知道锅里的水也有七八成热了，可以用了。她是在考虑节约柴草，烧得太温，还要加冷水，浪费柴草。她走到锅台，一边用木桶打水，一边对玉香说："好了，别烧了。"

迟玉香站起来拍拍身上的灰尘，拿来一只脸盆打了水，站在堂屋里，这盆水是她们姐妹四个分别要洗脸，从小到大按着顺序来的，这洗脸的顺序也是迟志来定的规矩，他要教孩子们从小就要学会爱护小的，她们四人洗完脸就用洗脸的水再洗脚，洗脚就在四奶奶端来的比脸盆大的木桶里，这水一掺就行了，然后四双脚，四十个脚趾头全部伸到木桶里去了。这时，也是四个丫头最开心的时候，她们脚趾在水里相互挤着、踩着，脸上笑着，还发出"丝丝"的笑声，特别开心。

洗完脚，四奶奶将四丫头、五丫头抱到东房，替她们盖好被子，对她们说："早点儿睡，睡觉养精神。"然后，四丫头、五丫头就将头缩进被窝里，只露出鼻子和眼睛。

与此同时，二丫头、三丫头也都到西房里钻进了被窝。四奶奶替她们掖了掖被子，声音压得很低很低，说："早点睡，不要说话。夜里起来小便时，声音更要特别轻，千万不能弄出响声来。"她用手指指西山墙继续小声说，"声音大了，那边就听到了。"脸上一脸的神秘感。

二丫头和三丫头只知道妈妈每天晚上都这样重复一遍，她们不知道那边住的是什么人家，虽然那家人来了几个月，她们还没有看到那家人是什么样子，也不知道妈妈怎么会对那户人家有这样一种害怕、敬畏的感觉。二丫头迟玉香隐隐知道那家人有点来头，具体也说不上来。

二丫头和三丫头都朝妈妈使劲点点头。四奶奶拉灭了电灯。

四奶奶把一切安排妥当后，来到店里对迟志来说："关门吧。"

迟志来脸上像霜打的茄子般无精打采。

四奶奶关心地又问了一句："怎么啦，哪个惹你生气的？"

迟志来把抽了一半的香烟放到柜台靠墙的一角，将燃着的香烟那一头往墙上挤了挤，烟头熄了，然后用火柴压住香烟熄灭的那一端。他没有回答四奶奶的话，开始整理抽屉里的钱。

四奶奶已经猜到了迟志来生气的原因，大概还是为隔壁段奇家赊账的事儿。

迟志来走进堂屋，四奶奶为他打来了水让他洗脸，然后又替他打洗脚水："她爸，你也别为这事生气，我也是没办法，也是为孩子们着想。"

迟志来准备想说什么，突然电灯熄了。又停电了。这停电在边镇是说不准的事儿，说停就停，有时停有时不停，有时一个晚上要来来回回停几次，停一次就点一次油灯，有时一晚就点好几次，所以家家都备有油灯或蜡烛，一旦停电了就可以点上。

"四奶奶——"隔壁段家有人站在矮墙那边喊了。

四奶奶愣在堂屋里没有说话，迟志来脚伸在水桶里停止了洗脚，屋里一下子静了下来。

"四奶奶——"又叫了起来，声音比第一次稍微大了一点儿。

四奶奶回过神来，确定是段奇的大女儿段修的声音。四奶奶站在堂屋里就答应着："哎，来了，来了。"一边应着一边往天井里跑。走到矮墙边问道："姑娘，有事吗？"

段修说："停电了，拿两根蜡烛给我。"

四奶奶赶忙答应道："好、好，我去拿。"

四奶奶立即掉头，到店里来不及点灯，凭着感觉，伸手摸了两根蜡烛，立即又往矮墙跑去。段修的手已经伸到墙这边来了，四奶奶还没跑到墙根前，也把手伸过去，送到了段修手里，又像是一次百米接力赛。段修接到蜡烛后，头也不回就往家跑去，把四奶奶丢在那里。四奶奶在黑暗中看着段修的背影渐渐远去，然后消失在黑暗中。

四奶奶回到堂屋，迟志来已经点亮了罩子灯。迟志来端着灯来到店里，打开抽屉，拿出账本，又在"段"这一页写上欠蜡烛两根，而后，一脸无奈地合上本子。

夫妻俩坐在铺上。迟志来心里是说不出的郁闷、压抑。

迟志来像是告诉四奶奶，又像是自言自语："已经欠十五元五角八分了。"

四奶奶说："先记着吧。"

迟志来说："才四个月时间，就欠了这么多，这可是我一个月的工资啊。"

四奶奶赶忙提醒："她爸，声音小点。"

迟志来把声音压下来，但从声音听得出，还是带着怨气的："没几天，社里就要派人来盘点了。"

四奶奶也把声音压在喉咙里："那就先用工资垫上吧。"

迟志来惊讶地说："垫上？我们的孩子吃什么？"

四奶奶说："我们就省一省、挨一挨吧。"

迟志来深深地"哎"了一声，没有说话。

沉默，房间非常寂静。沉默，房间里充满了哀怨。

迟志来音调低沉地说："让我的孩子省一省、挨一挨，你看我们的孩子们个个都那么瘦。他家的孩子个个吃得胖胖的、白白的。你就忍心？"

四奶奶内心歉疚，说到伤心处，她何尝不疼自己的女儿，不由得泪水沿着双颊缓缓地流下。她知道自己的丫头们苦，每天都是粥、咸菜、萝卜干，也很想为丫头们改善一下伙食，丫头们都是正在长身体的时候，由于营养不良，个个都面黄肌瘦的，可是丫头们从来没有怨言，没有说过一句埋怨的话。大姑娘迟金香，十六岁就离开父母，一个人到离家很远的供销站去做临时工，一个月只拿十二块五毛钱，可金香只留二块五毛钱，余下的十元钱全部交给妈妈贴补家用。这些四奶奶都看在眼里、记在心里。她声音细如丝地说："她爸，这些我都知道，我们的孩子苦，孩子都是我生的，看到孩子苦，我心里也难受啊。"

迟志来说："那下次他们家再要拿什么东西，就说没有了，三回一弄，他们就有数了。"

四奶奶说："你声音小点儿，千万别让他家听到。难道我内心里愿意把东西给他家？"

迟志来说："那么，有次他家来还账，你为什么不肯收？这下好了，养成了习惯。"

四奶奶声音喑哑地说："她爸，你怎么不懂我的心思呢？"

迟志来疑惑地反问道："什么心思？"

四奶奶把声音压得更低，又朝窗外看了看，好像有人偷听似的，然后才低声说："现在，那个段主任是边镇的一把手，边镇的什么事都能管，都属于他管。大事小事全是他说了算，他咳一声，边镇也要抖三抖。这样的人物住在我们家隔壁，像这么个'大人物'和我们家住在一起，我们家就必须要受委屈了。"

迟志来越听越糊涂，问道："他当他的主任，我开我的店，他走西门，我走东门，互不相干，为什么我们要受委屈？"

四奶奶着急地提醒道："她爸，你小声点儿好不好？！"

迟志来又"哎"的一声叹了口气。

四奶奶继续道："现在有很多人想巴结还巴结不上他呢？不过，我们家与段家是邻居，要是处不好关系，这个当官的要给老百姓小鞋穿还费什么事？再说他是我们边镇最大的官，如果我们家与他家关系好了，他要对我们帮忙，也是不费吹灰之力，就好比你把手一伸到柜台里拿包烟抽那么容易。所以，我宁可其他地方受到委屈，也要与他家处好关系。"

迟志来盯着四奶奶看着，心想，想不到她心里还留了一手，但嘴上还是说："我们老百姓只要安安稳稳的，无事就是太平，我家又没什么事求他。"迟志来一不注意，一激动，声音又大了。

四奶奶说："她爸，你的声音小点行不行，别让他家听到。怎么没事求他？金香现在是个临时工，万一说退就退了呢？大姑娘的工作不就没了？我还请段主任帮忙说说，把金香转成正式工，那不就稳定了。"

迟志来说："我看他没有这颗善心。"

四奶奶说："你别把人都想歪了，人心都是肉长的。我想为了孩子，宁可受点苦，我还是要试一试。金香的事解决了，接着玉香也长大了，也要找工作了，还有满香没几年也要长大成人了，求他家的事多着呢。"

迟志来说："你也想得太多太远了吧，那我们家的孩子要苦到什么时候啊？"

四奶奶说："哪个做上人的不为孩子着想呢？其他又没得办法。"

迟志来说："我看不出来段主任是能帮我家的人。他不会帮助人的。"

四奶奶说："能争的我就帮丫头们争，自己苦就苦点，我能挨，只要孩子将来好。"

迟志来说："总之，我认为靠他们家是靠不住的。还是要靠我们自己。"

四奶奶说："好了，早点睡吧，这些事儿你就别操心了。"

迟志来一手拔起灯罩，然后嘴一吹，灯熄了，钻进被窝。

日子就这样一天一天地过着，迟志来每天早上起来开店门，然后吃早饭。他坐在柜台里就能放眼整个小镇的情况。因为在他店门前就是镇子的小菜园，这里可以说是全镇的政治、经济形势的晴雨表。每天有多少人来买菜，什么样的菜什么样的人买，豆腐，卜页能卖出多少，鱼能卖出多少，迟志来心中全有数。有时他就坐在柜台里吃着早饭，看着小菜场的吆喝声、讨价还价的声音，正常是从早上六点到十点，就这一段时间是最繁忙的时候。多年来，迟志来家很少到菜场买菜的，是舍不得花钱买菜。

通常，四奶奶每天早上起床后将一锅粥烧好，丫头们也都起来了，等丫头们洗过脸，吃完饭去上学了。迟志来也就起来了。

这时四奶奶挎着篮子到自家的自留地去摘些时令的蔬菜。四奶奶家有六分自留地，五个丫头每人一分地，加上四奶奶一分地，因为迟志来是国家定量供应户口，是吃国家粮的，四奶奶和五个丫头是农业户口，属农业人口，是农民。其实，四奶奶和五个丫头原来也是吃国家供应粮的，也是城镇定量供应户口的。由于经过了三年自然灾害，一九六二年，国家决定压缩城镇人口时，四奶奶的户口被压缩到了农村，就落在了边北大队，边北大队离镇最近，来去方便。国家的户口政策是子女随母亲走，所以，五个丫头的户口都随着四奶奶到了边北村。为了能够保证农民吃得饱，不再饿死人，国家允许农民在自留地里种菜种粮食等，所谓的自留地，就是国家留给农民自由种植的一小块地。

四奶奶把自留地当个宝地，她根据季节种植，隔三岔五地就能使家里的饭桌上有新鲜的时令蔬菜。除确实需要为丫头们增加营养或者家里来了亲戚，才到门前的小菜场买点鱼之类的东西，顺便拿着迟志来的"城镇居民定量供应簿"到镇食品站买点儿肉。

像四奶奶家这种既有国家定量户口，又有农村人口的，在镇里俗称"半家户"，意思是一半吃国家的，一半吃自己种的。比起纯农户要高一个档次了，比较全家都吃国家定量供应的又矮了半截。吃粮，供应这些还都是小事，更主要的是城镇定量供应户口的国家负责安排工作，并且相对来说都是安排到国营单位，而农业户口的国家没有安排，只能到农村去种田，面朝黄土背朝天、日出而作日落而息。但也有些有关系、与有权有职相处较好的农业户口人员，也能够安排到公社开的企业里去上班拿工资，这都是四奶奶为什么会忍气吞声地要巴结段家的根本原因，五个丫头都是农村户口，挨肩下来的，几年一混就都大了，就都要工作了。能不与全镇最大的官处好关系吗？

可是，迟志来也是个镇上原来有名的富户人家的，小时候上过学读过书，加之自己勤奋聪明好读书，读过《论语》《三国演义》等书，既有书生气又有江湖气，在他的头脑里，人要讲义气，做人要凭良心，人与人要相互尊重才好，像四奶奶这样讨好段家，他心里就难受，接受不了。

第三章　段师娘，段妈妈

四奶奶下田采摘了大半篮子扁豆，又摘了四根长长的丝瓜，这样家里可以吃两天，明天就不需要再到自留地来了。走在田埂上，她看到公社的小快艇船在河里正飞快地行驶着，劈波斩浪，这船很小，前面尖，船尾还有一排椅子，船尾波浪翻滚，公社只有一条这样的小船，人人都知道这是公社干部的专用船，正常是公社的一把手使用，现在当然是段奇使用了。

段奇有个习惯，没事时喜欢坐船，并且还喜欢坐在船尾的椅子上观看风景。边镇地处水乡腹地，镇区四面环水，如一块荷叶飘在水上，镇区共有东、南、西、北四个大队，每个大队与镇区都隔着一条大河，现在边东边北村与镇区用大桥相连着，边南、边西还在用小木船摆渡过河。

段奇坐在小快艇船尾的木头椅子上，跷着二郎腿，一会儿向前看，一会儿向左看，一会儿向右看，河水向两边分开，一浪一浪地向岸边滚去。此时此刻，段奇非常有成就感，有一种光宗耀祖的自豪。小快艇在河里开着，段奇感到非常惬意，原来在县城里的住宅窄小而拥挤，街道人多，连自行车都没有。现在房子宽敞，空气新鲜，到县城去开会都是专船专车的，人前人后也有了模样，也有人羡慕了，他不觉心中暗暗欢喜。但是，他也知道有人嫉妒他所处的位子，毕竟自己容易得罪人。所以，他又立即收敛起刚刚露出的喜悦，变成了严肃、凝重的表情。

快艇驾驶员知道段奇的脾气，小船绕镇转了一圈后，停到了边镇人民公社的码头边。就在段奇绕着镇子转的时候，当快艇正好在边北大桥下面通过时，四奶奶走到了边北的大桥上。她朝船上一看，看到了段奇，看得清清楚楚的。在四奶奶眼里，段奇很有官相，神采有精神。小船驶过，水浪冲到岸边，在码头上洗衣、洗菜的妇女立即站起来，慌慌忙忙把靠在水边的篮子往岸上拿，人人都向岸边退去，有些动作慢的人被水浪打湿了鞋子、裤腿，竹篮子被水浪卷走了。人们知道船上坐的是谁，只好瞪着眼睛，敢怒而不敢言，有些连怒都不敢怒。只好望着小船飞快地驶过去而自认倒霉了。

四奶奶挎着半篮子扁豆回到店里，与迟志来寒暄了几句，就准备去择菜烧饭了。四奶奶往屋里跑，走进天井，本能地向西看去，正好看到段奇的妻子站在矮墙边向她这里观看，两个人的视线碰撞了，四奶奶来不及放下篮子，笑盈盈地也走到矮墙边，说："段师娘在家呢？"

段奇妻子个子比段奇略高，剪着短发，齐颈脖，就是农村人讲的"鸭屁股"式的发型。圆圆的脸，略胖，皮肤白白的，有光泽，眼睛很有神采，四十岁的年龄，嘴角上扬，鼻子稍塌，身穿藏青蓝涤卡春秋衫，小开心领，正好白色衬衫的燕子领露出，很是显眼、精神，再加之有一种城里的生活气质和夫贵妻荣的虚荣，看人的时候带着一种自信，低调中带着飞扬跋扈，甚至还有一种自豪的感觉。现在她在边镇人面前有两个称呼，一个就是"段师娘"，这是结了婚对她的称呼；还有一个称呼就是"段妈妈"，没有结过婚的人都称她是"段妈妈"。她很乐意接受这两个称呼，到如今，边镇的老百姓也不知段师娘的真实姓名。

其实，段师娘在县城里也是一个普普通通工人的女儿，她在段奇没有到边镇以前，在城里是物资回收公司的临时工。段奇地位的火箭式上升后，虽然她也跟着上升了，但她骨子里还有一种贫寒人家的质朴和良心的，知道生活在社会底层的不容易和艰难。

段师娘笑嘻嘻地说："下地这么早啊，已经回来了？"

四奶奶堆着笑脸说："是啊，段师娘，今天的扁豆都长得满满的。我摘了那么多，替你家带了。"

段师娘说："四奶奶你别跟我家客气了，我们是邻居，你老是这么客气，叫我怎么过意得去？"

四奶奶说："既然是邻居，段师娘你也别客气，给孩子们尝尝鲜。来吧，拿个篮子来，倒点儿过去，又不是什么好东西，自家地里长的。"

段师娘说："那就不好意思了。"说着转了个身，往回跑去拿篮子。

她俩的谈话，被店里的迟志来全听到了，迟志来气得把拿在手里准备点烟的火柴往柜台上一摔，然后，木木地向店堂外望去。

段师娘拿来了篮子。

四奶奶一边往篮里倒扁豆，一边说："段师娘，你们家段主任挺忙的，刚才我在桥上看见他坐在小快艇上的。"

段师娘说："是啊，他是成天忙到晚，有时夜里睡在铺上还想着公务，有时候我已经睡一觉了，他还没睡，还在想。"

四奶奶说："段师娘，你可要提醒段主任啊，让他多休息，要保重身体，身体是最重要的。"

段师娘说："你们可不知道啊，我这个老公啊，他就只知道工作。"

四奶奶说："反正，段主任的身体要紧，你家里差什么，不方便的就喊一声，店里什么都有。"

段师娘说："老到你家店里拿东西，我怪不好意思的，什么时候把前面的账结了。"

四奶奶说："段师娘，你说哪儿话了，什么账不账的，我们两家是邻居，这也是种缘分。邻居好，赛金宝。谁家没有个难事啊，何必分得这么清呢？"

段师娘说："是啊，是啊。四奶奶你家有什么事需要我帮忙的尽管说，不要客气，只要我能做到的，我一定帮你办。"

四奶奶赶忙答应道："哎，哎。"

四奶奶等的就是这句话，自从段奇家搬进来，四奶奶就一直在努力，不但对段奇家所有的人笑脸相迎，还要安慰迟志来，让迟志来忍着、让着，这一切总算有结果了。此时此刻，四奶奶心里像放了一罐蜂蜜，甜甜的，激动的眼泪似乎要流出来，可是当着段师娘的面怎能流泪呢？四奶奶仿佛看到迟金香变成了供销社的正式工，迟玉香也上班了，还有几个丫头都安排工作了，是多么开心、高兴啊！

这时候，段师娘家突然有人敲门。

段师娘对四奶奶说："四奶奶你忙吧，我去开门。"

段师娘还没跑到门边，门外的人又着急似的敲着门，并高声大叫道："妈，开门，妈，快开门。"

段师娘一听是女儿段修的喊声，答应道："来啦，来啦，急什么。"

段师娘打开了门，一看段修、段素霞、段梅霞三个姑娘都站在门口，并且脸上、手上都不同程度地染上了黑墨汁，弄得手花、脸花。

段师娘说："你们这是干什么的？"

三个丫头谁也没有说话，门一开，便都急匆匆地冲到家里，又鱼贯而入地冲进厨房洗手洗脸。不洗不要紧，越洗脸上越黑，原来一小块的，现在弄得满脸都是。

段师娘一看三个丫头的大黑脸，气愤地说："你们一天都干什么了？"

三个丫头没人搭妈妈的话，我看看你，你看看我，并用手相互指指点点，都笑了起来。

段师娘端起脸盆，把脏水倒掉，又打了一盆干净水，说："你看你们，哪还有姑娘的样子。"

说完便径直向厨房走去。

段师娘将饭菜做好，端上桌子。

段梅霞看着饭菜说："妈，我饿了，我要吃饭。"

段素霞学跟着："我也饿了，我也要吃饭。"

段修说："妈，我们吃吧，不等他们了。"

段师娘一看条台上的小闹钟，时针已指向十二点了，她有气无力地说："好，吃吧，不等了。"

她们刚刚吃好，有人敲门了，三个丫头好像累了似的，都坐在那儿不想动了。段师娘只好自己跑去开门，是段奇和段资一起回来了。

段师娘看到他俩阴沉着脸，把门打开，他俩进家后，又把门轻轻关好。他俩径直朝饭桌走去。

父子俩坐下，捧起饭碗大口地吃起来，显然他俩也是比较饿了。

就在段家的儿女回家时，迟志来的四个女儿也背着书包回家了。她们四个同样是一手的墨汁黑黑的手，脸上也是花里胡哨的。特别是最小的秀香，鼻尖上、嘴巴上都是黑墨汁。

四个丫头走过店堂时，迟志来看着她们，就知道是在学校调皮捣蛋，没认真学习。

四个丫头跑进了厨房，四奶奶看到她们的模样，觉得非常滑稽可笑，可她忍住了，她拿出脸盆打了水端到丫头们面前，问："你们这是怎么了？怎么弄成这样？"

迟玉香边洗手边说："妈，老师叫我们学写毛笔字，还有今天之后就放假了。"

迟玉香说："妈，以后你歇歇，我可以帮你做家务。"

四奶奶轻轻地说："妈不要你做家务，妈一个人能把家务做好，妈只想你们好好学习。"

迟满香说："好，我们会好好学习的。"

四奶奶说："嗯，读书很重要的，别荒废光阴！"

迟玉香说："妈，放假期间我跟你学针线活儿吧。"

四奶奶说："姑娘家学针线活是应该的，可这不是饭碗啊，以后你们靠什么吃饭呢？还是要靠读书出人头地的。"

四奶奶替迟秀香抹着脸和手。迟秀香娇气地说："妈，我也要跟你学针线。"

四奶奶说："好，好。都先到屋里去玩。今天妈妈给你们烧你们最爱吃的扁豆。"

迟玉香帮助妈妈择菜，烧火。

中午，饭菜都摆到桌上了。四奶奶到店里去换迟志来吃饭，迟志来夹了两块扁豆给迟秀香，说："秀香最小，最喜欢吃扁豆，多吃点。"

迟满香说："我要吃丝瓜，丝瓜香。"

迟志来笑眯眯地看着四丫头，说："好，好，喜欢就多吃点儿，是我们自家地里长的。"说着替满香夹着丝瓜。

迟志来边吃边对四个丫头说："放假了，老师有没有布置作业？"

迟秀香说："没有，什么作业都没有。"

迟玉香、迟满香也都说没有作业，迟秀香嚼着扁豆摇摇头。

吃过饭，四奶奶摆出针线，剪了鞋样，为五个丫头准备过年的新鞋了。四个丫头都依偎在四奶奶的周围。孩子绕膝说笑，虽生活困难仍幸福开心。

第四章　将心比心

这天吃完晚饭，店面关门了。四奶奶坐在铺上就着煤油灯纳鞋底。迟志来翻看孩子们抄写的课文，他一个字一个字地对着，比老师都认真。大家聚精会神，各忙各的事，屋里非常寂静，静得温馨，安逸。

忽然，门外有人轻轻地叫唤："四奶奶。"只喊了一声便停下。

迟志来以为又是段家人在喊，打着手势，意思是不要理他家，并把煤油灯的亮度弄暗，告诉外面的人我们睡了。

"四奶奶。"又有人声音微弱地叫着。

四奶奶对迟志来用手指向外指了指，意思是在店外面，不是段家。迟志来会意，屏住呼吸认真听着。

"四奶奶！"还是微弱的声音，好像很害怕被别人听见，又好像有急事找四奶奶。

四奶奶准备下床。迟志来还没有上床，说："我去。"迟志来便端着罩子灯，轻手轻脚地走到店里。他在店里停下没动。

店门外的人看到店里有了火光，知道有人来了，声音就更轻更细，但更加着急，紧张地："四奶奶，快开门，求你了。"

迟志来把灯放在柜台上，打开一扇店门。只见一个妇女跪在店门口。迟志来下意识地蹲下。

妇女说:"四奶奶,你是好人,快快,救救我们家林育才,还有朱校长。"

这时,迟志来看清了来人是林老师的妻子,他立即扶她起来。四奶奶也已从床上起来,站在了迟志来的身后,她帮着迟志来一起搀扶林育才的妻子。

林育才的妻子说:"四奶奶,求你了,快救救我家林育才和朱校长。他们现在身体虚弱,你们给我称半斤红糖,先欠着,我回去煮点儿红糖生姜茶给他们喝,再睡一觉就行了,这是他的老毛病了。"

四奶奶赶忙答道:"好,好。"

此时,迟志来已经包了一包红糖,并用报纸包好了,对四奶奶说:"去拿点儿生姜来。"四奶奶很快拿出生姜。

迟志来接过生姜说:"你扶着林老师的妻子,我先去林老师家。"说着迅速地走出店门,消失在黑暗中,直向林老师家走去。

到了林老师家,迟志来二话没说,就烧开水,将红糖和生姜倒进锅里一起煮,一会儿工夫就热气腾腾。他盛了满满两大碗,分别端到林老师和朱校长的铺前,林老师和朱校长已经没有力气爬起来了。迟志来看到他们两人躺在那儿浑身发抖,用手一摸,又浑身滚烫。

四奶奶搀扶着林育才的妻子进来了。

迟志来对她俩说:"快,你们一人一个喂他们喝姜茶,喝完了锅里还有。"说完,迟志来又走出去了。

林育才的妻子说:"四奶奶,像你这样的好人,真是越来越少了。你的大恩大德等日后再报。"

四奶奶说:"你说什么呢,谁没有个难啊,我能帮就帮,能帮多少就帮多少。"

林育才的妻子说："四奶奶，你把账先给我记上，等以后还你。"

四奶奶说："唉，现在什么时候了，你还把这事放心上，这么一点点糖、姜算得了什么，现在是救人要紧，只要他们两个人好了就行。"

林育才的妻子泪水汪汪地说："这日子怎么过啊。朱校长家，我家现在我们都不知道孩子在哪里，在干什么？我们放心不下孩子，否则，我和我家老林死的心都有了。"

四奶奶颓然，惊慌失色地劝说道："千万别瞎想，人谁没个难啊坎的。我没有文化，是个农村妇女，可我们老百姓有句俗语：'宁在世上挨，不在土里埋。'千万别想不开，迈过这道坎，日子会好起来的，只要我家里店里有的，你就先用着。"

林育才的妻子说："今天，我也是厚着脸皮到你家店里敲门。"

四奶奶说："你想到哪儿去了，见人有难，都应该要帮的。再说你们家林老师、朱校长教我们的孩子念书、识字，我们还要感谢你们，报答你们才对啊。"

林育才的妻子与林育才是大学同学，一起下放到边镇，此时此刻，此情此景，这位知识分子想不到这位农村的普通妇女竟说出大义之语，温暖如春、通情达理的话，从四奶奶平凡朴素的话语里，她感到人间还有一片情，人与人之间还有一种高贵的品质和价值。那是超过一切功利、金钱的。

林育才的妻子心中涌满了温暖的情意，是四奶奶的话使她冰冷的心温暖起来。

门被轻轻推开，又见迟志来扛着两床被子，拎着小半袋米，米上面还放了六只鸡蛋，还有四只空酒瓶子。

林育才的妻子惊愕地望着迟志来，她睁大了眼睛，视线围着迟志来的动作转动。迟志来默不作声地替林老师和朱校长把被子盖好，并将四周披紧。然后将他们扶起，半躺在床上。两位喝了一大碗姜茶，气色缓过，但是说话仍然很困难。

迟志来轻轻地对林育才的妻子和四奶奶说："让他们俩先歇一会儿。"说话的声音只有她们三人才能听到。"我带来了米，去烧一锅好粥，要熬，慢慢熬，熬的粥养人。熬好了就吃。"

林育才的妻子眼里流着感激和泪水，她被这对夫妇的诚挚和质朴深深打动了，她想，也许自己真的碰到好人了。

迟志来把锅里的姜茶灌进空酒瓶里，说："他们俩寒受足了，要催寒保暖。这姜茶我把它灌好放到他们的被窝里，既可当暖水瓶，保证被窝里暖和，又可保住姜茶温度，一举两得。"

四奶奶帮着洗锅淘米，迟志来把姜茶瓶塞进了他们的被窝里，这时林育才醒了，他一只手拉住迟志来伸进被窝里的手，使劲地按着，眼里流下了清泪。迟志来在林育才的耳旁，声音如丝地说："林老师挺住，会好起来的。现在什么都不要说，先把身体养好。"

安顿好了一切，林育才的妻子送他们夫妇俩，被迟志来挡住，他对她说："鸡蛋你们每人两个，你也吃点儿粥，不要太难过了。我明天再来看他们，千万不要对外人讲。"

林育才的妻子已经泣不成声，捂着嘴，把哭声咽在了喉咙里。

第五章　今天比过年的菜多

四奶奶到家一看，只有迟秀香睡在自己的铺上，并且剩下一床被子。迟志来解释说："那三个丫头睡一块去了，今晚秀香就跟我们睡，腾出两条被子给了老师。"

四奶奶说："我还纳闷呢，你是从哪儿弄了两床被子。"

迟志来说："人家落难了，怪可怜的。"

四奶奶说："我可没怪你啊。睡吧、睡吧。"

迟志来说："我听说，朱校长很有水平，比林老师的水平还要高，他们原来都在县里的中学，教的很多学生都考上了大学，学生很喜欢他。据说林老师就一个儿子，在另一个城市上大学。他们与家里人就这样分开了，音信全无。"

四奶奶说："这人一生病，困难的时候是多么希望有人看望，有人陪伴，如果是家里的亲人就更好了，家人在一起太太平平多好啊。"

迟志来说："穷人无灾就是福……"

四奶奶说："你小声点儿。"同时用手指指西边。

迟志来会意，立即停止了说话，叹了口气说："睡吧。"

月亮已经升上了天空，深秋的夜里还是寒气逼人的，小镇深秋的夜里更显得静怡了，万籁俱寂。这种静，使人觉得郁闷，几乎是静得透不过气来，有一种压抑的静。整个小镇是那样的静，听到月亮移动的声音，听到云儿丝丝飘动的响声，全镇都睡了，可不知道走了月亮，来了太阳，小镇又会有什么样的变化。

太阳从东方缓缓升起，勤劳的小镇百姓已经起床了。迟志来起来就悄悄地来到了林育才老师的家。一进门便看到林老师的妻子伏在林老师的床铺边睡着了，林老师和朱校长醒了，两人都半躺在床上，迟志来见他俩的脸色与昨晚判若两人。林老师和朱校长都想起床，被迟志来用手制止住了。

迟志来坐到两人中间轻声问："怎么样，好点了吗？"

林老师双眼含泪，说："昨晚多亏你了，我们不知道怎么感谢你好！"

迟志来眼神温和地说："好了就好。"说着他用手在林老师的额上摸了一下，"烧退了。昨夜我一摸，把我吓了一跳，滚烫滚烫的。"

朱校长止不住泪水了，说："大恩不言谢。昨晚我还以为这辈子见不到家人了。"

迟志来说："朱校长，没那么严重，好人是会平安的。"

朱校长惊讶地看着迟志来："你认为我们是好人？"

迟志来说："你们当然是好人，有才学，教我们镇上的小孩子读书学习，当然是好人。"

朱校长的泪潸然而下，一股温暖的情意在血液中激情地流动，眼神中有两簇小小的火苗在燃烧，在这种情况下，有人信任，有人伸出无私温情的手挽救我们，也就在这一刻，朱校长和林老师眼中都闪着骇人的光芒，对自己，对前途都燃起了希望之光。

林育才的妻子醒了，揉了揉眼睛。迟志来对她说："差什么，需要什么都到我家去拿。这几天就让林老师和朱校长在这里好好休息。"

迟志来从怀里掏出用报纸包了一层又一层的东西，放到床头，慢慢地打开。

朱校长、林老师、林老师的妻子都不知道迟志来干什么，三双眼睛都全神贯注着他的一举一动，打开到最后，是三块面饼。

迟志来说："赶快趁热吃了，我加了鸡蛋在里面，你们一人一块。"说着将三块饼分给了他们。

林育才的妻子还推辞着，迟志来说："别客气，吃吧。人是铁，饭是钢，吃饱了有精神。"

迟志来手伸进了被窝里，把瓶装的姜汤茶拿出说："还热的，喝吧。喝了再睡上一觉，休息一下，就能恢复了。"

林老师看着迟志来的一言一行、一举一动，他发现迟志来虽然是个男人，但他很细腻，是感情的细腻，这种感情的细腻就是个富有同情心的人才会很自然地流露出来，这种感情是装不出来的。同情心是对他人或者自己周围的人的苦难、艰辛和无助的感受能力。一个人具备同情心，往往就是善良，宽容而慷慨。

林老师嚼着鸡蛋饼，想起一个哲人曾说过：倘若一个受伤的心灵得到来自富有同情心者的宽容和谅解，所有的困难都将得到及时的帮助，所有的困难都能战胜，所有的失误都将得到弥补。美德会被同情者散播，更多的人将受到善良、宽容、慷慨的教化。同时能使人和人之间高贵和仁慈起来。如果社会都有了同情心，生活就会像太阳一样把温暖带给人间，社会就有了生机、温暖。

迟志来回到家，家里已经热闹起来了。这天，边镇人民公社的冬季征兵体检开始了，各个大队的适龄青年在大队民兵营长的带领下，全部集中到了边镇。

迟志来家有一远方亲戚的儿子高清泉，今年18岁，正好是在适龄青年的范围内，就随着大队民兵营长来到边镇。来时，高清泉妈妈让高清泉带来二十斤山芋，还有十斤胡萝卜。按照家族辈分，高清泉应该叫迟志来叔叔，迟志来排行老四，当然是四叔了，但迟志来与高清泉父亲不是同族兄弟，而是九转十八弯了。

既然侄儿来了，四奶奶特地到街上买了豆浆和油条招待高清泉。别看高清泉生在农村，长在农村，可他浓眉大眼，耳垂重，身高一米八五，双眼皮儿，皮肤少黑，黑中带着一种刚强，一双眼睛中带着智慧和聪明。乌黑浓密的头发下衬托出英俊的面孔，眉宇间有一种威武之气。

今天迟志来心情特别好，又看到侄儿来了，特别高兴。高清泉见迟志来回来，赶忙站起来说："四叔，回来啦。"

迟志来笑盈盈地说："清泉长这么高，有好长时间不来镇上了？"

高清泉说："四叔，这段时间，家里特别忙，自留地山芋要扒，胡萝卜要挖，又帮着妈妈栽了自留地上的青菜。妈年龄大了，我要多帮着点儿，所以镇上来得少了。"高清泉喝着豆浆，边吃油条说着。

迟志来欢喜地问高清泉："今天来了，就多住几天，多玩几天。"

高清泉说："四叔，我今天是来参加验兵的，晚上还要随大队的船回去。"

迟志来一愣，侄儿大了，成人了，验兵了。他脸上堆满了笑容："清泉，长大了，成人了，当兵是好事，当兵能锻炼人。"

高清泉略含悲伤地说："四叔，我是很想去当兵，可是我一走，家里就缺一个劳力，爸妈又要受苦受累了，我一想到爸妈受苦，心里就不好受。"

迟志来说："清泉，你千万别这么想，你有这一片孝心，做上人的就心满意足了。我们老百姓的孩子只有当兵这一条路了，爸妈的困难是暂时，子女有出息了，就是对爸妈最好的报答。"

高清泉说："四叔，本来我隔三岔五还能来看你，万一走了，不知什么时候才能回来。"

迟志来说："清泉，你放心去验，验上最好，不要顾虑家里的事。"迟志来喊着四奶奶没人应，迟志来又高声喊着四奶奶，还是没人应。

迟玉香在房间答道："爸，妈去买菜了。"

迟志来对高清泉说："你四妈已经去买菜了，中午就在这儿吃饭啊。"

高清泉点头，问道："几个妹妹怎么都在房里不出来？"

迟志来说："我不允许她们出来，让她们在房里学习，清静。"

高清泉"哦"了一声。

高清泉吃完早饭，提着两个水桶，把水缸里的水打得满满的，然后到柜台边对迟志来说："四叔，我去了。"

迟志来说："清泉，体检结束就回来吃饭。"

高清泉答道："嗯。"

就在高清泉刚刚离开家，前脚后脚的工夫，迟志来的大女儿迟金香背着一个布包，拎着一个小袋，出现在店门口。她甜甜地叫了一声"爸"。

迟志来抬头一看，眼前立即一亮，兴奋地喊："金香，是金香回来了！"他赶忙走出柜台，接过迟金香手里的小袋，冲屋里喊，"她妈，金香回来了。"

听到喊声，四奶奶立即从厨房里跑出来，脸上乐开了花，上下打量着迟金香。只见迟金香扎着两条长长的辫子，前面额上刘海在眉上一厘米，长长的瓜子脸，皮肤白皙，一笑起来嘴角微微上扬，还有两个甜甜的细小的酒窝儿，只可惜格子春秋衫略嫌小了点。但少女成熟和青春透出迟金香如出水芙蓉、天生丽质，惹人喜爱，特别是一双顾盼生辉的眼睛更是令人陶醉。迟金香娇嗔地说道："妈，看什么？认不得你姑娘啦？"

四奶奶眉开眼笑地说："认得、认得，妈生的，能不认得？我是看我的丫头越来越好看。"

迟金香撒娇道："妈——"

迟玉香、迟满香、迟堂香、迟秀香听到她们在天井里说话，早已把头伸向门外观看，但谁也没有迈出门半步。

四奶奶看到丫头们，立即把迟金香推到堂屋里说："去，去和她们谈谈，她们已经等不及了，都伸头看你呢。"

四个丫头又一齐把头缩了回来。

迟金香走进堂屋，问："你们四个干什么呢？神神秘秘的。"

迟玉香说："爸爸不允许我们出这个门。"

迟金香笑着说："你们一定干什么坏事了。"

迟玉香怕冲淡了今天的大好气氛，隐瞒着说："不是不是。爸爸要我们在家读书。"

迟金香一边整理着包，说："我看这是应该的。"一边从包里拿出一把小硬糖，"你们吃吧。"又从包里拿出一包东西，"这里还有更好的呢。"

四个人的目光投向了迟金香手里的报纸包。迟金香一打开，是四段煮熟的荷藕。迟玉香说："每人一根，最大的给秀香。"说着把最大的递给了秀香，然后说，"你们慢慢吃，吃过了去做作业，好好学习，别惹爸爸生气。"

迟金香又走到厨房里，把一只热水瓶拿给妈妈，还有十元钱也给了妈妈。

四奶奶手拿热水瓶，说："这瓶就不要买了，热水我们每晚烧。"

迟金香说："妈妈，家里没有热水瓶不方便，爸爸有时夜里要喝水，马上就要到冬天了，就更需要了。"

四奶奶手里捏着十元钱，问："金香啊，买热水瓶也需要钱，你把这十元钱拿去吧，没多长时间也要过年了，自己再买件新衣裳。"

迟金香说："妈，我有钱。"

四奶奶惊讶地看着迟金香："你有钱？"

迟金香说："工资十二元五角，我留的二元五角不怎么用，我都余着呢。"

四奶奶说："姑娘，你别太苦了自己。"

迟金香说："妈，只有爸爸一个人拿钱，家里的负担重，我没事的。"

四奶奶说："姑娘，你也这么大了，也该有件像样的衣裳，你这件衣服已经过了四个年了。"

迟金香说："妈，没事的。"

四奶奶说："怎么没事？老大新，老二旧，补补缝缝给老三。你不买新衣，玉香、满香、堂香也就没衣裳穿了。"

迟金香沉默了。

四奶奶说："金香，妈知道你的心意，为家分忧，都怪爸妈没本事。"

迟金香眼含泪水说："妈，你别说了。"

四奶奶说："你看你身上衣服这么小了，大姑娘家的也要弄好看点儿，听妈的话啊。"

迟金香说："好，妈，不过你要把这十元钱收起来，我买一套的钱够了。"

四奶奶说："姑娘，你不要太省了，该吃的要吃，你一个人在外面工作，要学会照顾自己。"

迟金香看着妈妈今天忙了好多菜，感觉到有什么客人要来似的，问："妈，今天怎么忙这么多的菜啊？"

四奶奶惊奇地反问道："怎么，你不晓得你表哥清泉来了？"

迟金香悚然一惊，说："妈，我怎么知道他来呀？"迟金香忽然意识到妈妈话中有话，感到非常诧异，"妈妈，清泉哥来做什么？"

四奶奶说："我还以为你晓得清泉来呢，他是来验兵的。"

迟金香惊喜道："清泉哥哥当兵啦？"

四奶奶说："清泉今天是来验兵。这孩子勤着呢，去验前还替我把水缸里的水提满了。"

迟金香若有所思地"哦"了一声，说："我今天就是跟我们那个大队的船回来的，想不到清泉也来验兵。"

四奶奶说："金香啊，就帮妈妈一起做饭吧。"

"好啊"。迟金香爽快地答道。

很快，慈姑烧肉、白萝卜烧豆腐、咸菜烧小鱼、炒鸡蛋、炒肉丝就端上了桌。迟志来格外高兴，今天发生了一连串的好事，侄儿验兵、女儿回家，古书说，人运气来了挡都挡不住。今天一上午，迟志来坐在柜台里就想着，这是不是老天爷注定好的，让高清泉和迟金香今天见面啊，缘分往往就是这样的巧合。说实话，迟志来内心是非常喜欢高清泉的，真希望高清泉能成为自己的女婿。

高清泉回来，一进小店门看到迟志来，就叫道："四叔。"

迟志来笑意盈盈地说："回来啦，清泉，巧了，今天你大妹子金香也回来了。"

高清泉心中微微一震，笑道："真的？人呢？"

迟志来说："在里面和他妈一起忙做饭呢。你进去吧。"

这时，四奶奶说："她爸，饭菜都好了，吃饭吧。"

迟志来答道："晓得了，来了。"

高清泉从店里往屋里走，正好迟金香端着一碗汤从厨房里出来，高清泉看到迟金香，由于汤烫手，嘴里不断地"嘘嘘"着，汤太满了，脚步在慢慢地移动着，本来向堂屋走去的，高清泉立即转身过来说："哎呀，我来，我来。"说着就从迟金香手里接过菜汤。

迟志来朝屋里喊道：“你们都出来吃饭，今天大家一起吃饭。”迟志来把高清泉拉到靠近自己的位置坐下。

迟金香嘴角微微一扬，话里透着温和的客气：“哥，身体验得怎样？”

高清泉眼神温和地回道：“民兵营长说身体应该没问题，只剩下政审了。”

迟金香一双大眼睛一眨不眨地瞧着高清泉，说：“哥，我很希望你成为一名解放军。那我们家也跟着沾光。”

四奶奶拈了一块肉给高清泉，并对迟金香说：“你还让不让你哥吃饭。先吃饭，菜都凉了。”

迟志来说：“对，对，先吃饭，有话吃过饭再说。”迟志来往金香碗里拈了一块肉。

四奶奶又分别往其他四个丫头碗里拈着菜，迟玉香说：“妈，你自己吃，我们会拈。”

迟金香秋水般的眼眸望着高清泉，并替他拈了一块鸡蛋，说：“哥，你验上了，要给我们个信儿，我们也替你高兴。”

高清泉抬头的瞬间，他的眼光正和迟金香的眼光相撞了，他感到迟金香的目光里有一种真切的热烈，有一种柔美。高清泉心中有一股温情穿过，说：“当然，到时，我还要看望四叔、四妈的。”

迟志来说：“清泉啊，到那时，我们还要为你送行。”

高清泉一碗饭吃完了，四奶奶接过准备为清泉去盛饭，迟金香抢过碗说：“妈，让我去替哥盛吧。”说着已经从四奶奶手上抢过饭碗了。

迟秀香也吃完了一碗饭，正在那儿等着，她说：“妈，我还要吃。”

四奶奶一看，“咯咯咯”地笑了起来，说：“噢，还有我的小宝贝呢。好，妈给你盛。要吃饱饭，还要好好读书呢。”

迟秀香说："今天，比过年的菜多。"

全家人都笑了起来，特别是迟志来是由衷的高兴、开心。整个屋子里都充满了欢乐。

第六章　孙继凤嘴厉害

这天，段奇一家正在吃晚饭，段师娘炒了几个菜，段奇的心情特别的好，于是孩子们都在吃饭的时候，段奇正在喝着酒。手里拿着一瓶洋河大曲，是二两五装的，正往小酒杯里倒酒，小酒瓶已经底朝上了，他又习惯性地摇了摇瓶子，只倒了半小杯酒，真是意犹未尽。于是，他就叫段师娘再拿一瓶。

段师娘嘴里说着："别喝了，喝一瓶够了。"虽然嘴里说，但还是拿来了一瓶。

段奇一边开着瓶盖上红色锡纸，一边说："今天高兴，再喝两杯就不喝了。"又自酌自饮起来。

段师娘问："什么事？看你这高兴的……"

段奇知道老婆在讽刺挖苦他，便没理睬。

段奇把筷子一放，说："县里要加大文化宣传的力度，决定各公社要组建电影放映队。今天下午，经研究决定，段资进入公社电影队。"

全家短暂的沉默后，段资第一个高兴地跳了起来："太好了，太好了，我就喜欢看电影。"

段修也高兴地拍了拍手，喊道："我也要放电影，我也喜欢看电影。"

段素霞、段梅霞也都嚷起来："我也要看电影。"

段师娘一听，心中立即涌起一股暖流，暖流由心中渐渐地随着心情呈现在眼里，人们都说眼睛是心灵的窗户，这话一点儿都不假，段师娘的眼中有一种成功者的喜悦眼神，然后就是炽热的目光，脸上堆起了笑容，并且越堆越强烈，竟张嘴笑了起来。在城里，谁不想进电影队放电影？那可是个体面、受人尊重的工作，工作轻巧、舒服，日不见太阳，雨不见天，所谓的工作就是看电影，人家还花钱看电影，电影放映员看电影还拿工资。这工作不是一般的老百姓能争取到的，就是电影院收门票的工作都是很吃香的，想不到这等好事不费吹灰之力落到了自己儿子的身上，她掩饰不住内心的激动，竟拉着段资的手，全身打量着段资。

段师娘走到段奇身边，替段奇倒满了一杯酒，说："喝吧，再喝两杯。"

段奇感到自豪地说："我说，今天高兴吧，应该庆祝。"

段师娘说："应该，应该，值得祝贺。"

段修噘着嘴说："爸，我也要工作，上班。"

段奇说："你还小，今年才十四岁，怎么工作？"

段修气鼓鼓地说："反正我要工作。"

段师娘说："你年龄太小。"

段修说："我不管。"

段奇说："你还小，能干什么？"

段修说："我想好了，我要去卖布。"

段奇惊讶地望着她："卖布？到哪儿卖布？"

段修说："到供销社去卖布。"

段奇说："噢，到供销社当售货员！我看你还没柜台高呢，再等两年吧。"

段修说："不。我过了年就十五岁了，没几天就过年了。"

段奇说："那也要等年过了再说。"

段修说："你一定要记住。"

段奇说："我记住，当然记住。"

段资欣喜不已地问段奇："爸，电影队还有哪些人？"

段奇说："公社电影队上面规定只允许三个人。我们公社一个是你，一个是插队知青，还有一个是从部队刚回来的。明天，你们三人就要到县里去学习，用小快艇送你们去。你们要好好学习，春节期间就要在镇里放电影，然后要到各大队去放映。"

段师娘问："明天就走？"

段奇说："明天就走。县里很着急，一定要在春节之前培训完。"

段师娘心中划过一阵淡淡的忧伤，这种忧伤一闪而过，毕竟是建立在快乐之上，这是一个母亲本能的反应，儿子要暂时离开自己，儿子长到十七岁，还没有离过家单独生活过，做母亲的当然有一种挥之不去的分别之痛。她对段资说："到了外面，要学会照顾好自己，注意多穿衣服，多吃点，不要受冻挨饿。"

段资说："妈，我晓得，不会亏待自己的。不过，妈，你要多给点钱我带着。"

段师娘说："我给你十块钱。"

段资说："十块钱太少了，给三十吧。"

段师娘说："你要这么多钱干什么？你们学习都是吃食堂，集体伙食，不用钱也可以。"

段资说："那是县城，晚上到街上玩玩，没钱怎么行。"

段师娘说："你就知道乱花钱，不行，三十太多了。"

段资说："那二十五，总可以吧。"

段师娘说："不行，二十块钱够了。"说着从袋里掏了两张十元的给段资。

段资接过钱，笑眯眯地说："妈，你太小气了。"

段师娘说："好了，好了。我去帮你收拾一下。"段师娘正向房间走去，忽然听到有人敲大门。段师娘停下脚步，看着段奇。段奇也弄不清是谁，也在静静地听着。门又被敲了两下，声音不大，只是轻轻有节奏的。

段奇用眼神示意妻子去开门。

段师娘走到门边，还没认清来人是谁，就听到门外的人喊道："段师娘，打扰你了。"还有一个声音是，说话人的声音从后面传过来："段妈妈好。"一听就知道是一个年轻女孩的声音。

段师娘定眼一看，是孙继凤，赶忙把孙继凤让进来。

孙继凤接着说："这是我大姑娘孙阳。"

孙阳又轻轻甜甜地叫道："段妈妈好。"

段师娘答道："唉，唉。"心想，这姑娘嘴倒甜的，叫人叫得勤，又亲热。

就在段师娘去开门的这段时间里，段奇指挥着孩子们已经把桌上收拾得干干净净的，好像已经吃过好长时间了。

段奇让孩子们都到房间去了，他自己坐在椅子上，拿着一张报纸在看，对着门，报纸挡着他的脸，凡是来人只能看到报纸，是看不到他的脸的。

孙继凤走进来一看，便亲热地、恭敬地打了声招呼："段主任，还在学习呢？"

孙继凤快五十岁的人了，是边北大队会计孙兆庆的妻子，大字不识一个，个头只有一米五五，胖胖的，说起话来是滴水不漏，左右逢源得恰到好处。就凭她刚才一句"段主任在学习呢"，就把段主任说得高兴起来，她用的是"学习"，而不是"看报"，"看报"就有一种清闲，而"学习"就是一种高雅。看似不经意的一声招呼，这个马屁就拍得恰到好处，画龙点睛。因为，段主任最怕别人说他水平低，说他不学习，这是他的心病，是他的软肋。当听到有人说他学习，他就会得意起来，就会变得温和。

段主任放下报纸，动了动身体，对孙继凤说："坐，坐下说。"

显然，段奇是想和孙继凤继续说下去了。他吩咐妻子为孙继凤倒水。

段奇看着孙继凤身旁的孙阳，问道："这是你……"

孙继凤的察言观色本领像是一种天生的，她能知道段主任叫她坐下来说，说明段主任愿意和她谈话，能够和段主任平起平坐地在一起谈话，这在边镇是没有几个的。

孙继凤拉着孙阳的手，抚慰地说："这是我大姑娘，叫孙阳。叫伯伯。"

因为在出来的时候，孙继凤一再叮嘱孙阳叫段妈妈，没想到现在出现这种场面，所以刚才孙阳没有叫，现在妈妈让她叫伯伯。她红着脸，害羞地叫道："伯伯好。"

段主任哈哈大笑起来："还是叫我叔叔吧，我还没你爸的年龄大。"

段师娘端了茶进来，看到孙阳站着，便说："孩子，坐下，坐下。"

孙阳接着段师娘递过来的凳子，段师娘这时才近距离看了孙阳。只见孙阳一条粗大且长的辫子挂在身后，五官端正，非常适合的浅色衣裳，气质符合人的审美，自然得体，红扑扑的双颊印在细嫩的皮肤上惹人疼爱，吸人眼球，特别养眼；细如玉葱的纤指，一看便知将来不是种田的料，是富贵之命。段师娘说："孙阳长得好看。"

孙继凤说："这丫头，平时在家里就是不肯出门，不愿到社会上与不三不四的人玩，我一出门，她就跟着，这不，我说来看看你们家段资，她就跟来了。"

段奇望着孙继凤问："你来看段资？"

"是啊。"孙继凤说，"段主任啊，你整天为了全公社的事操心。上次边北大队秋粮减产，你一眼就能看出是老地主搞的鬼，现在全大队农民的积极性都提高了。还有，我经常看到小快艇在河里开来开去的，就知道你在船上，你是一心扑在了工作、学习上，哪有时间照顾段资呢？段资明天就要到县里去学习了，所以，我连晚赶过来看看。"

段奇狐疑地问："你怎么知道段资明天去学习？"

孙继凤说："段主任，你真是贵人多忘事。我儿子孙武就是你的手下。"

段奇"哦"了一声，他想起来了，孙武在公社人武部当干事，一定是他回去说的。

孙继凤把带来的竹篮递给段师娘，说："段师娘，不成有准备。"

段师娘推辞着说："继凤，你也太客气了，孩子去学习，没多长时间就会回来的。"

孙继凤说："段师娘你别客气，这些都是自家地里长的。瓜子已经炒好了，这糯米煮粥吃，冬天非常养人。还有鸡蛋都是自家产的。"

段师娘说："你真是太操心了，叫我怎么过意得去。"

孙继凤说："看你说的。你和段主任离开城里，到我们小小的边镇，帮助我们促生产，为的是全镇的人民群众，真正过意不去的应该是我们。"

段奇望着孙继凤，脸上抹过一丝笑意，这个孙继凤确实名不虚传，说话一套一套的，把政策与她送礼发挥得淋漓尽致，你不收还不行，说得人心里甜滋滋的，她说得很自然，似乎是水到渠成，很自然，很顺畅。在说话的间隙中表扬孙阳不出去玩，不与不三不四的人玩，顾名思义是个好女儿，还提醒段主任，孙武是她儿子。不简单，孙继凤的嘴厉害。

段奇站起来，说："你们两个女人谈谈吧。"说着转身进了房间。

段师娘打量着孙阳，说："你看你这姑娘多懂事，人又好看，多养几个也称心，我那几个丫头吵这吵那的，天天烦死了。"

孙继凤说："段师娘，孩子大了自然就好，小时候吵吵闹闹的孩子聪明。你要是不嫌的话，我让孙阳天天来陪你。"

段师娘说："我哪敢啊，孩子在家还要陪你，帮你做家务的。"

孙继凤说："我说段师娘，你就不要把我当外人，段资明天就要离家，孙阳来帮你做做家务，整理整理也行，她在家里也闷得慌，你就当是做好事吧。"

段师娘说："你这样说，我只好接受了，正好让我那几个疯丫头跟在孙阳后面学学好，省得长大了不成人。"

孙阳起来替段师娘和孙继凤加了水。

段师娘说："你看看孙阳多懂事。继凤啊，这是你的福啊。"

孙继凤不失时机地说："姑娘再好，还不是要嫁人，是给人家养的。"

段师娘说："谁家娶到孙阳真是福气。"

孙继凤准备说什么时，段资、段修、段素霞、段梅霞从房里冲了出来，他们打着闹着，嘻嘻哈哈的。段师娘喊道："别闹了，家里还有客人呢。"

段素霞说："妈，哥明天进城，我们要他带东西给我们，他说你只给了二十块钱，哥说不够。"

段梅霞说："对，妈，再给哥点钱，我也要带东西。"

段资说："只要妈给钱，我就给你们带。"

段师娘说："好，好，给，给。你们去玩吧，妈和段资说说话。"

三个丫头高兴地欢呼着，拍着手，欢蹦跳跃地奔回了房间。

段师娘拉着段资坐在自己身旁，说："段资，这回到县里学习放电影要认真地学习，这可是好工作，很多人做梦都在想的，要不是你爸爸怎么轮到你呢。你看，孙阳和她妈都来为你送行。"

其实，在段师娘说话的时候，段资就看着孙阳了，眼光在孙阳脸上身上扫来扫去的，他觉得孙阳实在太漂亮了，找不到任何缺陷，特别是皮肤白嫩得滴下水来，使人都不忍心去碰，好像一碰就破。段资不禁暗暗叹服，竟有这样的美人。

孙继凤笑眯眯地望着段资，说："段资就像从他爸脸上剥下来的，国字脸，肩膀宽厚，膀阔腰粗，双眼有神，将来比他爸还要强，真是一代胜一代。"

段师娘说："你别夸他了，我就担心他不学好。"

孙继凤说："段师娘你就别担心了，他的面相就告诉人是个大富大贵之人。"

段资的眼光不由自主地向孙阳瞟来。孙阳忽然想起了什么，说："段资，这是葵花子儿，是给你带去学习吃的。"

段资含笑说："这个我喜欢吃。"

孙继凤说："喜欢吃的话，以后多炒点儿。"她感到今晚之行的预期目的已经达到，效果也非常好，如果再坐下去，就要有废话空话，言多必失，现在是恰到好处，应该回去了。于是，她向段师娘说，"明天段资就要走了，你们娘儿俩好好谈谈，我们先走了。"

段师娘和段资把孙继凤、孙阳送到大门口。

孙继凤说："向段主任打个招呼啊。"

段师娘说："没事的。"

段资的眼睛始终盯着孙阳，目光中透着深情。孙阳一双澄若秋水的双眼盈盈地望了段资一眼。彼此心中都有一种异样的情愫，也许这就是一见钟情。

孙继凤走了，段奇从房里走出来，兴奋无比，满面春风地说："孙继凤的嘴厉害。"

　　段师娘说："我感到她来有什么目的。"

　　段奇哈哈大笑起来，说："好事，好事啊。"

　　段师娘问："你知道是什么事？"

　　段奇说："她的真正目的是来攀亲的。"

　　段师娘说："你是说她想把孙阳嫁到我家？"

　　段奇说："对。"

　　段师娘若有所思地点点头，说："孙阳这姑娘也不错，我看配段资是绰绰有余。"

　　段奇说："我也认为这姑娘不错，身材、长相还是比较出众的。"

　　段师娘说："这么说你同意，看中了？"

　　段奇点点头。

　　段师娘说："真能娶到孙阳也是我们家的福分。"

第七章　天才教育家

迟志来的店门开了。他坐在店里能一览全部的小菜场。他点了支烟吸着，等四奶奶把早饭煮好，他就可以到朱校长、林老师那儿坐坐聊聊。这段时间以来，迟志来就在这两点之间来来回回，至于他干的什么，从不对外人讲，甚至连四奶奶也没有讲过。当时选择到自己家开代销点，一方面原因就是迟志来不太愿意与外界人员接触，就是同一个柜台上的同事也不怎么来往，一方面迟志来喜欢安静，她们在自家开店，比较自由一点，没有过多纪律制度的压缩，上下班时间都可以自由支配，只要把属于自己辖区内的商品计划供应好了就行。保证与家人在一起平平安安过着家庭小日子。"穷人无灾就是福"已经在他脑海里根深蒂固了。但是迟志来对自己喜欢的、合得来、他认为是"好人"的，是非常尊敬和佩服，对这种人就是把心掏给人家也情愿，自己不吃给人家吃，你再穷迟志来也会把你当朋友的。倘若他看不惯的人，不管你权多大，钱再多，迟志来都不会理你的，他就是这种脾气，没办法，是与生俱来的。他家隔壁的邻居段奇，他就是看不顺眼，人家是千方百计想巴结段奇，而迟志来与段奇只有半墙之隔，迟志来却让得远远的，因为他看不惯段奇为人。用迟志来的话说，就是"拉屎离你三尺远"。而对朱校长、林老师他是佩服得五体投地，人家有学问、有知识、有文化、有水平，帮助老百姓，教育孩子，这样的人最值得尊重了。

迟志来还有一个理论，就是穷怎么了？穷大不了就是少吃点，只要不饿死。他说，人穷不可怕，可怕的是心眼穷，心眼一穷，就会做坏事，做没良心的事，做缺德的事，缺德事做多了就会有报应。

迟志来抽着烟，思考着，他平常就是这样过着。烟抽了一半，便把留下的一半摁熄，放到柜台的一角用火柴压在后面。抽烟是个瘾，抽一半是过瘾，抽一支也是过瘾，每次迟志来都只抽一半留一半，既节约了，又过了烟瘾。

四奶奶走进店里说："她爸，去吃吧，好了。"

迟志来问道："孩子们都起来了？"

四奶奶说："都起来了，正在屋里吃早饭呢。"

迟志来走进堂屋，坐在桌边，端起四奶奶为他盛好的一碗粥，边吃边问："你们的作业都做好了？"

迟玉香说："爸爸，都做好了，我都收齐了。"

迟志来说："今天上午在家背书，我一会儿就回来给你们买新本子。"

迟玉香说："爸，书已经全背了。"

迟志来说："你们什么时候背的？"

迟玉香说："爸，我们白天抄书，晚上在铺上睡不着，就背书。反正是要背，背不出来怕你打我们，所以我们都提前背了。"

迟志来听玉香一说，端起的粥碗停在了嘴边，双眼望着玉香，眼角有些潮湿了。他声音暗哑地说："玉香、满香、堂香、秀香，爸不打你们，你们是好孩子。"

迟玉香说："爸，我们今天干什么？"

迟志来沉默着思考了一会儿，说："今天上午给你们放假，只允许在家里玩，不允许出这个门，不允许大声音。"

四个丫头脸上都露出了灿烂的笑容。

迟志来看到丫头们的喜悦，也心情愉快地说："如果你们听话，我回来就有奖赏。"

迟秀香说："我要吃大白兔奶糖，金香姐上回只给我们每人半块。"

迟志来的眼泪含在眼里，说："爸给你们每人一块整的。"

迟堂香高兴地"哦"了起来，迟玉香立即制止道："不能出声。"堂香、满香、秀香伸出了舌头，微微地笑了起来。

迟志来走到厨房里，打开锅盖，一股热气从锅里冲了出来，一股山芋的香味随即扑了鼻子，沁入心肺。他把山芋拾进一个小塑料袋里，拎起来看了看，又拾进几个，然后将山芋放进怀里，带上丫头们的作业本，走出了家门。他走在边镇的小街上，神态坦然，一副若无其事的悠闲样。当他快要走到林老师家时，便放慢了脚步，还前后左右地看了看，没人了，才一个闪身，走进了林老师家。

林老师和妻子正在吃着早饭，林老师的身体已经基本恢复了，看到迟志来进来，林老师赶忙站起来以示尊重，现在林老师和他妻子都把迟志来当作了救命恩人。

迟志来问："朱校长呢？"

林老师说："朱校长回到他自己房去住了。"

迟志来从怀里掏出山芋放到桌上，说："林老师吃吧，还是热的。"

林老师妻子说："你太客气了。"

迟志来说："又不是什么好东西，是我远房侄儿带来的，都是自家种的。"

林老师拿起一个山芋，放到鼻子上闻了闻。他感到山芋虽小，这可是一片情谊啊，是真情。这可不是一根简简单单的山芋，从这个山芋里他看到迟志来身上有一种朴素的美，迟志来总是把一种美德放进了简单的生活中，没有斧凿的痕迹，使人感到一种温馨和甜蜜，并且能够很容易让人接受，使人们看到生活的希望，树立起信心，还能使这种美德往下传承。林老师咬了一口山芋，他感到很香，很香，很好吃。

迟志来拿了一个山芋递给林老师的妻子，说："吃吧。"

林老师妻子的泪水已经流出了眼角，正无声地顺着面黄肌瘦的脸颊往下慢慢地流淌。现在连个上门串门的人都没有了，只有迟志来这个素昧平生的人来看望，还带着吃的，怎么不使这位感情脆弱的女性知识分子感动呢？

林老师嘴嚼着山芋，说："好吃，好长时间没吃过这么香的山芋了。"

迟志来说："你觉得好吃，我下次再带。"

林老师吃着山芋，喝着粥说："志来，我不会说什么漂亮的话，我只知道你是我这一辈子永远忘不了的人。"

迟志来说："只要你不嫌我是个大老粗，我们就算是朋友了。"

林老师说："你有一颗金子般的心，比金钱、权利、文化更值钱。如果一个肮脏的心里有了钱、权，那给社会带来的伤害更大。朋友一生一辈子，得一知己足矣。"

迟志来从怀里掏出丫头们的作业本放到桌上，说："这都是我孩子们做的，请你帮忙改一改。"

林老师放下手中的山芋，凝神地一张一张地翻着，林老师的妻子也在旁边帮着看。他俩看到学生的作业本，一下子就进入了工作状态，感到自己又走上了讲台，又寻找到了一种感觉。

林老师一张一张地翻着，一条一条地看着，时而点头，时而停顿，时而用手指指点点，看了一本再看一本。看完了自己手中的，又从妻子手里接过妻子看过的，妻子也从他手里看着林老师看过的。全部看完后，林老师合上本子，双眼盯着迟志来问："这全是你孩子做的？"

迟志来说："是啊，是不是错啦？还是做得不好？"

林老师既激动又兴奋地说："志来，你真是不简单，你比我们老师都做得好，你已经走在了时间的前面。你的孩子真是太聪明了，所有的作业全对，一个字都不错。"

林老师的妻子惊讶地感慨道："不简单，真不简单，比我们老师教得好。要是现在所有的学生在家里都能这样就好了。"

迟志来惊慌地说："林老师，小声点，不能让外面的人听见。"

林老师轻声的，几乎是把声音缩在喉咙里，问道："你是怎样教她们的。"

迟志来说："她们早上起来就开始抄，抄完了反复抄，不懂的地方，就是大的教小的，晚上她们睡得早，一上铺就背书，我也想不到她们竟然全背上了，反正一天十多个小时都在重复着。从不出门半步。"

林老师说："看来，她们目前把这学期的任务都已经完成了，没有掉下功课，并且还学得挺好的。"

"咚、咚、咚"，有人敲门。林老师停止了说话，三个人的目光一齐投向了大门，屋里死一样的沉寂，三人都屏住了呼吸。

"咚、咚、咚"，又轻声地敲了起来，门外的人轻轻地说："育才，是我，祥和。"

三人的胸口同时输出了一口气。林老师的妻子去打开了门。朱校长进门后，立即又关上了门。

迟志来打着招呼道："朱校长，来啦。"

朱校长看到迟志来在这里，亲切地说："志来来了。"

没等朱校长坐下来，林老师就喊着朱校长："祥和，你快来看，奇迹，真是奇迹。想不到志来创造了教育界的奇迹，一学期的课程，他提前不到一个月就完成了，而且学生把书全背下来了。"

朱校长拿起本子一本一本地翻着看，他望着迟志来，说："志来，你做得太好了，你的孩子却能躲进小楼成一统，管他春夏与秋冬，这种精神真是罕见，我这个校长都自叹不如。"

林老师妻子端来一碗山芋，对朱祥和说："朱校长，迟志来送来的，还热着，你吃吧。"

朱校长说："志来真是教育奇才，我们三个都是学师范专业的，想不到还不如志来的方法好。提前完成学期教学任务，并且门门优秀，人人优秀，我只能是佩服，再佩服。"

迟志来笑着说："朱校长，你别笑我了。你们三人是教育科班出身。我看你们一谈到学生，一谈到教学，就精神抖擞起来，讲话就有了精神。"

朱校长说："志来啊，你不但救了我们的命，还能给我们教学的启示，自古以来就是唯有读书高。"

林老师说："那天晚上，四奶奶说能帮一个是一个。四奶奶说得太有道理了，我作为老师，能教一个是一个。这样吧，志来，我为你四个孩子，每人出一份试卷，你带回去，让她们考考。我现在就去出。"

迟志来说："太好了，太好了，是要考一考她们，考了我也放心。"

林老师、林老师妻子一起去出卷了，只剩下迟志来和朱校长。

朱校长对迟志来说："志来，你没有放松孩子的学习，就等于没有浪费孩子的青春。不过你这是死记硬背，要教会孩子灵活运用。"

迟志来说："朱校长，我哪会？现在孩子就没事做了，正在家玩呢。"

朱校长问道："为什么玩呢？"

迟志来说："书已抄完了，现在没书给她们抄了。"

朱校长说："书你不要愁。我们要根据你孩子的学习情况，制定一个学习计划，让她们能够系统地，循序渐进地增加知识。"

迟志来说："教育我不懂，我听校长的，你怎么安排，我就怎么做，我保证我的孩子能够完成你的任务。"

朱校长眼中露出了喜悦的光芒，说："好，志来，你就当帮助我搞一次教学科研吧。"

迟志来说："朱校长，是你在帮助我，怎么说是我帮助你呢？"

朱校长说："志来，我是从内心真的感谢你，你给我提供了一个教学科研的好课题，想不到我的教学科研又要继续了。我真的不知道应该怎样谢谢你。"朱校长像个小孩似的高兴，他又拿起一个山芋吃起来，并且还拿了一个山芋给迟志来，"来，你也一起吃，让我们共同祝贺我们研究课题开始。"

一会儿，林老师和林老师妻子就为迟志来的孩子们出好了试卷。

林老师对迟志来说："这些试卷在两天之内能考完吗？"

迟志来说："今天就能完成，考好就给你送过来。孩子现在没事做，又没有书抄，闲着呢。"

朱校长说："林老师，你给他的孩子分别配上书，让他回家给孩子继续抄。"

一听说有书，迟志来真是喜出望外。

只见林老师点了点头，便和妻子一起去配书。

林老师说："四本书，每个孩子一本，我已替你排好顺序。最上面一本是最小孩子的，依次发给她们就行。我再给你四个本子，也是每人一本。让孩子们抄在本子上。"

迟志来说："好。我不但让她们抄出来，还让她们背出来。"

朱校长说："志来，你比我们老师还会教学。"

迟志来说："我只能把我的孩子管管好，我先替孩子们感谢了。我还要回去给孩子们考试。"

朱校长笑着说："你真是个称职的教育工作者。"

迟志来把试卷、书、本子揣进怀里，笑嘻嘻地说："我回去了，你们慢慢谈。"

迟志来回到家，先到店里的糖盒里数了八块大白兔奶糖放进袋里。他走进堂屋，看到孩子们正在玩绷绷游戏。他笑了起来，说："都到房间里去，我给你们发大——白——兔——奶——糖。"

四个丫头都跑进了房间。迟志来给她们每人发了一块糖，然后说："不要讲话，吃完之后开始考试，试考好了还有吃的。"

迟志来发着试卷说："要认真考试，不许偷看。我看着你们，哪个偷看就没糖吃。"

四个丫头在认真考着，谁也没说话，谁也没偷看，只顾埋头做试卷，迟志来在旁边看着，转着，望着。房间里鸦雀无声，非常安静，只有笔与纸的摩擦声，以及孩子们紧张的呼吸声。

考试完了，迟志来收起卷子叠好，揣进怀里，给每人又发了一块大白兔。然后，他把书和本子发给孩子们，说："从现在开始，各人抄各人的书，晚上你们自己背，还和以前一样。"

第八章　女儿婚姻跟做生意一样

一天，孙继凤和孙阳正在家里吃中午饭，边北大队插队知青何巧莹带着两斤红糖来看望孙继凤。在边北大队，大家都知道，孙继凤的丈夫孙扣根虽然是个大队会计，人老实忠厚，办事认真，但就是脑筋不活，不会转弯，更不会玩弄权术。有许多人想办事不是找孙扣根，而是找孙继凤，只要孙继凤答应了，事情就能解决，孙继凤不答应那就没门。那时候，大队会计可是个实权人物。不谈账目上的处理减免了，仅就掌握公章就是一项不得了的权力。出具证明、外出办事、婚育嫁娶等一切，没有大队公章就办不成。

现在，何巧莹的爸爸为何巧莹在城里托关系找了一份工作，但是人家单位里必须要有一份大队的证明。何巧莹已经找过孙继凤三次了，都没有结果，可人家单位催着。因此，何巧莹专门回了一趟城，把全家两个月的计划糖全部用掉，背着礼第四次登门求孙继凤能够网开一面，把证明何巧莹政治清白、未婚、年龄等证明开出来。

何巧莹手里拎着包站在那儿，进门就喊了声："孙阿姨好。"又满脸堆着笑的朝孙阳，"阳阳好。"

孙阳只顾吃饭，正拈着一条小鱼悬在半空中，不知是没有听到何巧莹说话，还是没有看到何巧莹，连眼皮也没有掀，只顾自己吃着。

孙继凤穿着一件兰底小白花大脯头的上衣，洗得干干净净，平平展展的，从领口可以看到她还穿着一件天蓝色的毛线衣，头后盘着发髻，发上还罩着一个黑线织成的网涫儿，端端正正地坐在那儿，一双筷子正在那碗小鱼烧咸菜里拈着一条小鲫鱼儿，她把鱼夹住放到自己的饭碗上，剔着鱼刺，也不抬头，也不说话，只管夹鱼肉往嘴里送。她一边嚼着，一边斜眼看着何巧莹手里拎着的包儿，然后慢慢地问："还是为证明的事儿？"

何巧莹慌慌张张地答道："是的，孙阿姨。"

孙继凤吃完嘴里的鱼肉，又扒了一口饭，等吃完嘴里的饭，又慢慢地说："坐下吧。"

何巧莹扫视了一下屋子，见门边有一张小凳子，便坐下了。

孙继凤说："这个证明是要出给你了，你也跑了好几趟了，挺不容易。不过，你自己写一下吧，我让扣根给你盖上章。"

何巧莹赶忙站起来，把两斤红糖递给孙继凤，说："孙阿姨，我实在是没什么东西报答你，这是两斤红糖，你收下吧。"

孙继凤又夹起一条鱼送到孙阳碗里。

孙阳起身站起来，说："妈，我不吃了，这鱼刺太多。"然后就走了，她从何巧莹跟前径直走过去，目不斜视，趾高气扬。何巧莹用目光送着，只看见她背后的大辫子随着身段在摆动，辫子也动着。

孙继凤说："红糖可是个好东西，上计划的，凭票供应，是紧张商品。"

何巧莹可能是太激动了，说："不是的，我家计划多呢，能买到。"

孙继凤从鼻子里哼了一声，心想，这小丫头，话都不会说，拍马屁都不会拍，这年头哪样东西不是凭票，按计划定量供应？

你家就是一个普通老百姓，能多到哪里去？还不是省下一两个月的计划。

这时，孙阳喊道："妈，快点儿。"

何巧莹接着强笑道："孙阿姨还有事，我先走了。"

孙继凤还是慢慢地说："你放心吧。"

何巧莹快步走出孙继凤的家，她轻轻地拍了拍胸口，总算松了一口气。她感到孙继凤家的空气太压抑了，好像空气比外面的空气比重大，紧紧地包围着全身，紧得都喘不过气来。

何巧莹一走，孙继凤饭也不吃了，打开两包红糖看了看，又用鼻子闻了闻，将一包红糖放进家橱柜里，一包放进橱柜上的竹篮里，竹篮里已经放了腌好的咸鱼咸肉。

孙继凤走进房里，孙阳正在照镜子，往脸上扑着香粉儿。

孙继凤教育孙阳说："到了他家，要放勤快点，抹桌、扫地、倒茶、倒水，还有就是嘴要甜，'段妈妈'三个字有机会就叫。"

孙阳端详着镜中的自己，又轻轻用双手摸了摸双颊，撒娇地说："妈，我晓得啦，你不知道说了多少遍了，我的耳朵都长老茧了。"

孙继凤说："你别嫌妈妈烦，妈这是为你好。你嫁入他家，就享一辈子清福，要吃有吃，要穿有穿，全公社的人都要看你的脸色，这时候吃点苦受点累算什么？"

孙阳娇嗔地说："妈，女儿听你的。"

孙继凤说："段资回来后，你要在他身上花点儿功夫，我看他对你有了好印象，但还要进一步抓住他，要抓住他的心。"

孙阳笑眯眯地说："好啦，好啦，妈，走吧。"

孙继凤上下打量着孙阳，替孙阳理了理刘海，才放心地走出房门，拎着篮子走出了家门。

孙继凤和孙阳走到段奇家门口时，发现门敞开着，两人脸上骤然起了变化，不知发生了什么。于是，两人放慢了脚步，变得蹑手蹑脚起来。当她俩走过天井再走进屋时，看到段师娘正在埋头抹桌子，她没有觉察到有人进来。

孙继凤问："段师娘……"

听到喊声，段师娘吓了一跳，抹布一下子掉到了地上，脸色都变了，心跳加快了。她拍拍自己的心口，说："哎哟，吓死我了。"随即又问了一句，"你们怎么不敲门就进来了。"

孙继凤说："大门没关，我还以为家里有什么事，也不敢大声了。"

段师娘说："唉，这帮野丫头，饭一吃，碗一推，就都跑出去玩了。"

孙继凤问："那段主任呢？"

段师娘说："他这段时间忙这忙那的，又是到县里开会，又是到下面大队去，不经常回家吃饭。"

孙继凤用手轻轻地捏了一下站在身边的孙阳，孙阳立即明白了，赶忙拾起掉在地上的抹布，帮助收拾碗筷，抹着桌子。

段师娘说："哎，孙阳你歇一会儿，我来。"

孙阳甜声轻语地说："段妈妈，你歇吧，我来。"

孙继凤说："段师娘，就让孙阳收拾，这孩子就是勤劳，在家里也是把家收拾得干干净净的，她爱干净。"

段师娘说："继凤，还是你有福啊，养了这么个好女儿。你看我那几个丫头，一吃完饭，人不知到什么地方去了，真是气死人。家门都不关，你们刚才过来吓了我一大跳。"

孙继凤说："小孩子玩才聪明呢。我这丫头，我都嫌死了，成天到晚的不是在家里待着，就是跟着我。"

段师娘说："这么好的丫头，你还嫌。人漂亮，又爱干净，还不贪玩，打着灯笼都难找，你别身在福中不知福，继凤，你要是嫌的话，我可是抢来了。"

孙继凤说："段师娘，说起来也真怪了，我这丫头啊，其他什么地方都不愿意去，她就要到你家玩，吃过饭，饭碗一丢，就催着我，要到段妈妈家玩，我看这丫头还真是和你有缘呢。"

段师娘说："好，好。我有这么个丫头，真是睡着了都能笑醒。"

孙阳把一堆碗筷拿到厨房里去洗了。

孙继凤说："你别老是夸孙阳好，我还愁她嫁不出去呢！"

段师娘说："继凤啊，你可千万别这样说，谁家娶到孙阳是谁家的福分。你别愁，不知道我家段资有没有这个福分。"

孙继凤说："段师娘，人们都说婚姻是前世注定的。孙阳这孩子不知怎的，自从段资去学习，就常念叨着，还为段资带来了咸鱼咸肉。"说着便把装着咸鱼咸肉的篮子拿给段师娘看。

段师娘说："也难为这孩子了。等段奇回来啊，我再与他商量商量，我看这两个孩子很合适。"段师娘还留了一手，她想观察观察孙阳，要把她作为儿媳妇的标准来观察了。

孙继凤说："我是巴不得这丫头早点有个主，省得让我操心啊。"孙继凤心中美滋滋的，这第一步总算成功了。以后就看这丫头的造化了。

段师娘说："继凤啊，以后来玩就别带东西了。"

孙继凤说："这是孙阳特别要带来的，说段妈妈一个人在家做家务挺忙的，她这咸鱼咸肉都洗干净了，放的时间又长，只要一切，下锅一蒸就可以吃，很方便，就能减轻你做家务了。"

段师娘说："孙阳还挺细心的啊。"

孙阳收拾完碗筷，倒了两杯水，端到孙继凤和段妈妈跟前，便很自然地坐到了段师娘旁边。段师娘的目光盯着孙阳，心想，这丫头还真心细，会疼人。

段师娘问孙阳："最近忙什么呢？"

孙阳妩媚地笑着："最近我学织毛衣。"

段师娘说："学织毛衣？这个好，女孩子学织毛衣好。小时候我就没这个机会，现在还到处请人帮着织呢。我那几个丫头只顾疯疯癫癫的，什么都不学。"

孙阳目光温柔地说："段妈妈，你不嫌的话，我来帮你织。"

段师娘很欣慰地抚摸着孙阳的后背，眼神温和地说："好啊，太好了。"

孙阳双颊微微泛起红晕，含羞地问："段妈妈，段资什么时候回来？"

段师娘眼前一亮，心中微微一颤，含笑反问道："找段资有事吗？"

孙阳说："段妈妈，段资不是放电影吗？他一回来我就有电影看了，我最喜欢看电影了。"

段师娘眉宇间带着喜悦地笑起来，说："这好办，等段资回来，你就跟着他，天天有电影看。"

孙阳沉默而柔美地笑了。

孙继凤不失时机地说："孙阳，段资放电影，这个大队走到那个大队，全公社二十几个大队呢，有的大队一个月都看不到一场电影，段资忙，你不要老顾着看电影，还要好好地照顾段资。"

孙阳露出一个笑脸，脸憋得通红地说："妈，我晓得。"说完便含羞地低下了头。

段师娘和孙继凤都会心地笑了，她俩笑得无比开心和畅快，但各人心中的想法又不一样。此时，段师娘全身涌动了一股温暖和激荡的情愫，眼前的孙阳确实是个好姑娘，通情达理，柔情似水，能找到这样的儿媳妇也算前世修来的了。孙继凤心中是有一种成功的喜悦，这么多天的计划一步步地走着，今天总算有了结果，只要孙阳能够嫁到段家，自己就是段师娘、段奇的亲家。段奇现在是边镇的一把手，以后我们全家都要跟着沾光。从内心讲，段资是修了个好"老子"，好"老子"带他安排了好工作，就凭段资的德行、人品，孙继凤是不满意的。但现在德行、人品在孙继凤的眼里一文不值，有权有势才是最实惠的，自己的丈夫只不过是个大队会计，还隔三岔五地有人拎点儿东西，还有人恭维呢，还有人上门求办事呢。

孙继凤如痴如醉，满面春风地说："段师娘，我还有事，先走了，孙阳陪陪你。"

段师娘说："好，你忙吧。"

送走了孙继凤，段师娘拿出毛线说："孙阳，这毛线还是有人上次送给段奇的，这颜色适合我，我想织一件毛衣。"

孙阳绷着线，段师娘绕着线，一个在线这头，一个在线那头，她们配合着，牵引着，其乐融融，她们的心，她们的情，随着毛线的荡悠，靠拢了。

"四奶奶"。段师娘站在矮墙边喊着。

四奶奶正和迟志来在柜台里点着商品，听到喊声，迟志来脸一下子阴沉了下来，心想又是要拿什么东西了。四奶奶轻轻拽了迟志来一把，意思是忍着点。迟志来便沉默了。

四奶奶嘴里答应着，脚步已经迈开，三步并作两步地走到矮墙边，满脸笑容地问："段师娘，需要什么？"

段师娘说："给我拿一副竹篾针，打毛线衣用的。"

四奶奶答应着："好的。要粗的还是细的？"

段师娘也不知道是粗的好，还是细的好，就说："各拿一副吧。"

四奶奶再赶忙跑回柜台，拿了一副粗篾针和一副细篾针。拿完后，她顿了顿，又从货架上拿了两块香皂，走到矮墙边，把篾针递给了段师娘，段师娘把看着篾针。

四奶奶说："段师娘，这里还有两块香皂，是今天刚到的货，很香的，上海产的。"

段师娘接过香皂，放到鼻子底下闻了闻，说："嗯，真香。"段师娘准备往屋里走时，看到四奶奶站到矮墙边，脸上挂着笑，懦弱地看着自己，好像有什么话要说，便转身过来，问道，"四奶奶，有什么事吗？"

四奶奶畏缩地说："段师娘，有件事想请你帮帮忙。"

段师娘说："什么事？四奶奶，我们是邻居，只要我能帮的你就说。"

四奶奶想不到段师娘这么爽快，就说："我大姑娘上次回家来说，供销社有一批临时工要转正式工，我想请你家段主任帮忙，能够帮孩子转了。"

段师娘很轻松地说："哦，就这事啊。看把你紧张的，以后有什么话，有什么事就直接跟我讲，别不好意思的。我跟你家拿东西可从来没客气过的。"

四奶奶说："段师娘，你以后要什么尽管拿。"

段师娘说："就是这事，等段奇一回来就对他说。难怪这段时间经常有人找他说什么转正的事，原来是这事啊，四奶奶你放心吧。"

四奶奶说："麻烦你了，段师娘。"

段师娘说："这麻烦什么，没事的，有段妈妈替孩子做主。"

四奶奶是个情感非常脆弱的人，得到别人的帮助，或者别人说上几句好话，特别是段师娘说的"有段妈妈替孩子做主"，顿时被感动了，竟流出了泪水。

晚上段奇回来，还打着酒嗝。

段师娘接过手里的包，轻声问："在哪儿吃的？"

段奇含糊地答道："供销社请客的，先替我倒杯水来。"说着就坐到椅子上。

段师娘赶紧倒了杯茶叶水给段奇醒酒，段奇喝了一口，说：

"再放点茶叶,这茶太淡了。"

段师娘端着茶杯,边说边往里面加着茶叶:"这茶太浓了,浓了就苦。"

段奇说:"我喜欢喝浓茶。"然后又从包里拿出一包"大前门"香烟,从里面抽了一根出来点上,深深地吸了一口。

段师娘坐到段奇对面说:"以后在外面少喝点酒,酒喝多了伤身体。"

段奇又吸了一口烟,吐出长长的烟雾,说:"我有时也是没办法啊,这不是为你那宝贝女儿,我才喝了这么多的酒。"

段师娘惊诧地望着段奇:"为了女儿,喝酒?"

段奇说:"是啊,段修不是吵着要进供销社卖布吗?"

段师娘突然想起来了那天中午段修不肯上学而要上班的事,便不由自主地"哦"了一声。

段奇说:"今天我到供销社检查了解情况,供销社主任非要留我吃晚饭,要我和群众打成一片,所以,我只好接受,顺便把段修的事向他们说了。"

段师娘迫不及待地问:"他们怎么说?"

段奇说:"他们能怎么说,同意了。"

段师娘不敢相信自己的耳朵,想不到这么容易,说道:"同意了?"

段奇肯定地说:"同意了。"

段师娘问:"什么时候上班?"

段奇说:"过了春节就上班。"段奇喝着茶,抽着烟。

段师娘这时真正地感受到权力的力量,有了权力,什么事都很顺利,都不费吹灰之力,本来非常复杂的事、非常难办的事,在权力面前就好办,就容易办。段资、段修两个人的工作,短短的几天内全解决了。不用求人,不用请客,不用送礼,就凭段奇的一句话。

段师娘替段奇加满了茶，说："还有个事要替四奶奶家帮忙。"

段奇漫不经心地问："哪个四奶奶？"

师娘说："就是我们隔壁邻居，开店的那家。"

段奇"哦"了一声，问："他家有什么事？"

段师娘说："他家有个姑娘在供销社做临时工，想转正。"

段奇说："想转正？你答应了？"

段师娘说："我答应了，人家对我们家挺好的。经常拿人家东西都没有给钱，给钱了人家不要，我看他们孩子多，生活也困难，你就帮一下吧。"

段奇端起茶杯喝了一大口浓茶，两个嘴巴都鼓了起来，然后慢慢地点了一下头，随着点头，茶通过喉结进入了肚子了，接着又吸了一口烟，慢慢吐出一串长长的烟雾。

第九章　自己是女儿身

　　半弯新月升上了天空，这轮缓缓升腾在高空中的弯弯月亮，就好像是一位恬静而美妙的青春少女，她沉默不语，深邃而透彻的眸子，透过光秃秃的树丫，正在含情脉脉，注视着小河岸边的屋子。这就是水乡深处的月光，轻柔、薄淡，洒落在大地。

　　水乡冬日的夜，是安详、宁静、恬淡，一望无边的麦田、村庄、河流，寂寥、渺茫、广阔、没有边际，偌大的一个舞台，没有华丽灯饰的闪耀，有的只是月光静静地洒下来，只是一缕缕清淡的清辉，这样的月光，给人们只是清冷，无助。

　　农村的夜啊，冬日的农村天黑得早。天一黑，就万籁俱寂了。四周静得出奇。农村吃过晚饭，就会早早地上铺了，钻进被窝里暖暖的，一家人说着家长里短，做着该做的事，打发着无聊的时光。

　　可是，迟金香在远离家的供销站宿舍里，在这样的夜晚里更加显得寂寞、孤单。宿舍的同事又请假回去了，这个静寂的夜晚，这样的月光，将会改变人们的思想世界，容易使人浮想联翩。此时的迟金香静静地躺在床上，可她的心没有静下来，也静不下来。透过玻璃窗，就看到了月弯弯的，像秤钩，勾起她的回忆。

自从那天在家里巧遇高清泉后，她就被他的一双浓眉大眼和英俊的精神面貌吸引了，现在她又想到了高清泉，清泉现在在干什么？喔，清泉一定是在帮着他妈干活，清泉很勤劳，肯吃苦的。每次到我家里都把一缸水拎得满满的才走，我妈生了五个丫头，正缺这么个英俊的男子呢，爸妈身边多么需要个男孩子，看得出来，爸妈也非常喜欢清泉，清泉要是生在我家就好了。要想清泉生在我家，只有一条路，那就是我嫁给他，这是唯一的一条路。哪有男的倒嫁的，只有女的到男家！瞎想，自己真是瞎想，再说清泉家就姐弟俩，也就一个男孩，怎么可能到我家落户呢？她摸了摸双颊，觉得有点湿热，她又自己骂自己也不害臊。

骂归骂，可是高清泉的影子在她心中，在它眼前已经挥之不去。咦，到现在也不知道是否验上了？哎，又打听不到他的消息。如果他验上了，就会到很远很远的地方，也不知道什么时候才能见到他。假如他去了，他家就会少一个劳力，他爸妈就会更苦了。假如他验不上，不去当兵，我就可以经常见到他，那他，会不会就永远待在这农村里了？即使他在农村，应该也是个好青年。不行，不行，好青年、好男儿志在四方，你去了，有我呢，清泉你去吧。我可以照顾你爸妈，你就安心当兵，为家争光。迟金香就这样在铺上正面想着，反面想着，左思着，右思着，久久难以入睡。

第二天，迟金香在柜台上售货时，心神不宁，眼中目光淡然，心里感觉空空的，像是丢了一样东西。顾客来买东西，都叫喊两三声了，她才有反应。

有两个青年走进了店里，一个稍高，一个稍矮。他俩的目光盯着香烟和酒，扫视着，迟金香并没有发现两个青年的异常。一个销售百货的营业员走到迟金香身边，拽了拽她的衣角，并用眼神提醒迟金香要注意两个青年的举动。迟金香看见两个青年的双眼在香烟和酒上扫过来看过去，一会儿指着"大运河"牌香烟，一会指着"华新"牌香烟，一会儿指着"玫瑰"牌香烟，然后又朝迟金香看看。

迟金香正用怀疑的目光审视着他们，目光相撞，却发现两个青年眼神很温和。咦，这两人像是在什么地方见过，噢，是本大队的，就是这个大队的。

高个青年壮着胆，红着脸，说："同、同、同志，我想跟你协商个事儿。"

迟金香双眼紧紧地盯着他，心中不免有些紧张。

高个青年继续说："我想买一包'大运河'香烟。"

迟金香说："二角八分钱一包，一张票。"

高个青年谦恭地笑着："同志，钱我有，就是没有票。"

迟金香不屑地说："没票怎么买？这是上计划的，凭票供应。"

高个青年说："我就是跟你协商，我确实是没有票。"

迟金香说："这是计划商品，没票，不好卖。"

矮个青年满脸笑容地说："我们欠你一张票，下个月给你，行不行？"

迟金香说："这怎么行？我们每月都要盘点。再说，我又不认识你们。"

矮个青年说："同、同志，你帮帮我们，做做好事，我们一个好朋友去当兵，后天就要到公社集合，他是个孤儿，人家都有人送，我们俩想请他吃顿饭，送送他，尽一份朋友情。"

迟金香听矮个子一说，浑身有了精神，便问："你是说，全公社当兵的后天就要到公社集合了？"

矮个子说："是啊。"

高个青年说："我叫我哥哥来担保，保证下个月给你补一张票，行不行？"

迟金香问："你哥？你哥是谁？"

高个青年说："我哥是大队民兵营长。"

迟金香突然不着边际地问道："你们知不知道高清泉有没有验上，什么时候走？"

两个青年我看看你，你看看我。

高个青年说："不认识，好像我们大队没这个人。"

矮个青年说："没这个人怎么认得。"

高个青年眼珠一转，灵机一动，笑嘻嘻地说："你说的那个高、高什么的……"

迟金香说："高清泉。"

高个青年说："我可以帮你打听到，不过你得卖一包'大运河'香烟给我们。"

迟金香脸露难色，说："这样吧，'大运河'比较紧，我只能卖一包'玫瑰'给你。"

高个青年说："买'大运河'，我们下月补一张票给你，还有我哥担保，还不行吗？"

迟金香犹豫着，思考着，然后像下定决心似的，说："行。你必须要先告诉我。"

高个青年说："好，我现在就去问我哥。我们一言为定。"说着高兴地拉着矮个子走了。

迟金香轻轻拍着手，嘴角微微向上一扬，露出两个漂亮的小酒窝儿。她想，昨晚刚向嫦娥姐姐祈祷过了，这肯定是嫦娥姐姐派来帮我的，嫦娥啊嫦娥，我谢谢你了。但现在还不知道高清泉有没有验上，万一验不上怎么办呢？想到这个，她心中又紧张起来，脸上的笑容又渐渐地收拢了。

一会儿，高个青年和矮个青年领着民兵营长来到了迟金香的柜台前。

高个青年说："这是我哥，是大队的民兵营长，你认识吧？"

迟金香点点头，可是一脸的严肃，她害怕民兵营长说高清泉没验上。

民兵营长从袋里拿出一张表格，说："你要了解哪个？"

迟金香胆战细声地说："高清泉。"

民兵营长连看都没看一眼表，就说："高清泉，有。"

迟金香瞪大眼睛看着民兵营长，几乎不敢相信自己的耳朵，说："营长，你还没看，怎么知道就有高清泉啊？"

民兵营长说："高清泉这次在我们全公社出名了。前几天，我在公社民兵营长会议上，人家部队来带兵的军官就说了，这回我们公社当兵中高清泉文化最高，没当兵就帮助老百姓了。"

迟金香说："他帮哪个老百姓？"

民兵营长说："高清泉到公社去验身体时，有人看到他帮助四奶奶家提水，四奶奶家是五个姑娘，没有男孩，这样的好青年被军官一眼就看中，这么大的事，我还记不清楚？这可是我们公社的光荣。"

迟金香一脸诡异地笑了，笑得那样开心、欣喜、甜蜜。

这时候，民兵营长好像感觉到了什么，问："咦，你打听高清泉干什么？他是你什么人？"

迟金香没有回答民兵营长的问话，而是问："那高清泉什么时候走啊？"

民兵营长说："后天就全部出发了。明天就要到公社去。咦，他是你什么人？"

迟金香笑意盈盈地说："他是我表哥。"说着高兴地走着。

民兵营长"哦"了一声。

高个青年和矮个青年赶忙叫道："哎，哎，你答应我们的事呢？"

迟金香满脸挂笑地说："噢，噢。我一高兴差点儿忘了。"说着从柜台里拿出了一包"大运河"牌香烟放到柜台上。

迟金香自从知道高清泉当兵的消息后，一直都比较兴奋，眉宇间都增添了青春的朝气。她向经理请了假后，就进了自己的小房间，梳洗打扮，脸上抹了雪花膏，头上上了点儿油，显得乌黑浓密了，眼睫没有东西可抹的，就用手蘸了点水抹了抹，眼睛一眨一眨地瞧着镜中的自己；嘴角微微上扬，目光中充满了温和，嫩柔的一双小手轻轻地拍打着双颊，又拢了拢在额头上的刘海。她觉得不好看，又拢了拢刘海，觉得满意了才又笑了起来。

明天，新兵就走了。迟金香今天就准备回去，经理已经准了假。离家十五里，跑。迟金香决定跑回去。十五里路，她既感到遥远，归心似箭，恨不得一步就跨到家，她想到也许高清泉正在她家等她；十五里路，她又感到很近，因为她现在浑身都是精神和喜悦，也就是十五里路，跑一下就到家了，就能见到高清泉了。十五里路有什么了不起的，错过了这个机会，就是好几年后才能看到高清泉，别说是十五里，就是二十里、一百里都要跑回去见高清泉。自己还有很多话要对高清泉说呢，自己的心思要让高清泉知道。所以，她觉得十五里路不算什么。

迟金香背起了一个布包上路了。冬天真冷啊，特别是农村的冬天，走在宽旷的田野上，没有任何遮拦，北风吹来，发出"飕飕"的响声，透着棉袄直往人的身上钻，风吹到脸上是刺骨的寒冷。光秃秃的树丫在寒风中摇曳，偶尔飘落下几片黄叶，随风在空中漫无目的地飞舞着，更加给人一种寒冷、苍凉的感觉。

然而，这一切都挡不住迟金香回家的信心，挡不了她回家的勇气。她已暗暗告诫自己，别说是刮风，就是刮刀，我也必须坚决回家。

迟金香站在家门口的店门前时，看到爸爸正在店里坐着，就喊了声："爸爸。"

迟志来定眼一看，像被吓着，站了起来："丫头，你从哪儿来的？"

迟金香笑着说："爸，我跑回来的。"

迟志来惊愕的脸上稍微松了下来，说："快，快，进屋来。"

四奶奶听到他们说话的声音，赶忙放下手里的活，跑到店里："哎哟，乖乖，这么冷的天，这么大的风，你跑回来的？"说着接过迟金香身上的包，一边拉着丫头的手往屋里走，一边说："你看你手冻得冰凉，脸冻得通红的。先用热水洗一下，暖暖身子。"

迟金香进了屋，双眼像扫描一样看着屋子的每一个角落，然后问四奶奶："妈，高清泉呢？清泉哥怎么没来？"

四奶奶惊异地望着迟金香，说："金香，你怎么知道清泉来了？"

迟金香由于过分激动，知道自己也唐突了，说："妈，你别问了，先告诉我清泉哪去了？"

四奶奶说："清泉跟他们大队民兵营长去办点儿事，马上就回来。"

迟金香欣喜若狂地说："妈，我就知道清泉要来的，清泉会提前来的。"

四奶奶看出了女儿的心思，知女莫如母，四奶奶明白了女儿今天为什么要回家，为什么不顾天寒地冻地回来的原因。女儿大了，真的大了。

四奶奶打了一盆热水，说："先洗洗吧。"

迟金香赶忙从妈妈手里接过那盆水，说："妈，我自己来。妈，今天要烧点好吃的，清泉哥这一走要好长时间才能回来的。"

四奶奶笑眯眯地说："就你知道疼清泉，妈知道了。"说完又咯咯地笑了起来，走出屋子，来到迟志来身边。

四奶奶轻轻地说："她爸，你都听到了？"

迟志来说："听到了，我也打心眼里喜欢清泉这孩子。"

高清泉办完事回来了。看到迟金香，他眼前一亮，嘴里就冲出来了："金香，你回来了，我就知道你会回来的。"

迟金香望着高清泉，就像久别重逢似的："清泉，我也知道你会提前一天来的。"

两人几乎异口同声地："你怎么知道？"

迟金香调皮地嘴角一扬，说："我不告诉你，不过这可能是感觉。"

高清泉说："我也不知道，我就是要提前一天来。"

迟金香说："你验上兵了，也不告诉我一声。"

高清泉说："我本来想到你所在的那个大队去看你，告诉你的，可是妈妈和姐姐那里我一直离不开，妈妈有好多好多的话说，我又帮忙家里把米碾好，把草也帮妈妈备足了，忙着忙着就忙到了晚上。所以我提前一天来到你家，再帮叔叔把家里的事做做，我也好安心地走了。"

迟金香扬起一丝一缕拂在脸上的散发，说："你就安心地走了，也不和我说说话。"

高清泉目光犀利地看着迟金香一张嫩脸似被水洗过，心中稍感愧疚地说："金香，你能对我这样，我很感激。我虽然当兵了，也不知道以后是怎么样的路。我知道你的心思，我可不能耽误了你。"

迟金香着急地说："你说什么呢？不管你今后怎么样，你还会种田吧，你还有力气吧。"

高清泉沉默良久，不无伤感地说："金香，我家很穷，爸死得早，是妈妈一个人把我带大的，我现在又外出当兵，家里又缺了一个劳力，我真不想去当兵，可是现在到了这种地步，肯定是退不出来了，刚才民兵营长还在做我的思想工作，大队里可以适当照顾妈妈的生活。我为什么没有到你家来告诉你，还有另一个方面的原因，就是把时间全部留给妈妈，妈妈这几天是满脸垂泪，既舍不得我去当兵，又怕耽误我的前程。所以，我只好劝劝妈妈，天天陪在她身旁。连明天我走都没有让妈妈来送。"

迟金香久久地凝视着高清泉，一阵心酸地轻声说："清泉，你放心地去，到了部队就安心，你妈那里，我会去的。明天我和妈妈送你。"

高清泉心中不安地说："金香，你一个人在外工作，离家远，已经很不容易了。"

迟金香说："你别管那么多，如果有可能，我要求调到你们大队的供销站去，这不就解决问题了吗？"

泪水在高清泉的眼里打转。

迟金香秋水般的眼睛望着高清泉，说："我爸我妈只生了我们五个丫头，身边没有一个男儿，你是他的远房侄子，爸妈又非常喜欢你，我也欢喜你。"说完，迟金香两腮绯红地低下了头。

高清泉双手捧着迟金香的脸，双眼深情地仿佛要喷出火来。

迟金香温和轻柔地说："清泉，到了部队，要常给我写信，我会天天等你的信的。"

高清泉含情地点头："我会的。"

迟金香说："听干部的话，好好干，既要好好干，不怕吃苦，也要当心自己的身体，我家没有男孩，我最希望男孩要有男孩的样子，要能撑起一个家。"

高清泉抹掉了泪水，说："我一定好好干，一定要干出个人样子出来，不能对不起妈妈，对不起你妈、你爸，也不对不起你。"

迟金香说："我只恨自己不是男儿身，如果我是男儿，我肯定会做最优秀最好的男人。"

高清泉说："我替你实现吧，你把所有要求男人应该做的，告诉我吧。"

迟金香说："清泉，我们只能靠自己，一切都要自己努力。我们不像隔壁那户人家，他家有个有权有势的爸爸，一切都替孩子安排了。"

　　青年男女之间的友情到爱情，其实是两个人的力量相互支撑，特别像他俩都在苦难的时候，这种支撑往往就是一股力量和鼓励。

　　高清泉心里突然涌起一阵温暖，充满了幸福。这是迟金香给的感觉，自己作为男人，一定要对得起面前这个女人。人，如果没有一种目标牵引，就会茫然，浑浑噩噩，找不到目标了，这种目标正是人的追求。

第十章　生米变成熟饭

"妈，你快点儿，别吃了。"孙阳坐在镜子前描着眉毛，一边催着孙继凤。

孙继凤答应着："晓得了，晓得了。"收拾完碗筷，孙继凤走进孙阳的房里，对孙阳说："段资今天刚回来，现在正在家吃晚饭呢。别着忙。"

孙阳说："今天可以看电影了，就在段资家里放。"

孙继凤说："孙阳，你也不小了，妈妈已经把你领进门，搭上桥了。段师娘也挺喜欢你的，段资对你也有意，下一步就靠你自己了，像段资这么好的家庭条件，不知有多少城里姑娘想嫁给他呢，你一定要抓住他的心。只要抓住了段资的心，段资家的家产以后就都是你的了。一辈子吃不完用不完。"

孙阳说："妈，我会做的，走吧。"

孙继凤说："女人，反正就是那么回事，有时该做的就做，做了就生米变熟饭了，能找到一个好婆家好老公，就投了一个好胎。"

孙阳会心地露出一个笑脸，但这个笑脸有点冷，说道："好了，好了，走吧。"

孙继凤对丈夫说："兆庆，我和孙阳到段师娘家去一趟啊。"

孙兆庆只顾埋头打着算盘，说："去吧，去吧。"

孙继凤和孙阳来到段师娘家。段修、段素霞、段梅霞正缠着他哥，你一句我一句的要放电影。

段资不耐烦地说："好，好，今晚肯定放给你们看。"

段师娘说："你们都不要吵了，安静一会儿好不好？"

段资看到孙阳来了，站起来说："孙阳，我就是要等你来才放呢。"

孙继凤说："都怪我，孙阳非要我一起来，我在家忙了一会儿，就耽搁了。"

段奇正坐在椅子上，对着段资说："还是孙阳孝敬，懂事，来看电影，等妈一起。"说着喝了一口茶，又继续说，"孙继凤，来来，我们坐到这里来，让孩子们一起去玩吧。"

孙继凤、段师娘于是围着段奇谈笑起来。

段资转身从包里拿出一瓶高级面霜、胭脂和一条围巾递给孙阳，说："这是我给你买的，试试。"

孙阳拿在手里看着。

段修走到孙阳跟前说："你两样心啊，只给我们每人一瓶面霜就打发了，我们也要围巾。"

段素霞、段梅霞附和着说："是啊，哥，欺负我们，我们不答应。"

段师娘对她们喊道："你们小声点儿，真是吵死人了。"

段梅霞说："哥给我们买的少，给孙阳的多。"

段师娘说："你们还小，当然就买得少了。"

段修说："我长大了，应该给我买一条。"

段奇说："好了，好了，你们都去看电影，到段资房间去放。"

孩子们一下子都冲进了段资的房间，堂屋里只剩下了段奇、段师娘和孙继凤了，一下子又安静了下来。

段奇说话不绕弯，直接进入了正题："孙继凤啊，段资他妈把段资和孙阳两个孩子的事跟我说了，我觉得两个孩子不错……这个……这个段资没几天就十八岁了。这个，这个，你看……"

孙继凤满脸露出喜悦地说："段主任能看得中我家孙阳，也是孙阳的福分。我看他俩也挺投缘的，这人的缘分是天生的，他俩结合，也是顺应天理的。"

段师娘说："我看那事要归事，什么时候选个日子，找个媒人，到你家说定了。"

孙继凤说："只要两个孩子好就行了，我也不是个讲究人，没那么多礼节的。"

段师娘说："礼节归礼节，礼节还是要搞的。否则，人家外人看见了，会讲我们段家不懂理。"

段奇站起身来，说："这是你们俩的事，你商量着办，反正我同意。我到房里休息了，你们慢慢谈。"

孙继凤喜笑颜开地对段师娘说："你也太客气了。"

段师娘说："我们段奇大小是个干部，儿子的婚姻事，当然要办得体体面面的。"

孙继凤神采飞扬地拍着段师娘的大腿，说："一切听你的。"

段资的房间里，电影打在了段资床铺里面的白墙上。隔着床，段修、段素霞、段梅霞、孙阳都坐在板凳上，正在观看革命现代样板戏《智取威虎山》。房间里很静，只有放映机丝丝的声响和杨子荣上山的镜头，所有人都凝神观看，看得津津有味，被剧中的情节吸引、感染着。

只有段资心不在焉，烦躁不安，什么《红灯记》《沙家浜》《海港》《龙江颂》等样板戏，段资在县里学习时就不知看了多少遍。这些电影已经对他毫无吸引力和刺激了，他现在时而向银幕上瞟一眼，最主要是看着孙阳，孙阳就坐在放映机前面，离段资最近，也就十厘米的距离。

段资也感到非常郁闷，自从他见过孙阳后，心中就有了孙阳，大脑里经常出现孙阳的影子，他感到不管怎么看孙阳总是看不够，现在才离开孙阳没有几天，孙阳好像比以前看到的更加漂亮、好看，更加妩媚动人。人说女大十八变，可能还不止十八变，二十八变、三十八变都有。段资说过，女人一天十八变，早上看到了中午就变了，特别像孙阳这样的花季少女，白白净净的面皮，黑白分明的双眼，看人一眼内心都是暖的，端正的鼻子下不要任何粉饰就是红艳艳的嘴唇，薄薄嘴唇发出水质的光亮，对人诱惑力大了去了，一双纤细小巧的手更是让人喜欢得不得了。

段资看了一眼银幕后，孙阳坐着，段资是站着的，他正好居高临下，又把眼睛落在了孙阳的脸上，此时孙阳正被银幕上杨子荣一枪打掉两个灯的镜头吸引着，由于孙阳的精力全部集中在银幕上，脸部表情显得有些紧张，这一紧张更显出了孙阳的另一个层面的美，这是女人的冷峻之美，女人不一定微笑、高兴时就美，而冷峻之美更充满吸引力，更具穿透力，对男人更有杀伤力。段资确实被孙阳的美貌迷住了。

《智取威虎山》结束了，孙阳说："我还要看。"

段资问："看什么片子？"

孙阳说："随便，有什么放什么。"

段资说："《红灯记》吧，只有这一部片子了。"

孙阳说："好啊，以前都是坐在外面露天看，没得在家里看舒适。"

段修站起来说："《红灯记》看烂了，我不看，我去睡觉了。"

段素霞、段梅霞也跟着姐姐说："《红灯记》看过了，没意思，我也不看了，睡觉。"

孙阳不好意思地说："她们都不看，那我也不看了。"

段资说："她们不看，你看。"

段修说："你看吧，我们走了。"说着姐妹仨就走了出去。

段资已经把《红灯记》的片子换上了，房间里只剩下段资和孙阳。段资立即把电影放到墙上，双手按着孙阳的双肩，说："坐下吧，安心地看。"

房间里只剩下两人，又静了下来，孙阳感到出奇的安静，感到有一种温馨的静，静得令人有一种遐想。段资坐在了孙阳的身旁，孙阳一点儿都没有避让，她只是转过头来朝段资一笑而已，当她再转回头的时候，一缕发丝拂过段资的脸颊，这一拂，段资心里痒痛，欲望宛如烈火，至死燃烧。

就在孙继凤回家的这一刻，孙阳已经把生米变成熟饭了，一切都已经尘埃落定了。

第十一章　日子好了，都有脾气了

"四奶奶，给我称三斤盐。"段师娘站在矮墙那边高声喊道。

四奶奶正在灶膛前烧火呢，当她听到段师娘的喊声后，立即停止了准备往灶膛里塞的一把稻草，并且把灶膛里的火弄熄灭了，嘴里应答道："哎，哎，来了，来了。"

四奶奶由于刚才忙着，没听到段师娘要什么东西，她跑到矮墙边，又问道："段师娘要什么呢？"

段师娘说："称三斤盐。"

四奶奶说："好嘞。"转身就往店里跑。

段师娘又喊道："四奶奶，三十斤鱼腌着，三斤盐够不够？"

四奶奶说："不够。"

段师娘说："鱼太多了，这个大队送，那个大队送的，我想都腌起来，可我又不怎么会。"

四奶奶说："那我帮你腌吧，盐店里有的是。"

段师娘说："好啊，太好了，我最怕弄这东西了。"转身往厨房跑去。

孙阳正在厨房里。

孙阳赶忙拦住段师娘，说："段妈妈，还是让四奶奶到我们这里来腌吧。"

段师娘说："不用，我们从矮墙上递过去就行了。"

孙阳的手捏着段师娘的膀子，说："段妈妈，这鱼我们家虽多，但是其他人家没有。"

段师娘明白了孙阳的意思，一笑后，点了点头，又回到矮墙边，四奶奶正站在墙那边等着呢。

段师娘对四奶奶说："太重了，四奶奶，麻烦你到我家来一趟吧。"

四奶奶说："也行，我把盐称好带过去。"

四奶奶就直接到盐缸里刨了一塑料袋的盐，也没称，拎起来看了看，估计差不多了，就出门绕了一大圈，才来到段师娘家的大门。

段师娘在门口等着四奶奶，四奶奶来后，孙阳就进了堂屋。厨房里只有段师娘和四奶奶，段师娘坐在旁边打着下手。

段师娘客气地说："太麻烦你了，四奶奶。"

四奶奶说："这有什么麻烦，都是邻居。邻居好，赛金宝。"

段师娘说："上次你讲的你大女儿金香转正的事儿，我跟我家段奇讲了，他说他已经跟供销社主任讲过了，供销社主任也答应了。"说完，段师娘的心扑通扑通的，脸也红了，说老实话，她长这么大还没有说过假话、谎话。此时，她感到应该要把四奶奶托的事儿告诉四奶奶，这样才能显示自己是把四奶奶放在心上的，也以此要证明你四奶奶帮我做事，拿东西给我，没有白做白拿，我是帮你做事的，而且是大事儿。段师娘还认为即使这次骗了瞒了四奶奶，等晚上段奇一回家，再说不算迟。这种事，凭段奇一句话就能解决，她已经深深地感受到了段奇权力的威力。

四奶奶一边腌着鱼，一边漫不经心的，其实四奶奶是心急如焚了，但是脸上依然是淡淡温和的神态。即使段师娘今天不提这个事儿，四奶奶也会把话题引到这个上面来，既然段师娘先提出来了，四奶奶就接着说："段师娘，还麻烦你催一下段主任，可能段主任比较忙，别让他忘了。"

段师娘说："会的，会的。我跟他讲过好几次了。其他人家不帮不要紧，我说，四奶奶家的一定要帮。我们是邻居，四奶奶帮我们家做了很多事。"

四奶奶说："我女儿回家说，和她一起做临时工的，已经转了一批，可是这一批没有她，她急得直哭。"

段师娘一下子窘在那儿，脸色很不自然，急得脸都红了，说："这个段奇，做事怎么这样不负责任，我都跟他讲了好几回了。等他回来我再好好地问他，真是太不像话了。"其实，段师娘心里是清清楚楚的不是怪段奇，而是怪她自己，至今只跟段奇讲了一回。听了四奶奶刚才的话，她只好把事全怪到段奇身上了。

四奶奶说："就请段师娘能够提醒一下段主任，他事多，忙。全公社的大事小事就压在他一人的身上，麻烦段主任，我也觉得挺不好意思的。段师娘，我家就这一件事，今后不再麻烦你了。"

段师娘说："邻居之间，抬头不见低头见的，谈什么麻烦不麻烦，四奶奶你放心，这事包在我身上。"

不知什么时候，孙阳已经站在厨房门口了，一直听着他俩的对话，便插话说："四奶奶，这事儿我知道，我有个朋友的爸爸在供销社门市部做经理，这次转正了，过一段时间还要再转一次呢。段妈妈为这事已经追段叔叔好多次了。"

段师娘瞪大了眼睛望着孙阳，似乎不认识孙阳，孙阳这丫头太聪明，这个围解得好，解得及时，还安慰了四奶奶。这张小嘴太厉害了，她此时不是因为孙阳为自己解围而高兴，而是因为段资能有孙阳这样的老婆，段家能有这样的儿媳而高兴。

鱼腌好了。四奶奶一走，段师娘便用爱怜的眼神看着孙阳，段师娘是多么的高兴、开心啊。她向孙阳道："你那朋友真的转正了，也让段叔叔给你找个好工作。"

孙阳说："段妈妈，我哪有什么朋友转不转正的，那是我瞎编的，我不这样说，四奶奶就会没完没了。"

段师娘用手指点了一下孙阳的鼻子，笑盈盈地说："你呀，真是个鬼精灵。"

除夕，家家户户忙着写春联、贴春联。迟志来家的大门上贴着一副独春联，因为他家一直就是个独门，就一句话五个字："为人民服务"，店门横着的也是写的这五个字："为人民服务"。他认为这五个字最好，一切都应该为人民服务。

到了除夕的下午，街上的行人就渐渐地少了，人们都已经进入到家里，开始忙着除夕晚饭了。小孩子们忙着准备自己过年的新衣了。

祝福的鞭炮声已经响起了。段奇家的厨房仍然是热气腾腾，油烟滚滚。

"四奶奶帮我打点酱油来。"段修站在矮墙边喊道。

"来了，来了。"四奶奶答应道，转身对迟金香喊，"金香，帮段修打点酱油。"

"来了。"金香正在柜台上帮着迟志来售货。迟金香是提前回到家过年的，她快步跑到矮墙边，接过段修手里的碗，回到柜台后，打了满满一碗酱油给她。

段修问："你那里也提前放假了？"

迟金香说："经理把我们在外地的先放回家过年。"

段修"哦"了一声，端走了酱油。

迟金香的身子还没转过来，段素霞又急匆匆地跑到矮墙边说："迟金香，帮我拿一副一号电池，我听收音机用的。"

迟金香又迅速地回到柜台拿来一副电池，段素霞拿着电池说："今晚收音机里的节目多呢。"

迟金香羡慕地说："有个收音机真好，能听到外面的声音。"

这时，段梅霞走过来说："素霞，今晚段资给我们放电影，你还有时间听收音机？"

段素霞说："我在夜里听，明天也能听。"

段梅霞说："我也要拿一副电池。"

段素霞问："你要电池干什么？你又没有收音机。"

段梅霞说："我夜里要小便，电筒里电池快没电了。"

迟金香说："好，我帮你去拿。"金香又返回柜台取来一副电池递给了段梅霞。

就在迟金香站在矮墙边的这一会儿工夫，她看到孙阳将烧好的红烧狮子头、红烧肉烧芋头、油炸虾片、香肠、皮蛋、咸鱼清蒸、油炸花生米、炒猪肝等几个菜端走后，空气中有一股香味扑鼻而来，刺激着迟金香的喉咙，嘴里有口水往下咽，说老实话，她还没有闻到过这么香的菜，这一顿就吃掉她半年的工资啊，她认为段奇家才是真正的过年，孙阳才是真正的福人，嫁到了段家，真是一步登天了。

这一会儿，迟志来店里的生意也渐渐淡了下来。迟志来拿起柜台角上的半截香烟，划着一根火柴吸起来。迟金香双眼紧盯着柜台外出神地看，迟志来吐出一口烟，望着迟金香，问道："金香，想什么呢？"

迟金香怔了怔，缓过神来答道："爸，没想什么。"

迟志来说："金香，你是家里的长女，爸知道你的心思，我们老百姓过日子图个安逸，多吃也好不到哪里去，吃得差也坏不到哪里去。吃自己的养肉。"

迟金香说："爸，我不是这个意思，我不怕苦。他们怎么就过得那么好呢？"

迟志来说："别去管人家的事。他富是他的事，我们穷是穷的过法，眼一闭再一睁，年就过去了，他家又不长两岁，大家都是长一岁。"迟志来摔掉烟屁股说，"金香，你帮爸看着店，我出去一会儿，办点儿事，马上就回来。"

迟志来拎了两个小包是用旧报纸包的。两个小包里装的东西都是一样，一斤红糖果，一斤柿饼。他来到林老师家里。

林老师和妻子正在家择着青菜呢，冷锅冷灶的，一点儿过年的气氛都没有，连春联都没有贴。过年就是一碗青菜汤。迟志来鼻子一酸，泪水在眼里转着。林老师和妻子见迟志来进门，都站了起来，他俩怎么也想不到迟志来这时候会来，眼角也湿润了，千言万语全都变成了泪水。

迟志来说："店里忙，实在抽不出身，所以到现在才来。这一包给你家的，还有一包给朱校长的，就麻烦你们给他。"迟志来终于没有止住泪水，缓缓地流下了，哽咽地说："林老师，就一碗青菜汤啊，真是太苦了。"

林老师抹掉眼角的泪，说："生活苦点算了，只要精神愉快就行。志来，你太客气了，我们欠着你这么多。"

迟志来说："我们是朋友，还说这些见外的话干什么？我先向你们拜年了。"

林老师赶忙说："恭喜，恭喜。我告诉你，你的孩子成绩个个都是顶呱呱的，等开学了，要让她们都跨级。"

迟志来说："所以，我要来谢老师啊。"

林老师说："我们是朋友，还说这些见外的话吗？"

说完，三人都笑了起来，笑得是那样由衷、开心、舒畅。

迟志来刚跨进店门，矮墙那边就喊了起来。

"四奶奶，再拿几个鞭炮给我。"段资叫道。

四奶奶正在厨房里忙着。迟金香说："妈，你忙你的，我来拿。"于是，迟金香拿了六只大鞭炮来到矮墙边，递给段资。段资说："拿最大的。"

迟金香说："这个就是最大的了，半斤一个。"

孙阳又端着菜从厨房里出来向堂屋走去，是一大碗红烧鸡。孙阳只顾自己跑着，看都没看这边。当孙阳端完菜后，便喊道："段资，快点儿，准备吃饭了。"

段资拿着鞭炮答应道："来了，来了。"拔腿就跑了。

段奇手里拿了瓶洋河大曲，说："大家都坐过来，开饭了。"他见几个孩子都没有动，仍然在各玩各的，就一个个地点名，"孙阳去叫段妈妈别烧了，已经满满的一桌了，没处放了。段修你听了一下午的收音机了，还没听够？素霞、梅霞，你们两个就知道玩绷绷，快去洗手，来吃饭。段资准备放鞭炮。"

随着段奇的一声"令下"，几个孩子都开始懒洋洋、不紧不慢地动了起来。

段师娘双手端着一大碗牛奶似的鲫鱼汤放到桌上，说："好了，吃晚饭啦。"

一大家子七口人，段奇和段师娘坐在正面的席上，面朝南。孙阳和段资坐在方桌的东面，脸朝西。其余的三姐妹就是随便坐了。孙阳已经纳入了这个家庭。

段资替段奇倒着酒。段奇感到由衷的高兴，一个幸福的大家庭。段师娘给孙阳拈着菜，喜悦之情洋溢在脸上。

段素霞直看着孙阳，孙阳也望着段素霞，说："素霞，看着我干吗？你吃饭，吃菜啊。"

段素霞说："你身上的衣服比我们的好看。"

段修说："是啊，妈妈就知道对孙阳好，那身上的布料是最好的。"

段师娘说："等你们长大了，妈也给你们买好的。"

段修说："我们已经长这么大了，过年又长一岁了。还没有像样的衣服呢，孙阳一件接着一件买好的。妈，你这是两样心。"

段资说："段修，孙阳是你嫂子，难道不能穿好一点吗？"

段修说："他们不是还没有结婚吗？"

段师娘说："别说了，这么多的菜都封不住你们的嘴，吃饭吃饭。"

孙阳一言不发，脸上一阵白一阵红的，但她仍然忍着，显得很大度地说："段修，你要是看上我哪件衣服，可以拿去穿。我们是一家人，不但是衣服，其他什么东西，只要你喜欢都可以拿。"

段修气鼓鼓地说："那是我妈妈替你买的，再说现在还不是一家人呢！"

段奇觉得段修越说越过分，就提高了嗓门说："段修，别胡说八道的，人家孙阳已经说了，你喜欢什么可以去拿嘛，孙阳以后就是你们的嫂子了，怎么不是一家人？"

段修脸上通红，一脸的不高兴，说："你们都欺负我。"

段资打着圆场说："段修，吃吧吃吧，以后你需要什么我替你买。快吃晚饭，我放电影给你们看。"

可是，段修不知从哪儿来的气，把筷子一丢，说："我不看，我也不吃了，我睡觉。"说完就丢下饭碗，跑进房间里去了。

孙阳脸若冰霜地窘在那儿，很不自在。

段师娘又替孙阳拈了一块香肠，说："孙阳，吃，你吃你的，别理她，她就这样，看到别人比她好就嫉妒、就生气，不知她是什么脾气！"

孙阳强忍着心中的怒气，说："段修还小呢，过几年就没事了。"

段梅霞这时也喊起来了，说："妈，你只顾给孙阳拈菜，也不给我拈。"

孙阳赶忙替段梅霞拈菜。

段梅霞又说："我不要你拈，我要妈妈拈。"

段师娘一边替段梅霞拈菜，一边说："你们一个个都不听话。"

段梅霞看了一眼孙阳碗里堆得很高，像小山似的菜，接着又�’起嘴说："妈，孙阳那么多，我也要那么多。"

段素霞说："妈，我也要。"

段奇放下酒杯说："妈妈忙了一下午，煮饭、烧菜给你们吃，还要拈给你们吃，再这样下去，还要喂你们吃呢，都自己拈。越过越不像话了，都把你们养成资产阶级小姐了。"

段素霞说："能替孙阳拈，就不能给我拈了？"

段资说："来，来，别生气，我来帮你拈。"

段素霞说："你们都欺负我，以为我小，衣服、吃的我都不如她们。"

段师娘说："好了，好了，今天是过年，你就不能省点心啊，妈替你拈总行了吧。"

段奇把筷子用力地往桌子上一拍，说："日子好了，个个都有脾气了。"

孙阳见段奇发火了，忙劝道："都怪我不好。"

段奇说："孙阳你别怪自己，这事与你没关系，我看是她们思想上有问题。"

段素霞的泪珠滚了下来，委屈地将碗一推，说："我不吃。"说着就站了起来。段师娘想把她按下，可段素霞膀子一甩，溜进了房间。

段梅霞怔怔地望着段奇，又望望段师娘，就是不吃饭，段师娘叫她吃，她还是不吃。

段师娘叹口气说："唉，一个个都不听话。"

段奇说："都是惯坏的。不吃就算了，饿她们三天，看她们还吃不吃。"

段师娘自言自语道："过上好日子了，怎么就吵架了，烦心事就多了？"

孙阳说："段妈妈，你别生气，过会儿她们就好了，都是小孩脾气。"

段师娘无奈地摇了摇头。

第十二章　抄写"互相帮助"

街上已经没有行人了，边镇的街上安静了下来，可是远处的近处的鞭炮声零星地响了起来，并且密度越来越大，有时是东家没放完，西家又开始放了。过年的氛围浓了，家家都关门了，一家人吃着团圆饭，守着新年的到来。

迟金香帮着妈妈灶上忙到灶下，锅上忙到灶膛。迟志来把店门关了。来到房内，看到迟玉香像个小老师似的讲着，迟满香、迟堂香、迟秀香都在津津有味地听着，迟志来望着迟玉香认真的样子，微微地笑了笑，然后轻声地说："玉香，歇会儿吧，去洗洗手，准备吃晚饭了。"

迟玉香说："爸，还有一会儿，你先去吧。"

迟志来退出房间，来到堂屋，把桌子抹了抹，把凳子都放好了。迟金香端着一碗红烧肉烧慈姑，放到桌上说："爸，你歇着，站了一天的柜台，是很累的。"

迟志来说："没事的。"

四奶奶又端来一碗青菜烧萝卜，对迟志来说："叫丫头们歇下来，洗脸，洗手，换衣服了。"

迟志来说："我叫过了，玉香说好。"迟志来看着端上桌的菜问四奶奶，"我不是买了一只咸猪头吗？猪头有猪耳朵、猪舌头，怎么没弄给孩子们吃啊？"

四奶奶说："她爸，是我留着呢。过了年就到了春天，春天里孩子嘴馋，无味，猪头是咸的，放得住，等开春了再吃吧。"

迟志来说："不能太苦了孩子。先弄一只猪耳朵炒点大蒜给孩子吃，明年春天再说吧。"

迟金香说："不用了，现在到什么时候了，有的人家已经吃过晚饭了，再弄也来不及了，还是节省吧。"

迟志来说："炒吧，反正吃晚饭又不着急。金香，你到房里去，和她们一起去换换衣服，我和你妈妈来弄猪耳朵炒大蒜。"

迟金香来到房里，将一叠叠洗得干干净净的衣服拿出来，整齐地放在床边，每人一双新布鞋就放在衣服上。

金香问玉香："有没有结束？"

迟玉香说："结束了。"

迟金香按照从大到小的顺序，发给玉香、满香、堂香、秀香。发到满香和玉香时，满香和秀香还在埋头写着。金香催道："你们俩这么用功啊，衣服都不要了？"

迟满香说："还有三个字。"

迟玉香穿着衣服，发现是一套没有穿过的新衣，又立即脱了下来。

迟金香说："别脱，这就是你的。"

迟玉香睁大双眼说："姐，这是新的，是你的，你发错了。"

迟金香说："玉香，不错，今年你穿新的，总不能每年我都是穿新的。"

迟玉香说："姐，你大了，要穿得漂亮点儿，我们还小，没事的，旧的也无所谓。"

迟金香说："别说了，你今年穿了，还要传给满香、堂香、秀香，如果我先穿，不就更旧了？换上吧，去洗一下手，准备吃晚饭。"

迟玉香的眼睛微微潮湿了，她看着姐姐的背影，走出了房间。

一大家子都坐到了桌边。

四奶奶最后端了一碗红烧鲢鱼上桌。

迟志来说："开饭了。"说着，他便站起来替五个丫头每人拈了一块肉，继续说，"过年了，有肉吃了。"

五个丫头脸上都露出了喜悦，都埋头吃着肉，扒着饭。

迟志来看着丫头们肉吃得香，说道："慢慢吃，别忙，今天晚上就是吃饭，桌上的菜都是给你们吃的。"

迟秀香停下来问："爸，今晚不背书啦？"

迟志来笑起来说："嗯。今晚放假，明天要背。"

迟满香、迟秀香都高兴得笑起来，又埋头扒着饭。

迟志来说："你们慢点儿吃，没人跟你们抢。"

迟金香替爸妈各拈了一块肉，说："爸、妈，你们也吃，过年大家都要吃肉。"

四奶奶盯着迟金香一眼，又望了望迟玉香，问："你的新衣服给了玉香穿了？"

迟金香说："妈，我已经穿了这么多年新衣服了，也该轮到玉香了。"

四奶奶心情沉闷地说："金香，妈不怪你把新衣给玉香，玉香这么多年一直穿旧衣过年的，是妈对不起你们啊。连一套新衣服都买不起，等将来有钱了，替你们年年买新的过年。"

迟志来说："不过，你们都要好好地学习，都要背书，要把书全背下来。"

四个丫头都认真地点点头，看着爸爸。

迟志来继续说："明年，你们就要到学校上学了，学校又恢复上课了。要把老师讲的全背下来。明天，大年初一，再放一天假给你们，只能在家里玩，不准出大门，不准高声。"

迟秀香说："爸，我不玩，我还要抄书。"

迟满香、堂香也说，我们也不玩。

迟志来说："不玩更好。"他又给孩子们拈了一块肉，"不玩，爸就奖赏你们一块肉。"说得大家都开心地笑了。

迟金香替妈妈拈着肉，说："妈，我想跟你和爸爸商量个事。"

四奶奶和迟志来都凝神地望着迟金香。四奶奶双眉锁着，不知金香要说什么事，问："金香，我和你爸爸要是能办到的，都会替你办的。"四奶奶猜着可能是转正的事。

迟金香眼神中带着伤感，说："爸、妈，我这次回来过年，先和我们一家一起，我准备明天到高清泉家里，和他妈妈一起过个初一，清泉今年第一年离开家，他妈一定感到很孤单，我想去陪陪她，让她也享受到过年的快乐。"

迟志来说："金香，爸知道你喜欢清泉，我和你妈也都喜欢清泉。你就去看一下吧，我同意你去。"

四奶奶说："金香啊，清泉这孩子不错。不管清泉以后怎么着，是穷是富都要好好地待他，一旦你们成了亲，就是一家人，要过一辈子的生活，你要想好了。"

迟金香说："妈，我都想好了。清泉就是回来种地我都不后悔。"

四奶奶问："清泉是什么意思？"

迟金香说："清泉给我写了几次信，他都说他家里很穷，怕我嫁给他会吃苦受累。"

迟志来说："一个人穷不可怕，可怕的是看不到自己穷，可怕的是没有志气。我看既然清泉能知道自己穷，他就是好孩子，我相信他会奋进的，他能把穷作为催促自己奋进的动力。"

迟金香说："我看清泉对爸妈都很好，我家和他家又是老亲，就亲上加亲，他对爸妈好我就对他好，还要对他妈妈好。"

四奶奶说:"妈不是嫌贫爱富的人,只要你们俩好,比什么都强,嫁给一个人要有吃苦的思想准备,日子好了,才会觉得甜,两人才能白头到老。没有苦就没有甜,吃了苦的人才会觉得糖也像蜂蜜。"

迟志来说:"只要你觉得合适,我和妈都支持你。"

迟金香说:"爸、妈,清泉家很穷,他妈请人来提亲,你们千万可别要这要那的,我不怪你们。"

四奶奶含泪说:"金香,妈知道。清泉这孩子我惯着他呢,每次来都帮我把小缸提满了再走。"

迟金香说:"爸,你不要为我愁了,我自己会解决的。"

四奶奶说:"明天你去的时候,带两包茶食给清泉妈。新年头里的,不能空着手去。"四奶奶望着迟金香,欲言又止了。

迟金香敏感地说:"妈,你有什么事就告诉女儿吧。"

四奶奶沉思了一会儿,还是告诉了迟金香:"金香,你转正的事,段妈妈已经跟段主任讲了,他答应帮忙,妈妈在催着呢。"四奶奶感觉到说这话时没有底气,心头惴惴不安。

迟志来说:"强扭的瓜不甜,人家如果不愿帮忙就算了。一切顺其自然。"

迟金香说:"妈,这事儿你别太压心上,能帮我解决更好。我会积极工作的,用自己的表现争取转正。明天一过,初二我就到店里去上班。"

迟志来惊讶地问:"你初二就上班?"

迟金香说:"是啊。爸,今天我回来,人家还在店里值班呢。人家是让我早点回家陪爸妈过年的,我不能不去换人家吧。"

四奶奶内心一阵歉疚,不由得泪流下来,说:"金香,妈对不起你,让你受苦了。你去的时候,带点儿咸猪头肉,还有蚕豆、葵花子去吃。"

迟金香说:"妈,不用带,留给玉香、满香她们四个吃吧,她们读书、写字也很苦，嘴里无味，我没事的。"

四奶奶抹掉泪水，替金香夹着肉，说："金香吃吧。"

吃过晚饭，迟志来把五个丫头都叫来。四奶奶去厨房洗碗了，迟志来拿出炒好的蚕豆、葵花子，还有一斤硬糖和十块大白兔奶糖，说："现在，我来分年货给你们。"

只见五个丫头，规规矩矩地坐着。迟志来一边数着糖，一边说："你们五个人都是一样多，这就叫作办事公平，公平了就没意见，没意见了大家都会高兴。大家高兴了，过年就高兴了。对不对啊？"

迟秀香说："对——"

迟玉香把秀香轻轻一推，说："小声点。"

分完了糖，迟志来又从柜台上拿来盘秤称着蚕豆，说："今晚每人分半斤，都是一样多，你们今后不管做什么事都要这样，五姐妹都要一样。"他把称好的蚕豆一分一分地倒在丫头们面前。接着他称葵花子，说："每人也是半斤，也是一样多，在我们家里，不许多吃多占，大家都一样，一律平等。"迟志来又将称好的葵花子倒在五个丫头面前。五个小丫头个个笑意盈盈的。

四奶奶洗完碗筷，拿了两条云片糕坐在迟志来身旁，说："今年丫头们学习很辛苦的，再给她们分云片糕吧，算是对学习的奖励。"

迟志来接过两条糕，说："行。老师表扬你们的成绩都不错，这是妈妈奖给你们的。不过今后还要认真学习，要抄书，要背书。"

迟堂香说："爸，我们全背了，还要有奖励。"

迟秀香说："对，我们还要吃的。"

迟志来笑哈哈地说："好，只要你们学习好了，还有吃的。"说完就要分云片糕。

迟金香说："爸，你先别分了，给我，由我来分给她们，今晚已经有了糖、豆、瓜子，这糕先放在这儿，以后再吃也不迟。现在拆了，容易坏。"

迟志来说："行，先放你那儿。"

迟金香接过两条云片糕，问："摆我这里，你们放心吗？"

玉香、满香、堂香、秀香同时说道："放心。"

把个迟志来、四奶奶乐得笑逐颜开，喜滋滋的。

迟志来对五个丫头说："你们姐妹五个是一根藤上的瓜，以后要我帮你，你帮我，谁有困难了，其他四个人都要帮，这样呢，一个人的困难就变成了五个人的困难，困难就会减轻。一个人有得吃，也要分给其他四个吃，就大家都有得吃，五个人都会吃饱。你们说好不好啊？"

迟满香说："好。"

迟志来喝了口茶，继续说："还有就是不许哪个多吃多占。"

迟志来说："多吃多占就是分了你两块糖，你还要拿姐姐或妹妹的，这就是多吃了姐姐，多占了妹妹，你多吃了，姐姐妹妹就少吃了。"

迟堂香歪着头问："秀香喜欢吃，我要是给妹妹呢？"

迟志来笑着说："你给妹妹，就是你主动给的，是相互帮助。"

秀香问："互相帮助是什么？"

迟玉香说："互相帮助都不懂？就是你有困难我帮你，就是你喜欢吃糖，在没糖吃的时候，我有，我就给你吃。我喜欢吃蚕豆，我没有时你有，你给我吃，就是帮了我，这就叫互相帮助。"

迟秀香说："这个书上没有。"

迟堂香说："书上有，玉香姐讲给我听的。你小，还没学到呢。"

迟秀香说："我也要学。"

迟玉香说："你要学，今晚就把互相帮助抄十遍。"

迟秀香说："抄就抄，我不怕抄。"

迟志来、四奶奶望着秀香天真可爱的样子，笑得说不出话来，泪水都笑出来了。

迟金香打圆场说："今天是过年，爸放你假，就别抄了，歇歇，明天再抄。"

迟秀香说："不，我现在就去抄，抄好了我要姐'互相帮助'我。"

迟金香问："你有什么要帮助的？"

迟秀香说："刚才，我把两块大白兔奶糖都吃了，我还要吃。"

迟秀香说完，全屋的人都笑了起来，笑声荡漾在屋里，温暖、甜蜜，开心、欢乐。

第十三章 意外的"摔跤"

春节过去了，春天的脚步来了。吹风拂面，乍暖还寒，杨柳被春风一吹，立即改变了枯燥荒凉的模样，开始发芽、发绿。春风里带着泥土的气息，泥土有着青味儿，还有各种花草，都微微被空气润湿着。

沉睡了一冬的边镇又开始掀起一场春耕生产大热潮了。边镇小菜场的高声喇叭已经连续吼了几天："一年之计在于春……"

春耕生产搞得热火朝天，段奇在县里传经送宝时，段奇的大女儿段修到供销社上班了，还被安排到棉布柜销售棉布。段修如愿以偿。

段修到棉布柜上班后，这个柜组就有三个人了。柜组长邰明，也是个只有十八岁的小伙子，比段修大三岁，是去年上班的。邰明的父亲是供销社副主任，还有一位是孟红萍，十六岁，是供销社生活资料门市部孟经理的女儿，直接管着棉布柜台。

邰明的父亲是位参加淮海战役的老干部，老家山东，是随着部队打仗，而后落户到边镇的，去年邰明家有插队指标，邰明父亲积极响应祖国号召，二话没说就将邰明姐插到边北大队去了。按照国家插队文件精神，邰明作为照顾对象，就被安排到了供销社。

段修才十五岁，刚刚过了年，只不过比柜台高点儿，小学五年都没上完，就是凭着她有一个有权力爸爸，就被安排到了当时最吃香的部门上班，当时在民间流传着一句顺口溜："七世修不到供销社，三世修不到粮管所。"段修真是修得如此福分，修了一个好爸爸，没有修半世，只到十五岁就工作了。人人都羡慕她，也眼红她。

可是最着急的算是郜明了，已经上班一个多月，别看段修人长得漂亮，爱打扮，可是大脑却笨得出奇。一个多月，她经手卖了几笔布就错了几笔。不是多收顾客的钱，就是少收了顾客钱，好在每次都由收款复核的人及时发现而改过来了。没办法，郜明只好在每天空闲的时候教她一定要先把乘法口诀学会了，否则就没办法计算。可是段修是今天背上了，明天再背口诀时，却忘得一干二净的。这天上午，郜明正在抽背段修的乘法口诀时，一位顾客喊着要买布，郜明对段修说："去吧。"

段修把垂到额前的头发往上拢了拢，很不情愿地走到柜台边，板着脸问："买什么？"

顾客手朝一卷布指去，说："就是那个蓝底白花的布。"

段修从货架上拿出一卷。

顾客说："不是这个，是旁边的。"

段修把兰底白花布拿到柜台上，顾客用手捻了捻，问："多少钱一尺？"

段修先是一愣，而后问郜明："哎，郜明，这布多少钱一尺？"

其实整个过程，郜明一直在观看着，他知道段修肯定是不能单独完成这笔销售的，就说："五角二分钱一尺。"

段修对顾客说："五角二分钱一尺，买多少？"

顾客说："买两尺六。"

段修拿来一根长尺，量着。

那顾客顿了顿，又说："噢，买两尺四寸，两尺四寸就够了。"

段修已经显得不耐烦了，冰冷着脸，声音抬高了说："你究竟买多少？"

顾客这回坚定地说："二尺四寸。"

段修量好正要下剪，郜明突然喊道："段修，你量错了。"说着，郜明重新量了一次给段修看，并说，"你量布时，布拉得太紧，这是棉布，拉紧了就会少了顾客的，人家回去做衣服就不够了。"

段修说："我量的时候又不少，不够，我可不问。"

郜明说："人家来买一件衣服不容易。"然后，郜明轻声说，"我来卖吧，你看着，学着点。"

郜明问顾客："你买两尺四寸做什么用？"

顾客说："做条短裤。"

郜明说："这次这种布门幅窄了，做短裤至少要两尺九寸才够。"

顾客说："好好。刚才我算了就是算不准，就量二尺九寸吧。"

郜明边量边对段修说："段修，你算一下多少钱？"

段修拿过柜台上的算盘，拨着算盘珠子。郜明已经量好布并已包扎好。段修还在算着，郜明在她身旁站了一会儿。

段修说："一块七角二分。"

郜明说："错了，重算一遍。"

段修又噼里啪啦地打着，答道："一块四角九分。"

郜明说："错啦。是一块五角一分。"

郜明对顾客说："一块五角一分，两尺九寸布票。"郜明收过钱后，让段修去交给收银员。

段修把找的零钱交给了顾客，把发票存根给了郜明，问：

"你不用算盘怎么算的？"

郜明瞟了段修一眼，说："心算，用心算的。"

段修感到郜明瞧不起自己，但段修有个脾气，你越是对我不行，我越是粘着你，特别是面对郜明这样善良、脾气好的男人，她更是如此。她已经上班一个多月了，郜明的脾气她算摸清了一部分。于是，她坐到郜明身旁，双手捧着下巴撑在桌上，语气中撒娇地说："我要你讲给我听，是怎么算的？"

郜明将身体一转，背对着她，生气地说："我已经教过你多少次了，你怎么不会？要用心，不管什么事，自己都要用心去做。你知道吗？算错了不是赔钱的问题，而是我们名声的问题，我们才上班的，要好好学。"

段修绕着郜明的身子，又转到郜明前面坐下，娇嗔地说："郜明哥，我学，我一定好好学，你可不要生气，你就再教教我吧。"说着还摇摇郜明的膀子。

郜明说："真拿你没办法。"然后望了一眼段修白皮嫩肉的小脸，在他心中，段修每次撒娇，他都有一种温暖的感觉。郜明只好微笑说，"我告诉你，你要记住，下次我可不告诉你了。"

段修的身子又朝郜明靠了靠，说："行，这回我一定记住。"段修的心思，每次都是这样，讲一次忘一次，下次还是郜明讲。段修好像是故意要郜明讲，她喜欢郜明讲给她听，有几次郜明讲给孟红萍听时，段修莫名其妙地就不舒服起来，心中就有了无名之火。

郜明认真地一板一眼地说："其实算法很简单。客户买二尺九寸布，心中就当作三尺布算，五角二分一尺，三尺就是一元五角六分，再减去一寸布是五分二厘钱，二厘钱不算，属于四舍五入的范围。所以再用一元五角六分减去五分钱，就是一元五角一分。这就是算术中的用简单方法计算。老师都教过了，你不听老师讲。"

段修眨了眨眼睛，说："老师讲的我全记不得了。"

段修嘴角微微一翘，说："郜明哥，你可不要以为我没用，你说我没用，我就会生气的。"说着从袋子里拿出一个小塑胶袋，袋里全是装的蜜枣，她递给郜明跟前说，"专门带给你吃的。"

段修下班回家，没有走到家门口，就看到段素霞和段梅霞背着书包站在家门口，没有进家门。段修快步走到门口问："你们怎么不进家里去？"

段素霞说："家里没人，我们敲了门，叫了妈妈，就是没人开门。"

段修说："这怎么办？妈妈到哪里去了？"想了想，对两个妹妹说，"走，跟我走。"

段修走在前面，段素霞和段梅霞紧跟在后面。她们朝四奶奶家走去。绕过了一圈，段修来到迟志来店里，喊道："四奶奶，四奶奶。"

四奶奶赶忙从屋里出来，问："段修，有什么事吗？"

段修说："我妈妈也不知道上哪去了，门锁着，我们没钥匙，不得进家，只好从你家爬墙头过去了。"

四奶奶说："段修，就别爬墙了，在四奶奶家吃晚饭吧。"

迟志来听到四奶奶说这话，立即朝四奶奶挤眼睛，意思是别让段修她们吃晚饭，说："爬墙过去，可要小心啊。"

四奶奶只好接着说："我去搬张凳来，千万要小心，不能跌下来。"

四奶奶放好凳子，一个一个地把她们从凳上抱过墙去。

过一会儿，段修站到矮墙那边朝四奶奶家喊："四奶奶，四奶奶。"

"哎，哎。"四奶奶从厨房里出来赶到矮墙边。

段修说："我不会烧晚饭，你过来帮我们烧一下行吗？"

四奶奶没有犹豫，很爽快地答道："好，好。"

四奶奶爬过墙去，晚饭烧好后，四奶奶又一碗一碗地替他们姐妹三个盛着晚饭。

段梅霞喊道："四奶奶，还有菜没端呢。"

四奶奶答道："好，好，我替你们端。"一边答着一边打开碗柜。四奶奶被碗柜里的蜜枣莲子、红烧鸡子、咸鱼、红烧狮子头，还有橘子罐头、红枣、鸡蛋等迷住了。四奶奶以为看错了，定了定眼睛再看，确实是真的。厨房另一角还挂着许多整条的咸鱼、肉票，一段一段的香肠，这些菜就是结婚酒席上也吃不到的啊。我家孩子一年到头也吃不到这些东西，可是他家却吃不掉，吃不完。四奶奶望着，无奈地摇了摇头。

段梅霞说："四奶奶，我要吃香肠，把香肠端出来。"

段素霞喊道："我要吃咸鱼。"

四奶奶说："好，好，别吵，我替你们端。"

等她们姐妹三个吃完了晚饭，四奶奶又替她们把碗筷收拾了，洗干净了才回到家。到家后，迟志来已经关了店门，为四奶奶端来一碗热气腾腾的热粥，带着讽刺的语气说："你累了吧？以后别去多管这些事儿，没用的，你不管对他家多好，都是没用的，即使把心掏给他家也没用的。"

四奶奶看着迟志来，苦笑了一下。

迟志来继续说："你看到吧，他家段修才十五岁，连账都不会算，不是到供销社上班了吗？"

这时候，迟志来和四奶奶都听到段奇家突然说话的多了起来，嘈杂声中夹带急躁的声音，有四个人抬着担架。

段师娘声音压得低低的，说："慢点儿，慢点儿。"

孙继凤说："不忙，不要忙，轻点儿。"

段修、段素霞、段梅霞都睁大着眼睛看着，不知发生了什么事。段师娘焦急地对她们三个人说："去，去，回到你们房里睡觉，这儿没你们的事。"

段修不明地问妈妈："妈，发生了什么事？"

段师娘说："不关你们的事。你们去睡觉，听妈妈的话啊，别添乱。"段师娘连说带推地将她们三人轰进了房间。

孙继凤指挥着四个抬担架的医生，说："好，好。就躺在这床上。"

四个医生小心翼翼地将孙阳躺好，然后，一名医生又迅速地为孙阳挂起了水。

段师娘从自己房间里拿出四包"大前门"香烟给四位医生，每人一包，轻声关照着："千万不要对外讲，家丑不可外扬。"

其中一位医生说："段师娘，你放心，我们不会向外说出半个字的。再说，现在未婚先孕的事多了，人流、打胎、刮宫的不稀奇。"

段师娘说："医生，孙阳的身体没事吧？"

医生说："没事的。只是她的年龄小了些，需要好好静养，补补就行了。"

段师娘问："需不需再用什么药？"

医生说："没事的，明天我再来看看。"

段师娘关照道："千万别对任何人讲，讲出去难为情。"段师娘把医生送到门口，仍然不放心地说。

医生说："我向段主任保证，不会说半个字的。"

段师娘来到床前。

孙继凤对段师娘说："你看着，我去煮点鸡汤。"

段师娘说："你陪着她，我去煮鸡汤。"

孙继凤替孙阳抹了抹额头上的头发。孙阳由于出血过多，脸色苍白，没有血色。孙阳睁了睁眼睛看了看妈妈，又无力地闭起了眼睛。

孙继凤安慰道:"没事的,过两天就会好了。"

孙阳说:"妈,对不起你,给你丢脸了,都怪我一时……"

孙继凤声音细如丝,紧挨到孙阳耳朵边说:"妈不怪你,女人都是这样的,你现在已经是段家媳妇了。"

孙阳说:"可我还没结婚呢。"

孙继凤说:"这已经是事实了,你已经为他家打了孩子。生米已经成了熟饭了。"

段师娘端着一碗老母鸡汤进来,孙继凤接过鸡汤,段师娘坐在铺边,对孙阳说:"孙阳把鸡汤喝了,想吃什么就说,段妈妈给你做。你呢,什么都不要想,只要安心养身体就行。"

孙继凤喂着鸡汤给孙阳喝,段师娘对孙继凤说:"你先陪着孙阳,我去看看几个疯丫头。"

段师娘来到段修的房间,几个丫头正在做绷绷游戏,收音机正放着革命现代京剧《沙家浜》第二场"智斗"的节目。

段师娘问:"你们都吃过了?"

段修心情不悦地说:"妈,你还想到我们啊,我们饿死也没事的。"

段师娘忙了一下午,心情是高度紧张,现在才稍稍地松弛了下来。被段修阴阳怪气地一讽刺,她就急晕了头,口无遮拦地吼着:"你个没良心的丫头,你嫂子今天差点儿没命,她是怀着你哥的孩子,突然大出血,你说妈妈要不要去抢救她,去照顾她?你……"

段修双眼睁得大大的,瞪着妈妈,感到非常惊讶。

段师娘知道自己一时心急,说漏了嘴,赶忙捂了自己的嘴巴也惊呆了。

段修的双眼珠子几乎突出来了,脸上的神情绷得紧紧的,问道:"孙阳她和我哥还没结婚就怀上了?"

段师娘赶忙改口说:"看你说得多难听,妈一时心急,被你气晕了头，说错了。"

段修冷冷地从鼻子里哼了一声。

段师娘说："孙阳是突然病了，你们可别瞎猜瞎想的。噢，你们有没有吃呢？"

段素霞说："妈，我们吃过了，你走吧。"

段师娘说："吃过就好了。"她走到门口突然又转身问，"是谁煮的？"

段修还是气鼓鼓地说："妈，你把门一锁全不管我们，我们是从四奶奶家爬墙过来的，我们喊四奶奶帮我们煮的晚饭。"

段师娘说："好，吃过就好，你们早点儿睡。"

段奇和段资都回来了。

段资一回来就来到孙阳床前，换孙继凤回家去。他为孙阳泡了一碗龙眼茶，一勺勺地喂着说："孙阳，一接到电话，电影也不放了，我就往家里赶，看到你现在这样，我也就放心了。"

孙阳说："看到你回来我也安心了。"

段资说："真是吓死我了。"

孙阳收敛了笑意，说："都怪你，都是你惹的祸。"

段资疑惑地问："怪我什么？"

孙阳嘴角一扬说："还怪你怎么事呢……"

段资说："好，好，怪我，怪我，我服侍你。"

段奇问段师娘道："究竟是怎么回事，一接到电话，会议只开了一半，我就往家里赶。"

段师娘说："哎，孙阳到河边去提水时，不慎脚一滑，摔了一跤，好在我今天和她一起去河边，孙阳倒下后，就流血了。我吓呆了，立即喊人把她送到医院去。已经三个多月了，当时把我吓死了。"

段奇问："有没有其他人知道？这事要是传出去，对我的政治前途、对段资的前途都有影响，一定要注意保密，任何人都不要讲。"

段师娘说："医院的医生我都关照了，他们都答应不提半个字。"

段奇说："不行，明天我还要到医院去一趟，作为政府交给他们的政治任务，一定要注意保密工作，不准对外讲。"

段师娘把声音压得很低很低，说："段奇，两个孩子都这么大了，又天天在一起，怎会不出这样的事呢？我看，就给他俩把婚办了。"

段奇说："他俩的年龄还嫌小，不好办。最早也要等到过年才行。"

段师娘急躁地说："那怎么办？"

段奇说："这有什么怎么办的。等啊，只好等年龄，没有其他办法。"

段师娘说："连你都没办法，可能真没法了，现在才是春天，还有十来个月，这两个孩子不知道又要怎么样，又天天在一起，怎么控制得住呢？"

段奇说："让他俩注意避孕，现在科技这么发达，还要我教吗？"

第十四章　能吃苦的一定有能耐

迟金香调到了高清泉所在蒋北大队的供销社站做营业员，她是为了照顾高清泉的妈妈而一再要求调来的，按照辈分她叫高清泉的妈妈是婶妈。说到调动的事儿，还要归功于蒋北大队民兵营长江玉华。他多次找到大队支书，和大队支书一起找了边镇公社的人武部长，又找到了供销社郜副主任，郜副主任是当兵出身，对当兵的感情深。他还表扬了迟金香，说："迟金香能够想到高清泉的母亲一人生活困难，主动要求照顾高清泉的妈妈，是个好姑娘，是拥军的具体表现。我们应该大力支持老百姓拥军，我们就要爱民。迟金香为我们供销社争了光。我们共产党的干部就是要帮助老百姓解决实际困难，迟金香做得对，做得好。"当场解决了迟金香的调动。当天，民兵营长就用挂桨机船把迟金香接到了大队供销站。

迟金香没有住在供销站，而是住到了高清泉家，她要陪着高清泉的妈妈，一到高清泉家就帮着把屋里打扫得干干净净的。晚上还烧了热水，为清泉妈烫脚。

清泉妈从枕头底下掏出一个布包，然后一层一层地打开，从里面拿出一封信，对迟金香说："金香，这是清泉刚寄回来的信和照片，你拿出来看看。"

迟金香目光里露出欣喜地接过信。她首先看到高清泉戴着军帽、穿着军装是那样神气、威武、浓眉大眼，清俊英气的一张面孔。她纤细的小手抚摸着，心头划过一阵阵暖意，心中如痴如醉地激荡着，双颊微微地发热起来。迟金香收起照片，又打开信。

妈：

你好！

您的来信，儿收到了。从妈的信中我知道，妈，您老是担心我在部队吃苦。妈，您别担心，我在部队里学到了许多东西，我每天都坚持学习，部队首长认为我有文化，还让我带着大家学习呢。妈，苦我不怕，我是农村长大的孩子，农民的儿子，您的儿子什么苦都不怕，我都能战胜。迟金香上次来信说，她要求调到我们大队的供销站去，到时迟金香会照顾您的。妈，儿有句话不能不告诉您，迟金香是个好姑娘，我觉得我配不上她，我家里很穷，她到我家会要吃苦的，我又不忍心看着她吃苦，我的心里非常矛盾。

妈，现在我想通了，要让你和迟金香今后不吃苦，我从现在起就必须吃苦。我苦练军事科目，利用一切时间学习。我临来时，金香悄悄揣了五元钱在我口袋里，到部队时我才发现，现在我把钱全买了书，我要用我的努力、拼搏，让你和金香过上好日子。

妈，我已经写了入党申请书了。说老实话，这都是金香和你给我的动力，在我的心中，我不能亏待妈和金香，只有拼命地奋斗，我心里才感到一点点的安慰。

儿：清泉

迟金香看过信后，对清泉妈说："妈妈，我们家里今后有什么困难，就不要麻烦清泉了。防止他分心，有困难我们自己克服，你有什么事儿就告诉我，能克服的我们自己克服，要让清泉在部队里安心。"

清泉妈的泪水早已在眼眶里打转了，她抹着泪点着头，说："你给清泉写封信吧。"

清泉哥：

　　我已经调到蒋北大队供销站了，就住在家里，天天和妈妈在一起，我和婶妈相互照应着，我去上班了，她就给我煮好早饭、中饭、晚饭，一回到家我吃现成的，多好啊。

　　我来了以后，你妈也特别高兴、开心，精神明显地好转了，我们每天谈的就是你，你在干什么呀？有没有吃饭啦？夜里睡觉有没有盖好被子啦？有没有进步啦？听不听首长的话啦？我们说了你很多很多。现在你就不要担心我和你妈了，我们在一起了。

　　有一件事，我要特别地警告你，下次不准再说你家穷啊困难啊，什么对不起我啦，我不愿听这些话，再说我就生气了。要把穷摆在心里。我不嫌你家穷，我嫌你没有出息，没志气，即使回家种田，也要种得有出息，这才是男儿，我要的是有出息的男儿。我不嫌你穷，你为什么老嫌自己穷？下次不准说了。

　　噢，我们涨工资了，我给你寄五块钱去。家里的事有我，一切都好着呢。

金香

写完信，迟金香有从头至尾看了一遍，才露出了笑容。她收起信，对清泉妈说："婶妈，有件事我想跟你商量着。"

清泉妈看着迟金香严肃的表情，说："丫头，有什么事你就说。"

迟金香说："婶妈，按照农村的风俗习惯，你请个媒人到我家去，跟我爸妈说媒去……"

清泉妈打断金香话，说："金香，你说的事我想过，应该是男方家请出媒去说这门亲事。可是，清泉爸死得早，你看这房子外面大风家里小风，外面大雨家里小雨，家具没有一件，现在是全大队最穷的一家了。妈知道你喜欢清泉，是个好姑娘，看看这个家，我哪好意思向你爸妈开口……"

迟金香打断了清泉妈的话，说："婶妈，你别说了，这一切我都看到了，我爸妈也很喜欢清泉，我也跟爸妈说好了，他们不会跟你家要东西……"

清泉妈抢着说："金香，即使你爸妈不要东西，我家娶媳妇，我也应该给你买一套衣裳吧，我总不能就两手空空的，怎么对得起你啊……天下也没有这个道理啊……"清泉妈的泪水流淌了出来，呜呜地哭着。

迟金香说："婶妈，你别哭，等我发了工资，我把钱给你，你再给我买衣裳就行了。"

清泉妈哭着说："金香，不能这样，这理说不过去……"

迟金香说："婶妈，你就别讲究那么多的理了。我和清泉定下来，清泉就安心，清泉能安心了，我们不也安心了吗？何必为了什么东西而自找烦恼呢？"

清泉妈呜呜地哭着说："我是真的没办法向你爸妈开口啊。我家穷得连媳妇都娶不起。"

迟金香问道："婶妈，你是不是嫌我配不上清泉哥？"

清泉妈立即止住了哭声，说："金香，你别瞎想。婶妈绝对没这个意思，你是个好丫头，嫁给我家，是我家的福分，金香你怎么能这样想呢？是妈觉得太亏你。"

迟金香说："只要我觉得不亏就行了。"

清泉妈擦掉泪水说："好，好，金香，婶妈拣个好日子，请媒人到你家说去。"

迟金香说："婶妈，我和清泉定下来，我们就是最亲最亲的一家人了，我们只要劲往一处使，心往一处想，我们俩把家里的事儿都做好，不要清泉牵挂家里的事，让他在部队好好地干，你说，好不好？"

清泉妈说："好，好，金香，婶妈先欠着你的彩礼，将来婶妈加倍还你。"

迟金香满脸春风地说："好，婶妈，以后你就加倍地给吧。"

清泉妈顿了顿，问："金香，有句话婶妈想问问你。我们家这么苦，你怎么喜欢清泉呢？"

迟金香说："婶妈，你别老说你们家穷，我家也穷，也很困难，我总认为呢，我们困难配困难的，苦日子过惯了，共同语言多，也不觉得苦，从苦处往好处过，日子好过。再说，清泉有上进心，我爸妈又喜欢他。我爸妈没有个男孩，既然爸妈喜欢他了，我也应该为爸妈做出点贡献，为爸妈找个好女婿，所以我决定要嫁给清泉哥。"

清泉妈望着迟金香说："你怎么晓得清泉有上进心？"

迟金香说："婶妈，清泉经常说自己家穷。这说明他很诚实，穷就是穷，他能认识到穷，就会想办法改变自己穷的面貌，他心中一定有一股力量，所以，我认为他很有上进心，我愿意嫁给有上进心，能奋斗的男人。"

清泉妈说："清泉要回家种地呢？"

迟金香说："婶妈，不管清泉今后怎么样，即使他回家种田，我在供销站上班，我看我家的日子也会一天比一天好的，就凭我和清泉哥都是穷人家的孩子，会懂得珍惜生活，热爱生活的。"

清泉妈久久地凝视着迟金香，她控制住眼眶中饱含深情的泪水，可是，泪水自然顺着脸颊流了下来，她一把将迟金香搂到了怀里。泪水落到迟金香的头发上，沉吟半晌，她哽咽着说："金香啊，你真是个好姑娘啊，能娶到你也算清泉的福分，也算我们高家上辈子积了大德。种田人有句俗话说得好，经过苦难才晓得糖甜，人要先苦后甜才觉得生活有意义，苦难最能看到人心。"

迟金香突然转变了话题，问："婶妈，你说清泉现在在做什么？"

清泉妈说："我不知道，他也许吃过晚饭了吧？也许上铺睡觉了吧？说不定在学习呢。"

迟金香脸上带着美意，说："婶妈，清泉啊，他在想妈妈，也在想我——我们呢。"

迟玉香、迟满香、迟堂香、迟秀香放学回家了。姐妹四个走在一起，依次经过迟志来的店堂。迟玉香走在最前面，喊道："爸，放学了。"

迟志来看着丫头们一个一个地进来，笑眯眯地说："玉香，还到西房去吧，不要出声。"

迟玉香答道："爸，知道。"

迟志来把柜台角的半截烟又点起来，深深地吸了一口，双眼无事地扫着街上的行人。有忙着下班的，有从田里劳动回来的。迟志来吸着烟，看着人群，突然眼睛一亮，举到嘴边烟停住了，咦，那不是朱祥和校长吗？他可是难得走出来的人啊。只见朱祥和只顾低着头走路，不看别人，只看着地面。路上，他也不跟别人打招呼。

迟志来的视线一直盯着朱祥和，朱祥和可是个稀客，只见他慢慢地朝自己的店里走来。他不可能是来找自己的吧。迟志来这样想着，然而朱祥和离店越来越近了，迟志来下意识地左右看了两眼，店两边没人。朱祥和真是朝店这边走来了。朱祥和是自己的朋友，于是迟志来站起来，准备迎接朱祥和，其实大街上来来往往的人，没有人注意到朱祥和，只有迟志来盯着他。

朱祥和沿着街边，已经走到了迟志来的店门口，朱祥和装成买东西的顾客，用眼神示意迟志来不要讲话。迟志来疑惑地瞪大双眼看着朱祥和，不知发生了什么事。

朱祥和细声地问："丫头们都回来了？"

迟志来点了点头，又看了店的两边，没有人，说道："都在家里抄书呢。"

朱祥和说："我能去看看吗？"

迟志来小声地说："我求之不得，快请。"

朱祥和说道："小声点。"

迟志来让四奶奶坐到店里，他陪着朱祥和走进里屋。看到迟玉香正在讲一道算术题给迟秀香听，讲得聚精会神，非常投入，迟志来准备喊迟玉香时，朱祥和拉了迟志来一把，向他摇摇手，制止住迟志来不要喊，不要影响迟玉香讲课。这时，迟志来看到朱祥和与刚才在大街边上的朱祥和完全不一样了，此时的朱祥和目光有神，目光中好像有一股暖流，脸上有了笑容，就在这一刻，朱祥和决定要把这里当作他的实验室了。他一直在探索研究"如何提高放学时间的效率"。他想到眼前这种形势太好了，放学组成学习小组，三四个人一组，以高年级的帮助低年级的，以住在一起的邻居为主，这样不但提高了学习效率，还能解决学生们放学后无人看管玩耍的问题，把放学时间充分利用好。从而提高学习效率，还能培养孩子互相帮助的精神。

四奶奶替朱祥和倒了杯水送过来，迟玉香一下子看到门口站了这么多人，还看到朱校长站在爸妈中间，一时不知所措，脸就红了。

朱祥和轻声说："迟玉香，你讲得不错，很好。继续讲。"

迟玉香还是站着不好意思地说："朱校长，我不会讲。"

朱祥和说："讲得不错，讲得挺好。"说着坐到桌边，翻看着孩子们的作业。

朱祥和惊讶地望着迟玉香，问道："你们都已经学习下年级的课程了？"

迟玉香说："是啊。"

朱祥和又惊又喜地问："这学期的呢？"

迟玉香很平静地说："都学完了。"

朱祥和问："都是你教她们的？"

迟玉香说："是啊。都是我教她们的。"

朱祥和又问："今天老师布置的作业为什么不做呢？"

迟玉香说："每天放学后，我先教她们学习新课。等吃过晚饭后，我们就做老师布置的作业，作业做完，我们就上铺睡觉，睡觉时就背诵所学的新课，要全会背上才行。"

朱祥和脸上露出灿烂的笑容，问道："迟玉香，这方法是谁告你的？"

迟玉香说："没有谁告诉我，我是自己想的。因为老师每天教的课我们都已经全会了，所以放学回家我们只好学新课程了。"

朱祥和激动地抓住迟玉香的膀子，说："这方法真好，太好了。这就是提高学习效率，学生们的潜力真是太大了。"

迟玉香看着朱校长，说："我只知道把书上的字全会写，全会说，算术公式全会背。不知道什么潜力不潜力的。"

朱祥和又一本一本地翻看着她们几个人的书和本子，迟秀香二年级，学的是三年级的课程，迟堂香四年级，学的是五年级的课程，迟满香五年级，学的是初一的课程。朱祥和问迟玉香："迟玉香你怎么不学了，你的本子、书呢？"

迟玉香说："朱校长，我今年就要初二毕业了，初二的课程我已经全部学完了。我没得学了。"

朱祥和问："你怎么没得学呢？不是还有高中的课程吗？"

迟玉香说："朱校长，我们公社没有高中，我家又没有高中的课本。再说，我家困难，也上不起高中了，年底毕业，我和妈妈一起把自留地种好，也可以减轻妈妈的负担，再把她们几个教好。"

朱祥和泪水含在眼睛里，闪着晶莹的泪光，说："迟玉香，你不能放弃学习，你这么聪明，好学，千千万万不能放弃学习，高中的课本我那里有，明天我就给你。你学，不会的就问我，我教你。"

迟玉香摇摇头说："朱校长，我不能去上高中了。我爸妈拿不出钱的，再说上高中还要到外地去上，花的钱更多，我不想爸妈这么辛苦。我还有三个妹妹，她们还要上学，买衣服。"

朱祥和的眼角湿润了，声音沙哑地说："玉香，不能不上学啊，不上学就会更苦，更穷的，你上高中，我给你缴学费。你一定能够上出好成绩的，只有知识才能改变人的命运。"

迟玉香还是摇了摇头。

朱祥和深深地叹了一口气，说："可惜，真是太可惜了，这么好的苗子就不上学了，可惜啊。"

迟志来说："朱校长，请喝茶。"

朱祥和喝了口茶，说："迟玉香，你跟我说老实话，你想不想读书？"

迟玉香说："我想读书。"

朱祥和说："那好，我来教你学完高中的全部课程，你就在家里学，怎么样？"

迟玉香眼里放出惊喜的光芒，笑着答道："好呀，太好了，我既能帮助妈妈干活，还能省下上学的钱，又能学完高中课程，还可以帮助我的三个妹妹，太好了，太好了。"

朱祥和说："你有这么多的精力吗？"

迟玉香说："朱校长，我保证能学好，我不怕吃苦。"

朱祥和喃喃自语道："吃过苦的人就有一种无形的财富，能吃苦的人一定有能耐。"说着从口袋里掏出一本《新华字典》递给迟玉香，"认不得的字可以查字典，你们继续学吧。"

朱祥和和迟志来坐在堂屋里，迟志来为朱祥和倒满了茶。

朱祥和说："志来啊，你养了一群好姑娘啊，我很佩服你，羡慕你。"

迟志来说："我就是怕她们出去瞎玩，才想出来的这个主意。"

朱祥和说："你的姑娘里已经有两个跨年级，仍然保持好的成绩，现在还是赶在学期的前面，真不简单，等明年开学，我再帮她们测试一下，如果能跳级就跳级，早点学完课程，多学点知识。"

迟志来说："朱校长，你有文化，有见识，有句话我想问你，这学了文化，有了知识到底有用没用啊？"

朱祥和说："当然有用了，哪个朝代都是读书为高啊。"

迟志来说："你看，我隔壁的邻居家，一个个小学都没有上完，却一个个都安排了好工作，这究竟是怎么回事，我是越看越糊涂了。"

朱祥和说："唉，我认为这是一种不正常的情况。"朱祥和喝了一口茶继续说，"我总想，将来国家建设肯定需要有文化有知识的人。"

迟志来"唉"了一声，说："我是认着死理了，书读得多没坏事。"

朱祥和说："对，这就对了。一个人要想长远，就必须要有文化知识。"忽然一惊说，"差点忘了。"说着从袋里掏出四张五块的钱递到迟志来面前，"志来，收下吧。"

迟志来愣在那儿，满脸狐疑地问："给我钱干什么？"

朱祥和说："我刚刚补发了工资，那次多亏了你把我和林老师以及林老师的妻子救了，还为我们拿了那么多米和鸡蛋，过年的时候又去看我们，我心里一直都记着、装着呢。"

迟志来的脸沉了下来，说："朱校长，你这样做可不对了，那晚，我们就已经成了朋友，你这样做是没把我当朋友。已经把我当外人了。"

朱祥和说："志来，就因为我和你是朋友，才这样做的。你想想，我现在是单身一人，不需要用钱，你家有七口人，只有你和金香两人拿钱，还有四个姑娘上学，你比我困难，朋友之间就是在困难的时候要帮助，所以，我给你钱是应该的，这才是真朋友。"

迟志来说："朱校长，你有文化，我说不过你，但这钱我不能收。"

朱祥和说："这就是你的不对了，我和林老师有困难的时候，你帮我们，我们可没有客气，怎么你有困难，我帮你，你就推三阻四的？"

迟志来说："我没困难，我家能过。"

朱祥和说："志来，你再不收下，我就生气了。你当我不知道啊，孩子过年没有买新衣服，平时吃肉吃鱼都很少，都是自留地里长的蔬菜。孩子们正在长身体，学习又这么用功、刻苦，你做父亲的舍得，我还舍不得呢。就算是我奖励给学生的总可以吧？"

迟志来说："朱校长，不管怎么说，这钱我不能要，你拿回去。"

四奶奶端了一碗炒鸡蛋，放到桌上说："朱校长，就在这儿吃晚饭，我都已经准备了。"

朱祥和望着迟志来说："我不吃。他不把钱收下，我就走。"说着站起来，就往外走。

迟志来拽着朱祥和的衣服说："好，好，好，我收下，我先收下，替你保管着。"

朱祥和坐下来说："哎，这就对了，这才叫朋友。今天，我就不客气了，我就在这里吃。"

迟志来对四奶奶说："再煮点儿蚕豆吧，我陪朱校长喝两杯。"

朱祥和阻拦着说："别，别，志来、四奶奶，我一不喝酒，二不抽烟，我只喜欢教学和学习。这样吧，把丫头们都叫出来一起吃。"

四奶奶望着迟志来，迟志来手朝四奶奶一挥，四奶奶明白了迟志来的意思，到西房门口轻轻地把丫头们都叫了出来。

朱祥和望着四个丫头，笑眯眯地说："你们都是我的好学生，我最喜欢你们。"

迟志来在朱祥和的耳边低声说："小点声！"又用手指指隔壁。

朱祥和说："段奇不在家，到县里去开会了。没事的。"

迟志来说："你原来是有备而来的。"

朱祥和说："志来，你歇着，现在我要和我的学生说话，你们都坐好了，把碗放好。"朱祥和站起来，端着鸡蛋碗，把鸡蛋分别拈给四个孩子，又给迟志来拈了一块，自己也拈了一块，碗里留了一块，说，"这碗里的一块是留给四奶奶的。"

迟志来说："朱校长，这怎么行？你、你……"

朱祥和说："志来，这怎么不行，我们就是要人人平等，我们大人不能多吃多占，就是要教育孩子平等对人，大家都是一样的。"

迟志来说："朱校长，真拿你没办法。"

朱祥和说："我看到我的学生，就像看到自己的子女一样。这样的学生多好啊！吃，吃，下次我给你们买肉。"

第十五章 复杂和简单

停电了。边镇公社经常是突然晚上在吃晚饭的时候就停电，一家人只好在黑暗中张望着。

"四奶奶，打点火油，快，停电了。"段修在矮墙边喊了起来。

其实一停电，四奶奶就准备着矮墙那边有人喊叫了，因为四奶奶家也停电了。四奶奶答道："来了，来了。"

一切都是约定俗成了。段修接过火油就径直往屋里跑。段师娘拿起火柴点起灯。屋内又亮了起来，今晚，只有段奇、段师娘和段修、段素霞、段梅霞三个姑娘在家。孙阳这几天一直跟着段资在各个大队转着放电影，晚上也不回来。

段修埋怨说："爸，人家都说你有本事，我看你什么本事也没有。"

段师娘说："段修，你怎么说话呢？"

段修说："经常停电，停电又不讲一声，晚上停电，夜里来电，这电有什么用啊？"

段奇说："这电是县里统一调配的，不是哪个人能说了算的。"

段师娘说："你们小孩子懂什么？有鱼吃有肉吃都塞不住你

们的嘴。"

段师娘问段奇："这次在县里开了十多天的会，怎么这么长时间？"

段奇说："县里的事多。噢，想起来了，有一件事比较重要的，你看能不能让孙阳去？"

段师娘的注意力全部集中到了段奇脸上，问："什么事比较重要？"

段奇说："县里分了一个计划给边镇公社，就是要推荐一名工农兵出身的人上大学。"

段师娘自言自语地说："推荐上大学，这与孙阳有什么关系？"

段奇说："县里一散会，我在回来的路上就想推荐让孙阳去上大学。"

段师娘惊讶地："孙阳去上大学？"

段奇说："是啊。"

段师娘皱着眉头，在思考着，沉思着。

段奇问道："怎么啦？"

段师娘说："让我想想，让我想一想。"

段奇说："这有什么好想的。去还是不去，上还是不上，一句话的事。"

段师娘沉默了一会儿，坚定地说："孙阳还是不去，不去为好。"

段奇说："这不就行了。不去就不去吧。"这时，段奇转脸望着段修，并有意与段修开着玩笑说，"那段修去吧。"

段修放下筷子，没好气地说："你们还有没有良心，什么好事都先紧着孙阳，等孙阳不要了，不去了，挑剩下了，才想到我，我不去。"

段师娘说："就你会生气。"

段奇说："你不要拿这话挡着，你能把大学上下来吗？"

段修越听越生气，说："是啊，在你们眼里，孙阳什么都好，我是什么都不如孙阳。"

段奇瞪大眼睛，气得说不出话来："你，你，你……"

段修呜呜地哭起来："我说什么你们都不愿听，我什么都不好……"筷子一摔，呜呜地哭着跑进房里去了。她把房门用力一关，把整个屋子的人都怔住了，吓了一跳。

段师娘的泪水也随着关门声流了下来。

段奇一时被惊呆得坐在那儿，一动不动。

段素霞、段梅霞悄悄地放下饭碗，跑进了房间。

段奇抽出一只"大前门"香烟，取下灯罩。在火油灯上点着烟，深深地吸着。

段师娘跟着几个孩子进入了房间，段修正趴在被子上哭呢。

段师娘抚着段修的肩头，说："段修啊，孙阳虽然没有和你哥结婚，我们已经把她当作儿媳妇了，当作自己家里人了，她是嫂子，是长辈，你们应该对她好。"

段修哭着说："对她好，谁对我好了？妈，我是你的亲生丫头。"

段师娘说："妈知道，你哥也是我亲生的呀，孙阳嫁到我们家就是一家人了。"

段修蹦地坐起来说："说到最后你还是护着她，帮着她。"

段师娘"唉"了一声，说："这不是帮不帮的事，与你说的那种帮是两回事。"

段修抹着泪说："什么两回事？什么好事都先让着她，买新衣服先给她，买了新毛线先给她，人家送给爸爸的手表也给她，上大学等她不上了，才给我去上！明知我不喜欢学习还要讽刺我，挖苦我，我活着还有什么意思？"

段师娘说："孙阳好了，不也是我们家好吗？"

段修说："我好就不是我们家好了？"

段师娘说："孙阳毕竟比你大，又嫁到我们家，她好也是为我们家撑脸面。"

段修说："妈，你的意思是说，我早晚要嫁人，是人家的人？好，我也抓紧时间把自己嫁了……"

段师娘气得浑身发抖，打断了段修的话，说："段修，你真是越说越不像话，越说越离谱了，大姑娘家竟说出这种话，也不害臊。"

段修毫不让步地说："孙阳才害臊呢，才离谱呢。"

段师娘气得急躁起来，说："你，你，你……唉……真是气死我了。"

段奇走过去把段师娘拉出房间，然后对段修说："你有话不能好好说吗？"

段修说："我不管怎么说，你们都说我不好，我不说了。"又呜呜地哭起来，转身趴到被子上哭着。

段奇把段师娘拉到堂屋桌边坐下。夫妻俩都气得没话说了，段师娘的脸气得通红，段奇又点起一根烟抽着。

沉默了一会儿，段师娘说："怎么养了这么个不听话的！"

段奇说："不是不听话，是她根本不懂事。"

段师娘也哭起来了，说："怎么养了个这样的丫头。"

段奇为段师娘泡来一杯龙眼茶，说："别想这事了，喝点茶。"

段师娘流着泪说："我喝不下去，我这心里憋得慌。"

段奇说："那就早点儿上铺睡觉，与儿女生气没必要，睡一觉就会好了。"

夫妻俩躺倒床上。段奇问道："你为什么不同意孙阳去上大学呢？这个名额我是为她预留着的。"

段师娘从心底里"唉"了一声，说："你整天在外面忙着抓革命，有时一出去开会就几天，甚至是十天半月的，家里有许多情况你也不清楚。"

段奇脸上的神情紧张起来，说："噢，家里发生什么事了？"

段师娘的心情稍微缓缓了些，说："段奇和孙阳已经好了一年多了，去年过年前流产了，现在马上又要过年了，在这不到一年的时间里，两人整天形影不离，好得像一个人儿似的。我这做妈的看到儿子和儿媳妇心里当然非常高兴，加之孙阳这孩子又乖巧，惹人惯，惹人疼。他们俩是你离不开我，我离不开你，天天在一起，今年已经刮宫三次了。前几天医生好心地对我说，孙阳不能再刮宫了，再这样下去可能会影响今后的生育。"

段奇不由得"啊"的一声坐了起来："这两个兔崽子。"

段师娘继续说："这能怪他们吗？"

段奇的脸立马拉下来，说："那怎么办？"

段师娘说："那就结婚。只有结婚这一条路。"

段奇说："他俩年龄还小。"

段师娘说："你不是等到过年就可以吗？"

段奇说："现在上面抓得紧，在公社的领导里也有一部分对我不满，有意见。他们虽然表面上服从我，对我尊重，可是背后在搞鬼，是嘴和心不和。万一他们再在段资的结婚年龄上做我们的文章，我就会收到上面的处分。"

段师娘说："有这么严重？我还不知道呢！"

段奇说："你不知道的事还多着呢，我们的内部斗争是非常复杂的。"

段奇又点起一根香烟抽起来。

段师娘说："你可要注意啊，我们家不能没有你啊，还有这些孩子不能没有你。我总觉得人要多做点好事，心里才会安宁。"

段奇说："你不要怕，我现在还是一把手呢。他们对我不敢怎样，还只是在背后搞点小动作而已。"

段师娘焦急地问："那段资和孙阳过年时能不能结婚？"

段奇抽一口烟，吐出了烟雾，说："放心，对这事我心里有点顾虑，在政治舞台上，当然是尽量不能让对方抓到自己的把柄，我看还是让孙阳去上大学，让他俩分开一段时间，还能让孙阳得到进一步的深造。"

段师娘说："不行的。孙阳现在是如花似玉的，这万一上了大学，条件好了，眼光高了，看不起段资了，还不是鸡飞蛋打？还有，即使大学回来与孙阳结婚了，一个是大学生，一个是初中没毕业，我担心他们是不是还能坚持到最后也很难说。另外，段资也是这年龄，同样是的，孙阳一走，一个十九岁的小伙子正大好年华，万一弄出什么笑话来，丢了你的脸，也丢了我的脸。"

段奇斜眼望老婆说："咦，想不到你考虑事情还真周到，你说得有一定的道理，我的老婆水平提高了，不过让他俩过年的时候结婚，还要想想办法。"

段师娘说："外面没有人知道段资和孙阳的实际年龄是多大，只要把他们的年龄改一下不就行了吗？干吗想得那么复杂呢？"

段奇惊喜地一摔烟屁股，兴奋地喊："啊，老婆你还真有进步了。对，对，对，这么简单的事，我怎么没想到呢？对呀，让公社文书把户口簿改一下，不就行了？这么简单了，一句话的事儿。"

段师娘提醒道："你千万要注意保密，不能让任何人知道。"

段奇说："这你放心，只有我和文书两人知道。"

段师娘说："还得尽快给孙阳找个稳定工作，目前她这样玩着可不好。"

段奇说："你放心，这个我也会认真考虑的。"

第十六章　好人好报是自然规律

斗转星移，光阴似箭，一晃三年过去。

夕阳西下，晚霞把西边的半边天映红了，鱼鳞似云朵一块一块的，河边放了暑假的孩子在戏水游泳，河里农民的麦把船在游弋，岸边杨柳依依，给人带来凉爽的感觉。

边北大桥上，迟玉香戴着一顶大草帽，把整个脸都遮住了，她吃力地挑着一旦麦草，脸上豆大的汗珠往下滴。这时，边镇公社的小快艇正好在桥下穿过。她看到段奇正坐在小快艇屁股的椅子上，观着水乡美丽的晚霞呢。快艇过后，喜欢嬉闹的小孩，沿着快艇驶过后的波浪游去，进行着冲浪。岸边码头的大妈大婶们则赶紧拿着到河边洗的衣服、盆等，向岸边缩去，防止河浪打向岸上，将洗的衣服卷走。每次小快艇过去，就像是一场劫难，在码头洗东西的人都要慌里慌张地忙一阵子，虽然个个脸上有怒色，也只好忍着。

迟玉香自从那年初中毕业后，在朱校长的辅导下，已经用两年的时间学完了高中课程，朱校长说迟玉香已经迈到了一个"老三届"高中毕业生的水平了。迟玉香帮着妈妈种自留地，还参加到了生产队的劳动，也能为家里挣钱、挣点儿口粮，减轻家庭的负担。

　　迟玉香的一担草刚进家门，迟满香赶紧从屋里出来，一边从玉香肩上卸下担子，一边说："姐，歇会儿。"

　　迟玉香用右手伸到后背，自己给自己捶了捶，说："累死了，腰酸。"

　　迟满香又赶紧跑过来替玉香捶着，说："姐，我让你带我下田，你偏不带。我去了，也能减轻你的负担。"

　　迟玉香说："满香，你还小，田里的活太累，你吃不消，还是在家帮着妈干活吧。"

　　四奶奶打来一盆凉水，对玉香说："玉香，洗洗吧。"

　　迟玉香的脸晒黑了，脱下草帽后，头发也蓬乱在头上，一身皱巴巴的衣裤，整个人看上去比她的实际年龄大许多。四奶奶看在眼里，急在心里。孩子不是怕吃苦，不是比别人笨，不比别人缺胳膊少腿，却比别人苦多了。唉！四奶奶心里叹口气。这几年四奶奶也老多了，一下子头上增添了白头发，皱纹一道一道深了，特别是脸上常挂着一种无名的哀愁。是啊，哪个当娘的面对这种家境不愁呢？迟金香在供销社做临时工至今还没有转正，迟玉香种田，迟满香初中毕业在家闲着，还有迟堂香，迟秀香一转眼也要从学校毕业了，挨肩的一个接着一个，都要等饭吃，要穿衣，可都面临着要找工作、要生活的状况。但工作到哪儿找呢？有谁帮着找呢？四奶奶真是急死了。迟志来是个老实人，也曾托朋友帮着说能安排个把子女到社办工厂工作，可都是石沉大海，没有回音。按理，安排到社办工厂去，只要段奇一句话的事儿就办妥了，可迟志来与生俱来就不愿与段奇这样的人打交道，明摆着的，迟金香的事前后近四年了还没解决。四奶奶追了段师娘若干次，已经连四奶奶本人都不好意思再追了，更何况其他事还能再找她帮忙吗？四奶奶都已经心灰意冷了，四奶奶感到无法向大女儿交代，更不好向迟志来交代。迟志来知道四奶奶心里难受，也从来没有提过这事，一提这事四奶奶就伤心地流泪。所以，迟志来最多只是说："那家人是不能相信的。"

屋里，四奶奶淡淡的忧伤的语气，说道："玉香，累了就歇几天吧。"

迟玉香脸上抹过一丝惆怅，说："妈，不要紧的，劲是用不完的，睡一觉就行了。"迟玉香知道，如果自己歇在家里，妈妈会更忧心如焚。

迟满香说："姐，明天你在家，我去替你一天。"

迟玉香心里空空的，一种比难过还难受的滋味，说："满香，你还小，就在家陪着妈，等四夏大忙一过，就没事了，就这几天忙一下。"

迟满香不禁流下了泪，说："姐，我看你太辛苦，你都已经老了。"

泪水顺着四奶奶脸上刀刻似的皱纹流淌着，说到伤心处，四奶奶无言以对，哽咽起来。现实真是太残酷了，自己的孩子自己清楚，孩子们个个都是好孩子，听话、认真学习、勤劳、艰苦，从不向家里提出任何要求。她一看玉香这样就心如刀绞，总觉得对不起玉香，长这么大穿的都是金香的旧衣服，白皙的皮肤现在晒得黑黝黝的，除了两个黑白分明的眼眶射出热烈的光亮外，玉香真是老了，做父母的怎么不心乱如麻？毋庸置疑，四奶奶已经伤心到了极点，眼里除了悲伤，还渐渐渗出一缕惊痛似的绝望和无奈。

现实生活往往就是这样无奈，甚至无情，至而残酷，有什么办法呢？目前迟志来家已经走到了这种地步，老夫妻俩想哭，可哭的地方都没有。想改变这种状况，他俩实在是没有这个能力和可能了。生活啊，还要生活；日子啊，还要往前过。

迟志来将柜台角上的半根烟拿起，点着了，吸了一口。生活的磨难已经使他少言寡语，他每天都在为丫头们发愁，不管怎么着总要有个工作啊。迟志来吸着烟，他茫然了，他变得抽烟的次数越来越多了，原来每天抽十根，现在每天要抽十五根，有时是十八根。可是抽烟的档次却越来越低了，原来抽的是二角三分钱一包的"玫瑰"牌，现在抽的是一角四分钱一包的"勇士"牌，有时抽的是八分一包的"经济"牌。不管怎么抽，心中的烦事不但抽不掉，反而越抽越烦。

迟志来无精打采地抽着闷烟。朱祥和站到柜台边他都没注意，他正凝神贯注地看着几个蚂蚁抬着一个饭米粒缓缓移动，正看得出神时，朱祥和问道："志来，看什么呢？"

迟志来猛地一惊，说："哎哟，吓我一跳。朱校长你什么时候到的？"

朱校长说："刚到。"

迟志来说："快，请到屋里坐。"

走进堂屋，迟玉香、迟满香站起来喊道："朱校长好。"

朱祥和的眼底微微泛起一点笑意，说："玉香又黑了，晒黑了皮肤练红了心。"

迟玉香说："朱校长，你真会开玩笑。今天，在我家吃晚饭，我回来时正好摘了两个丝瓜。"

朱祥和很爽快地答道："好啊，今天，我就在你家吃晚饭了。"说着朱校长从袋里掏出两个纸包，一包是油炸花生米，一包是烂牙豆，说，"四奶奶，拿两只碗放着。"

迟志来说："朱校长，你来吃晚饭，怎么还要你带菜，你这不是骂我吗？"

朱祥和说："今天是我请客，我是来专门请迟玉香吃饭的，志来，你只能算是作陪啊，陪客。"

迟志来诧异地瞪着朱祥和："朱校长，你没搞错吧。玉香是你的学生，现在你到了我家，就是我的客人，哪有让客人请主人的？"

朱祥和说："这你就不要管，我拿钱请人吃饭，你是我朋友，跟你借个地方，你也跟在后面吃一顿没有亏待你吧，你少说话就行了。先拿一瓶酒来。"

迟志来从柜台上拿来一瓶白酒，问："朱校长，我看你今天特别的高兴，有什么喜事吗？"

朱祥和说："我有喜事，主要我是为你的喜事而来的，是给你送喜的。"

迟志来替朱祥和倒满了一小杯酒，露出一个凄凉的笑，说："朱校长，你看我家里挨肩儿一个接一个地在家闲着，我都急死了，还有什么喜啊？"

四奶奶炒了一盘鸡蛋端上桌子，说："朱校长，你慢慢吃。"

朱祥和笑意盈盈地，眼光从众人脸上一一掠过，说："这个世界上好人终究有好报，坏人必然有恶报。只是时辰未到而已，这就是天理，是自然规律。"

迟志来轻声说："朱校长，小声点。"说着用手向段奇家的方向指指，接着迫不及待地问，"我家有什么喜，你快说啊，别憋死我好不好。"

朱祥和微笑着，眼光里露出热烈的光亮，说："我替玉香说好了，到学校做个代课教师，下学期开学时就去上班。"

迟志来几乎是惊呆了，一动不动地望着朱校长。迟玉香不敢相信自己的耳朵，用惊恐的目光瞧着朱校长。四奶奶一惊，脸色凝固了。

屋里一下子冷静了下来，空气也停止了流动。沉吟半晌，迟志来嗫嚅着问："朱校长，你说的是真的？你、你、你再说一遍。"

朱祥和一本正经，喜滋滋地说："玉香到学校做代课老师，下学期开学就上班。"

迟志来久久地凝视着朱祥和，泪水从眼里涌了出来。四奶奶沉默良久，满眼垂泪，迟玉香不由得泪如雨下。

迟志来不胜喜悦地问："这是真的？"

朱祥和说："志来，我什么时候骗过你？"

太突然了，这种好事来得太突然，一点征兆都没有，一点思想准备都没有，一下子好得让人难以接受。只见迟玉香扑通一声向朱祥和跪下了。

朱祥和赶忙扶起迟玉香，说："玉香，使不得，我怎能受如此大礼？向你爸妈跪吧，你应该感谢你爸妈。"

迟玉香满脸又滚下泪来，说："朱校长，是你用业余时间辅导我学完了高中课程，又是你在我家最困难，甚至是我爸妈在我家看不到希望的时候，是你帮了我家。这辈子我都会记住你，忘不了你的，你就受我一拜吧。"

朱祥和说："玉香啊，你别拜我，你一定要拜你爸妈，你有一个好爸好妈，他俩是天下最好的爸妈。四年前的一个晚上，我和林育才老师虚弱得就要断气了，是你爸妈冒着最大的危险，把我和林老师救活了。还有那年过春节，是你爸在大年三十去看望我和林老师，我在困难时是你爸帮了我，你们家现在有困难，我都看在眼里，难道我能袖手旁观吗，坐视不管吗？林老师本来要和我一起来的，我怕目标太大，被人看见说闲话，就一个人来了。林老师一有机会他会来看你的。玉香啊，我只希望在今后的工作中，你能勤勤恳恳地把教学搞好，把边镇公社的老百姓的孩子培养好，当别人遇到困难的时候，能帮的一定要帮助人家。到现在我还记得你爸说的一句话，能帮多少就帮多少。你爸说得对，说得好，你爸妈都是这样做的。"

迟玉香抹掉眼泪点点头。

迟志来咧嘴笑着，端着酒杯说："朱校长，你的大恩大德我怎么报答呢？我只有记在心里，来，我敬您一杯。"

朱祥和说："志来，不许在我面前说什么大恩大德的，我们是朋友。"

迟志来赶忙改口道："好，好，听你的，是朋友，好朋友。干！"

两只酒杯碰在一起，他俩一饮而尽。

迟志来放下酒杯后，替朱祥和倒着酒问道："朱校长，你刚才说你也有喜事，告诉我，让我高兴高兴。"

朱祥和脸上挂着笑说："当然要告诉你了。我儿子、女儿的工作都已经恢复，在城里上班了，她们还补发了工资。我的问题也得到了解决，上面已经下达了文件，是不是喜事啊？"

迟志来笑逐颜开地说："太好了，朱校长，干，祝贺你。"

两只酒杯又碰在了一起，他俩又一饮而尽。

朱祥和说："志来啊，孩子们的学习不能放松，上面能给我和林老师平反，说明形势有变化，我琢磨着，可能'文化大革命'要结束了。"

迟志来说："我听你的，你有文化，有水平。"

朱祥和对迟玉香说："你要继续把几个妹妹的学习抓紧，督促她们学习。"

迟玉香说："朱校长，你放心吧。"

朱祥和从袋里掏出三十块钱给迟玉香，说："玉香，做教师了，要注意自己的仪容仪表，拿去做两套新衣裳。"

迟玉香说："朱校长，我怎么能拿你的钱呢？"

迟志来说："是啊，朱校长你不能这样，衣裳我们自己买。"

朱祥和说："志来，你别打肿脸充胖子了，你家里的困难我一清二楚的，我现在有钱了，我就一个人在边镇，你是我在边镇唯一的朋友，你有困难我不帮谁帮？拿去吧。"

迟志来说："朱校长，这叫我怎么好意思呢？"

朱祥和说："你有什么不好意思的，我又不是给你的，我是给我的职工的，与你没有关系的。"朱祥和转过脸对迟玉香说，"玉香，在暑假里你要提前介入，做好备课笔记，一定要把教学工作做好。"

迟玉香点头，抹着眼角的泪水，四奶奶眼中闪着温暖的光芒。

第十七章　孙阳能做，我就做

这天下午，郜明正在柜台上算着账，算盘打得噼啪响。

由于段修算盘差，计算差，经常算错账，早已调到化妆品和小百货柜台上做营业员，化妆品和小百货都是一个一个明码标价，价格不高，大部分都是一块钱以内的商品，并且大部分顾客来只是买一个商品，这样只要把价格标签一看便知道多少钱，省去了计算的麻烦，这让段修感到非常轻松，再说化妆又是她比较喜爱的，工作量也不大，轻闲得很。

段修有事没事就会跑到郜明的棉布柜台上闲聊，刚开始郜明是出于礼貌和她说说话，而段修呢，如果不到郜明这儿转转，就感觉少了什么似的。时间一长，郜明就有一句没一句地不怎么搭理她。但是有一件事郜明非常感谢段修，就是三年前，当段师娘决定不让孙阳去上大学时，第二天早上一上班，段修把他爸爸手里有一个推荐上大学的指标名额告诉了郜明，别看段修算账，学习不认真，她好像天生有一种搞权术的才能。当时郜明并没有反应过来段修为什么要告诉他这个消息，没有当回事。段修一看急了，说道，说你郜明聪明，实际是个书呆子。说这话时，段修还用纤细白皙的手指点了一下郜明的脑门。郜明说上大学的指标与我有什么关系？段修说，你就不为你姐想想？你就让你姐一辈子待在农村里？这是推荐工农兵大学生，你姐是插队知青，你爸也是个干部，只要我爸一推荐，你姐就可以去上大学了。

郜明一听，立即惊喜地感到是这个理儿，姐有这个机会，有这个条件，姐是爱学习的，上大学是姐梦寐以求的梦想啊。郜明激动地望着段修说，你这个小脑袋还真转得快！段修说，不是我转得快，是我心里有你，有什么好事都能想到你。郜明说这事成了，真的要好好地感谢你，非常地感谢你。还要请你跟你爸爸求情，让我姐去，推荐我姐姐。你要我干什么我都干。段修诡秘地一笑说，郜明，这可是你说的，我一定求我爸爸。不过……她眼珠一转，你爸爸也要亲自出面，去找一下我爸爸，我在后面追着，要是我爸不答应我就跟他闹，非要他答应为止。郜明二话没说，就离开了柜台把情况告诉了他爸爸，郜副主任立即找了段奇，这事成了，郜明的姐姐顺利地上了大学。

上帝对每个人都是很公平的，有圆就有缺，有阴便有阳，有白天便有黑夜，有山便有水，有男人便有女人，段修在算账、学习方面差点儿，但她在处理人际关系、社会关系这方面却显得很有才华，很有能力，很有天赋，得心应手。别看她人小，心眼可不少。俗话说得好，上帝为你关上门的时候，同时也为你打开了一扇窗。为这事，郜明心中一直感激着段修，说老实话，要不是段修提供了信息，他姐也许就真的上不了大学了，人有时有很多的运气是一瞬间的，往往就是这一瞬间内就能使人生拐个大弯，改变了人生的命运，改变了一辈子的命运。段修的信息不但改变了郜明姐的命运，还改变了郜明的命运。郜明本来和孟红萍正处在初恋阶段，就是段修一直纠缠着郜明说过的"你要我干什么我就干什么"的话，郜明是个老实厚道之人，再加上段修的穷追猛打，在恋爱中她赶走了孟红萍，与郜明恋爱上了。可是，郜明一直后悔自己说了那话，论能力论感情，郜明更喜欢孟红萍，感情的天平向孟红萍倾斜。但段修硬挤了进来，加之郜副主任、郜明妈妈也认为段修为家里做了一件好事，各方面的条件也不错，都动员郜明与段修恋爱。尽管郜明不太愿意，但他还是听了父母的话。

一个集镇的供销社门市部，下午基本上就没有什么事了，常常是营业员比顾客还要多。段修在柜台内照着镜子，抚了抚额上的刘海。她已经不再是上班时的小姑娘了，现在已经是正当青春活力四射的年龄，俗话说女子十八一朵花，左看左好看，右看右漂亮，侧看侧美丽。段修很仔细地打量着镜中的自己，她的脸抹粉饼，淡淡的，皮肤有光泽，眼睫毛长长的，眼睛有神采，她有足够的时间和钱来让自己过得很滋润。她有那么一点儿过分的自信，别人看来那就是一种飞扬跋扈。她又捋了一下耳旁的一些碎头发，很得意的神态，自己跟自己做了一个调皮的鬼脸，左眼一闭，嘴角微微上扬，笑了起来。

其实，恋爱中的男女都处在一种不清醒的状态中，两人都有一种渴望，这种渴望会把两人牢牢地拴住，那一定是爱，在这种爱的过程中，女人是幸福的，很希望把渴望变成现实。段修在镜中又仔细地端详了一会儿，理了理红色高领毛线衣后，才满意地朝郜明的柜台跑去，因为，郜明妈约她今晚和郜明一起回家吃饭。谈了三年的恋爱，这是第一次到郜明家，她当然要把自己打扮一番。

段修悄悄地站在郜明身后，正在聚精会神打算盘的郜明忽然闻到了一股香味，便抬起头一看，正好与段修的眼睛相对，段修柔和的目光里是含情脉脉。虽说郜明天天看到段修，现在他也被段修的打扮给怔住了，心里微微一颤，段修真是越来越漂亮了。

段修娇嗔地问："还在算账啊，快走吧，明天再算不迟。"

郜明反问："到哪儿？"

段修生气地用小拳捶打郜明一下，说："你妈不是要我们一起回去吃晚饭吗？"

郜明说："噢，我倒忘了。"

段修声音大了起来，说："啊，你倒忘了！这么重要的事你竟然忘了？"

郜明说："好，好。我还有一点儿就结束了。不就是吃顿晚饭吗？下班回去不迟。"

段修把摊在桌上的票据替郜明一沓一沓地收起，又用手把算盘上的数字全部一抹，撒起娇地说："走，早点儿回去吧。"

郜明气得脸憋得通红，克制住心中的怒气，双眼盯着段修。段修不管郜明的情绪，双手抱着郜明左膀子说："明天再算嘛。"

郜明强忍心中的愤怒，双眉紧锁着，脸拉着说："你看你，这里是什么地方？是什么场合？你就这样，也不注意影响，人家看见了不好。"

段修说："她们看见了我也不怕。"

郜明对段修真是没办法，只好收起了账本，并把账册一一整理好了，放进抽屉，锁上，又检查了一下桌子上的纸条，又低下头看了看桌底下，最后又看了一下整个桌子和地面，才放心，无奈地回家。每次郜明和段修之间的小摩擦和段修的纠缠都是郜明让步而告终，郜明都闷闷不乐。有时郜明气得一连几天都不搭理段修，段修都每次主动到郜明这儿来，两人就又和好了。他俩的爱情就在闲闲静静、分分合合、好好坏坏、纠纠缠缠中发展着，反正也没大的事情，都是些鸡毛蒜皮的小事，主要是段修身上有一种惯宝宝的脾气，喜欢激情，而郜明却喜欢清静、诚恳，是一种安静的性格，内敛，内心安静的脾气。

郜明妈在锅灶上忙着，见郜明和段修回来，乐滋滋地堆笑着："回来了，好，早点回来好。"

段修说："阿姨，我要早点回来，郜明还不愿意呢。"脸上露出得意的喜悦。

郜明妈说："这孩子，就是喜欢忙工作，现在他姐在外面上大学，今天他爸又到县里开会了，早点回来也好给我帮帮忙。"

郜明说："妈，今天就我们三人，少弄点菜吧。我来帮你。"

郜明妈说："你这孩子就是不懂事，段修第一回到我们家，当然要多弄几个菜。你先陪段修玩一会儿。哎，你帮段修倒杯水啊。"

郜明说："妈，你去吧。这儿我来。"说着替段修端了一把椅子后，又倒一杯热茶给段修，"你还真把自己当客人啦，要我服侍你。"

段修说："我是你妈请来的客人。"并喝了一口茶。

郜明说："都是你，把我妈妈忙来忙去的。为了你，我妈从早上就开始忙着买菜、择菜，现在还烧给你吃，你往这儿一坐，也不去帮帮忙。"

段修轻声说："我是客人啊。"

郜明说："我妈是把你当作儿媳了是不是？你是不是愿意做我老婆啊？"

段修说："难听死了。"

郜明说："既然你是我老婆，我们就是一家人，这里就是你的家，你在家里还是客人啊？到了家里，应该帮助妈妈做家务。"

段修又喝了一口茶，说："我在家里从来不做家务的，都是妈妈做的。"

郜明"唉"的一声长叹。

段修说："本来嘛，我说的是实话，确实就是这样。"

郜明心中不禁讶然，说："你——"

郜明妈从厨房里端来一碗芋头烧肉，说："你们在说什么呢？郜明把桌子收拾一下，拿碗筷准备吃晚饭。"

段修接着郜明妈的话说："阿姨，郜明让我帮你做家务呢。"说着斜睨着郜明。

郜明妈说："这孩子，段修是我们家的客人，怎能要你做家务呢？你歇歇，别理他。"

段修脸上露出灿烂的笑容，伸出舌头朝郜明做了个鬼脸后，笑意更深了。郜明气得朝她握起了拳头，意思是我要揍你。段修朝郜明脸一扬，意思是你敢，我不怕你。

三人坐下吃晚饭，郜明妈不断地替段修拈菜，段修面前的小碗堆得像小山似的。郜明妈还在往段修的碗里拈。

郜明说："妈，你自己吃，段修会自己拈的。"

郜明妈说："你这孩子，你不替段修拈，还不让我拈？段修啊，以后要经常到家里来玩，你和郜明的事，和郜明好，妈知道，我是打心眼里高兴。"说着又夹了一筷子菜往段修碗里送。

段修说："郜明他不肯带我来。"

郜明妈说："他不带你来，你就自己来。妈喜欢你。"

段修看了一眼郜明，说："阿姨，郜明对我总是爱理不理的。"

郜明妈对郜明说："小明啊，段修对我们家挺不错的，你姐上大学的事，要不是段修，能上到吗？你要对段修好才行。"接着又对段修说，"你别怕，有我为你撑腰呢。"

段修咧开嘴笑了一下，点头答道："嗯。"

吃完晚饭，郜明妈一边收拾碗筷一边说："你们去玩会儿。"

段修随郜明进入了房间。

郜明的房间很简单，一张床干干净净，被子叠放得方方正正的，一张小桌子和一张椅子，桌上有一只台灯，桌上还整齐地放着上学时候的书。

段修坐到椅子上，郜明坐在铺边，两人成了九十度的角。

段修趴在桌上，脸搁在两个膀子上。她的面颊薄得如蝉翼，肌肤在台灯光的映照下如一层荧光，显得娇嫩欲滴，就像熟透了的苹果。她含情脉脉地望着郜明。

郜明被段修的眼神融化了，当一个人非常忙碌时，就永远没有空间和时间，但当闲下来时，面对的是一双柔情似水的情眼，男人更会心摇神驰，激荡起来，男人的自信和坚强就会在这时被女人俘虏。此时，如果问郜明世界上什么最醉人，一定是段修的眼神，是什么最让人陶醉、赏心，一定是眼前的这张脸。

郜明一扫脸上的阴霾，也伏在桌子上，一双炯炯有神的眼逼视着段修，人说秀色可餐一点儿不假，段修的脸就是一盘秀色。

段修稍稍朝郜明靠了靠，两张脸的距离更接近了。她们在用眼神传递着爱意。

段修回家时，段奇和段师娘还没睡。听到敲门声，段师娘赶紧跑去开门。门一开，段修直往自己房间跑去。段师娘看到段修头发较乱，神色慌张，脸色通红的。心中便有数了，脸拉了下来。她声音虽轻，但很严厉地问："段修，你是不是和郜明在一起了？"

段修惴惴不安地答道："是的。"

段师娘心里泛起了疑问："你们在一起这么长时间，干什么了？"

段修颤巍巍地说："没什么，我和他一起玩会儿，在他家吃的晚饭。"

段师娘心中的疑团越来越大，看到段修狡黠不安的神情，她走上前去，眼光逼人地盯着段修的脸看着，脸色死板板地问："你和郜明有事实了？"

段修连忙躲闪着，脸色一下子绯红，吞吞吐吐地说："没，没，没有……"

段师娘一下子像泄了气的皮球，脸上布满了阴霾，说："段修你不要瞒妈妈了。"段师娘悲哀的泪水慢慢地，一点一点地流下来了，脸色苍白，苦涩艰难地说，"这是造的什么孽啊，这样的事怎么都在我家啊？"她哽咽地哭了起来。

段修说道："妈，你哭什么？孙阳不也是这样吗？孙阳能做我就不能做了？"

段师娘更加伤心地哭起来，说："段修，妈不是反对你和郜明好，可你也要等到结婚啊。"

段修说："我反正是他的人了，孙阳不也没等到结婚就和哥在一起吗？"

段师娘说："你怎么老拿你嫂子比呢？"

段修说："我知道，你就是护着嫂子。孙阳能做，我就能做，我就和郜明在一起，天天在一起。"

段师娘捶胸顿足地哭着说："我的姑奶奶，你小声点啊。你怕不怕难为情啊！"

段修说："我不怕难为情。"

段奇走进房里，拉着段师娘说："别说了，先睡觉去。"

段师娘抹着泪抽搐着，段奇又冲着段修没好气地说："你就不怕丢脸？"

段修委屈地嘟囔起来："你们都欺负我。"说完趴在被子上哭了起来。

第十八章　权力，真是神了

段奇扶着段师娘走进卧室说："睡吧，你也别跟她们计较。"

段师娘深深地从心底里叹了一口气，满眼的泪又流了出来："一个个都不听话，真是急死人。"

段奇说："儿孙自有儿孙福。不要过分地去计较眼前，早点睡觉吧。"

段师娘说："你看段修这样子，丢人现眼，我走在街上都难为情。"

段奇说："段修确实是比较任性，不但是你，更是丢我人。我以后怎么在全公社干部会上作报告，这个段修做事太出格了。不过，我想郜明这孩子也不错，郜副主任也是个老革命，我家和郜家也算是这个公社里有头有脸的人家，也不算丢脸，是门当户对的，就成全他俩。"

段师娘心里空空的，问："怎么成全？"

段奇说："改年龄，把段修和郜明的年龄改到结婚年龄啊。"

段师娘眼前一亮，惊喜起来，喊道："对啊，我把这事怎么忘了！"段师娘破涕为笑，"郜明这孩子不错，沉稳，厚道，我很喜欢他。我们丫头还是有眼光的。"

段师娘短暂地板起脸，又一笑说："哪个猫儿不吃鲜，再说段修漂亮，郜明不动心才怪呢。"沉思了片刻继续说，"我看这事要抓紧时间，万一他俩今晚是个闹门喜，段修就有了，时间一拖就不好办，弄得脚大脸丑地丢人。嗯，明天，对，明天，我就去找郜明妈妈商量，快点结婚，越快越好。"

段奇说："看把你乐得，一定要明媒正娶。我家和郜明家都是在这公社有一定影响的人家。"

段奇掏出一包"大前门"香烟，抽出一根点着。

段师娘替段奇倒了一杯茶，她自己也泡了一杯龙眼茶，此时，夫妻俩的心情是如沐春风，轻松宽和。两件大事一下子就轻松解决了。

段奇突然想起了一件事，问："咦，隔壁的他家大女儿叫什么的？好像是在供销社做临时工呢？"

段师娘诧异地望着段奇，惊讶地问："怎么啦？"

段奇说："公社接到了一份公函，是县人武部转过来的，是他家女儿嫁给蒋北大队一个当兵的，那当兵的在部队立了功，又成了先进人物。为了能体现出拥军爱民，经县里研究决定，把他家女儿转为正式工。"

段师娘瞪大眼睛说："县里怎么知道他家女儿是临时工呢？"

段奇说："这，这，这可能是那当兵的讲的，或者是那当兵的提出的要求吧。"

段师娘举到嘴边的茶杯停住了，她若有所思地愣着。

段奇并没注意段师娘的脸色的变化，把烟头一摔，说："不早了，睡吧。"

第二天早上，太阳从云层里透出了笑脸，边镇又渐渐地热闹了起来。

迟志来把店门打开，把店堂打扫得干干净净，把柜台用抹布抹了抹，然后自己替自己倒了一杯茶，点起一根"勇士"牌香烟，吸着。

迟玉香正把山芋一个一个洗净，用刀切开，然后打开一个锅盖，把切开的一片一片的山芋贴到铁锅上，放了少量的水。迟玉香走到灶膛前点起火，蒸着山芋。

四奶奶和迟满香已经在自留地里了。迟满香挖了一篮子山芋，她挖着，四奶奶就跟着她把山芋藤理好。挖好山芋，她俩又在田埂上摘了半篮子青黄豆和扁豆。四奶奶说："这是最后一次摘黄豆和扁豆了，满香啊，摘干净，全部摘了。今天把藤也拉了。"

迟满香"嗯嗯"地答着，她在寻找着藤叶里的扁豆。这已经是最晚的一批扁豆和黄豆了。自从满香初中毕业后，就一直帮着妈妈搞自留地，国家政策允许农民利用自留地种植一些农副产品，吃不掉的还可以自产自销，所以，满香把自留地变成了小小的蔬菜基地，跟着季节，什么青菜、韭菜、茄子、丝瓜、山芋等，农村大众蔬菜都种，一是自家吃，一是多下来就销售，也能贴补家用。

一年四季的风吹雨打、日晒夜露，把迟满香也变成了农民的模样。她头扎方巾，拿着铁锹，挎着篮子，活脱脱一个农村姑娘。

四奶奶正吃力地拉着藤蔓，迟满香说："妈，你拉不动，歇会儿，我来。"说着走到妈妈身边。

四奶奶拉着藤没有松手，迟满香搭上手用劲一拽，扁豆藤就一段一段地被拉下了。

四奶奶说："好了，晒两天再拿回去，能烧两顿饭。"

迟满香说："妈，田里的山芋藤我也说了，卖了。等山芋全部挖出来，人家就来称。"

四奶奶说："好呀。卖的多少钱一斤？"

迟满香说："三分钱一斤，行吗？妈。"

四奶奶说："好。我家又没养猪，卖掉算了。满香啊，卖的钱，你留着，妈再给你一些钱，今年你也买些毛线，打件毛线衣，别老穿着这身厚棉袄，大姑娘家的也该打扮打扮。"

迟满香笑眯眯地说："妈，我不需要，反正我下地劳动，不需要穿那么好，你还愁我嫁不掉啊。今年先替二姐打件毛线衣，我看她学校的老师个个都有，只有二姐没有，先给她吧。"

四奶奶望着满香，怜爱地说："满香，妈对不起你，也没帮你找个工作，人黑了又瘦了，吃了不少的苦，都怪妈没本事啊。"

迟满香说："妈，没事的。我想好了，明年咱家也养头猪。"

四奶奶瞪大眼睛问："养哪儿？猪圈在哪儿呢？猪吃什么？"

迟满香说："我看好了，我们家屋后有一小块靠近厕所的空地，可以盖个简易的猪圈。我每天铲草，给猪当辅助饲料，我们家碾米剩下的糠，还有山芋藤明年不卖，养一头猪够了。"

四奶奶说："那你不是要更苦了？"

迟满香说："这点儿苦算什么？过好日子不吃苦怎么行呢？妈，你就放心吧。"

迟玉香替爸爸盛了一碗粥端到柜台上，又拿着两个山芋给爸爸。

迟志来问："玉香，秀香有没有起来？"

迟玉香说："她俩正在吃早饭呢。"

迟志来说："你也早点吃，快上学校去。"这已经是迟志来的习惯，他坚持只要学校开课，都让迟玉香提前到学校。

吃完早饭，迟玉香替堂香、秀香整理好书包，带着她俩去学校。走到店门口，迟玉香说："爸，妈和满香的早饭在锅里焐着呢。"

迟志来说："堂香、秀香，要听姐的话啊。"

姐妹三人朝学校走去，迟志来看着三人的背影，目送着她们。

四奶奶跨进店堂问："你看什么呢，这么用神。"

迟志来说："我看我丫头。满香呢？"

四奶奶说："她已经在菜场上了，她说要抓紧时间，抢个早市呢。"

迟志来说："也应该先回来吃个早饭啊。"

四奶奶说："你急什么？我就送过去。"

四奶奶赶快跑进厨房，端出一碗山芋、一碗粥。

这时，段师娘在矮墙边，满脸笑容地喊道："四奶奶，四奶奶，来。"

四奶奶先是一颤，而后回过头来，看到段师娘正向他招手呢。因为急着送早饭给满香吃，便站在原地问："段师娘，你需要什么？"

段师娘仍然笑意盈盈地说："不需要东西。四奶奶，来，来，好事，你过来，喜事。"

四奶奶心想，你家住过来四年多了，还不成有什么好事给过我呢，今天早上太阳还是从东边升得了，段师娘是不是搞错了，可能是他自己家的好事、喜事吧。毕竟自己还有事情托她帮忙，于是只好走到了矮墙边。

段师娘笑着说："四奶奶，你托我的事，我家段奇帮你解决了。"

四奶奶一惊，问："我家金香转正啦？"

段师娘说："对啊，你家迟金香已经转正了。"

四奶奶惊喜地冒出一句："谢天谢地。"她感到说得不对，又笑容可掬地改口道，"谢谢师娘，谢谢段妈妈。"

段师娘说："四奶奶，为你迟金香的事，我是没少追段奇，我天天追他，可他就是工作忙啊忙啊，有时他到夜里回来，我都在追他，为这事我还和他吵过几次呢，我说人家四奶奶人好，经常帮着我家，买了那么多东西，人家又不肯收钱。"

四奶奶忙说："段师娘。你说哪儿话，都是邻居还说什么钱不钱的。"

段师娘说："实在不好意思，拖了这么长时间。"

四奶奶咧开嘴笑着说："让你多费心了。"

段师娘看着四奶奶手里端着山芋，说："你家的山芋挺香的。"

四奶奶说："来尝尝吧。"说着把山芋递给段师娘。

段师娘拿过山芋说："四奶奶，你家也确实不容易的。现在满香毕业了又下地种田，蛮辛苦的，起早带晚的。我看啊，还是段妈妈来帮忙吧，让我家段奇再说说，把她安排到社办厂去，怎么样？"

四奶奶绽放出了笑容，说："段师娘，你真是个好人，有你这个好邻居，真是上辈子修来的。"

段师娘说："邻帮邻，亲帮亲嘛。趁段奇有权的时候，我能帮你的就帮你。"

四奶奶说："我是个老太婆，也不懂什么，我觉得你家段奇有权真好，想做什么，只要想做，就能办成，权力真是神了。"

段师娘说："以后你家有什么事需要段奇帮忙，尽管告诉我，千万别见外。"

四奶奶乐滋滋地说："好，好。你家缺什么的就喊我，啊。"

四奶奶走到锅灶前又拿了两只山芋，准备把粥和山芋送给满香。当她走到店堂，被迟志来喊住了，说："满香吃过了。"

四奶奶盯着迟志来问："吃过了？"

迟志来一边点起早上剩下的半根烟，一边说："等你送过去，丫头还不饿死啊，我送了。"

四奶奶显得非常激动，说："她爸，金香转正了，是人家帮的忙。"

迟志来说："人家刚才是找你结账的吧？"

四奶奶说："什么结账不结账的，段师娘是告诉我这个好消息的。咦，她爸，你应该高兴才是啊，金香转正了你怎么不高兴啊？与结账有什么关系？"

　　迟志来说："人家不是说了，之前人家买东西没有给钱，都是因为金香的事才不给的，现在金香转正了，以前的账就算结清了。我把账本翻看了一下，一共六百二十一块一角一分。已经够彻三间草房的钱。"说着，将账用笔勾销了。

　　四奶奶说："只要金香转正了，也值了。还有人家不是还答应帮助把满香安排到社办厂吗？"

　　迟志来吸了口烟，说："那是新的账目又要开始了。"

　　四奶奶说："她爸，算了，为了孩子就当是我吃了。"

　　迟志来说："是你吃了我就高兴了。"

第十九章　天冷人情暖

寒潮袭来，气温骤降。清泉妈一边忙不迭地翻箱找冬衣，一边埋怨着："什么鬼天气，说冷了，就这么冷，这不冻死人啦。"

高清泉一身军装站在一旁看着妈，笑着说："妈，冬天就是冷，夏天就是热，天有什么错，冷热的滋味都尝尝不是挺好的吗？妈，你别找了，我不冷。金香给我打的毛线衣，我穿在身上，不冷了。"

清泉妈说："你这孩子，你不冷，金香不冷啊。"

高清泉从部队回来已经三天了，这三天，迟金香和他一起一直陪着妈妈。今天，清泉妈说什么也不让高清泉在家里，她要高清泉和迟金香一起回家去看望金香的爸妈。金香说让清泉再陪几天，清泉妈说，四年了，金香一直陪着自己，就如亲生女儿，高清泉回来陪个三天就行了，应该去看望金香的爸妈。

迟金香说："妈，我不冷，你别找了。我们打算留下来再陪你一天。"

清泉妈坚决地说："不行，你俩今天必须要回去。"又转过脸对高清泉说，"你这孩子，现在就听老婆的话啦，不听妈的了？"

迟金香说："妈，是我的主意，你别怪清泉。"

清泉妈找到一件马夹，说："金香，把这马夹穿上，外面风大，天冷，这鬼天，怎么这么冷。"说着清泉妈不由分说地替金香脱棉袄，强行将棉马夹套在金香的身上，"回去后，替我向你爸妈问声好，清泉就是他俩的儿子，该说的要说。金香你也要管着清泉啊。"

迟金香笑笑，又望了一眼高清泉，说："妈，清泉现在是大人了，是解放军了。"

清泉妈说："他在我眼里永远是个孩子。他不懂事，应该早点去看你爸妈的。"

高清泉跨起一个大篮子，说："好，我听妈的，现在就走。"

清泉妈说："等等。"她又把放鸡蛋的瓦罐拿过来，从里面把仅有的十五个鸡蛋全部拿出来放到篮子里。

迟金香说："妈，你留着吧，我家里有鸡蛋。"

清泉妈说："你家人口多，姐妹五个呢，你妈负担重啊。"说着又从放蚕豆的罐里倒了五六斤蚕豆到篮子里。然后，对清泉说，"走吧，替我向金香爸妈问好。"

田埂上风真的很大，迟金香额前的头发被风吹起。天是冷的，然而两个年轻人的心是热乎乎的，他俩顶风而进。

高清泉说："金香你在我后面跑，我在前面替你挡着风儿。"

这话说得迟金香心里暖暖的，男人就是替女人挡风挡雨的，男人就是女人的一堵墙，这堵墙就是为女人而砌的，迟金香感到自己能看中高清泉是苍天的安排，不是嫦娥姐姐的安排了，心里甜滋滋的，浑身有一种温暖的情愫在激荡着。

高清泉放下挎在膀子上的篮子，从里面拿出一块方巾。迟金香望着双眼闪着光芒的高清泉，高清泉展平方巾，方巾迎风飘了起来，迟金香站在风中一动不动，她要尽情享受高清泉为自己服务一次，这是她期盼已久的。现在在这冬天空旷的田野上，只有蓝天，只有飘荡在蓝天下的白云，只有风。脚下是青青的麦苗儿，正迎风招展，正欢快地跳来跳去，像是为这一对恋人鼓舞欢呼。迟金香身着红色棉袄，一下子被大自然融化了，蓝天、白云、青苗，红衣包裹着亭亭玉立的少女，多么美好的田园风光，是那样和谐自然，真是令人心旷神怡。

高清泉两手分别捏着方巾的两角，双臂一挥，在迟金香面前一绕，方巾一闪便遮盖在迟金香的头上，迟金香心中一颤，温暖如春。高清泉捏着两角在迟金香的下巴上汇合，交错，打了个结。顿时，高清泉感到这是一张天下最美的脸，眼睛含情热烈，双颊因天冷而被冻得自然红润，高高的鼻梁。整个人是朴素朝天，没有任何的粉饰，清澈见底。高清泉想到自己能在部队安心服役四年，妈妈一个人在家，都是迟金香在陪着妈妈、守着妈妈，才使自己在部队立功受奖，而她却是背后的无名英雄，默默为自己奉献着青春的热情，自己一定要成为迟金香的守护神。

迟金香嘴角一扬，一个浅浅的微笑。她看到高清泉头顶的红五星，一张脸在红领章的衬托下英俊无比，不禁轻轻抚摸起高清泉的双颊，心中荡起层层幸福的涟漪。

她轻声柔气地问道："清泉，在部队想我吗？"

高清泉点头说："想，当然想。"

迟金香扑闪着双眼问："想，人家两年、三年就回家探亲或退伍了，而你四年才回来一次。"

高清泉说："正是由于想你，才四年回来的。"

迟金香黑白分明的眼睛疑惑地盯着高清泉。

高清泉像是读懂了迟金香的疑惑，恋人的心是相通的。高清泉说："你在家里要上班，下班了要照顾我妈，我们的生活是比较艰苦的，你为我付出这么多。所以，我必须要在部队好好干，有任务我都是积极报名，主动要求到艰苦的地方去，一次一次放弃了探亲的机会。还有，因为家里有了你，我才更加放心的。"

迟金香说："清泉哥，你知道吗？我每天都在想着你。吃饭的时候我就想你是不是也吃饭了，睡觉的时候，我就想你是不是睡觉了，还是在站岗，放哨，饿不饿啊，冷不冷啊。"

高清泉的泪水在眼眶里流着，在阳光的照射下发出晶莹的泪光。这时两只喜鹊飞过蓝天，从他俩头顶飞过，落在不远的一棵意杨树上，朝他们欢快地叫着。高清泉和迟金香仰头看着喜鹊在树丫上活蹦乱跳，然后两人相对凝望。

迟金香猛然抱着高清泉，趴在高清泉的肩上说："清泉，抱抱我。"天空在旋转，喜鹊在叫欢。

一路上，他俩的心情特别愉快，一会儿高清泉拎着篮子，一会儿迟金香挎着篮子。一会儿高清泉跑得较快，让迟金香在后面追赶着，一会儿迟金香跑到了高清泉的前面躲在大树的后面，看着高清泉拎着篮子在拼命地追赶，他们跑啊、追啊、笑啊、闹啊、蹦啊、跳啊……

边镇就在眼前了，家就要到了。

迟金香高兴地高声喊起来："到——家——了——，爸——妈——，回——来——了，我们回来了。"

他俩走在边北大桥上，这时正好公社的小快艇从桥下飞快地穿过，劈波斩浪。快艇驶过，一层一层的高浪向岸边扑去，只见码头上洗衣的大妈大嫂们赶忙将放在码头边的衣裳、菜、竹篮子向岸边退去，可是还有一部分被浪卷走了。这时，在码头边玩耍的一个小孩被浪卷进河里，站在桥上的高清泉看得一清二楚，他二话不说，立即将篮子放下，飞快地奔跑到码头边，衣服都没来得及脱，就向落水的小孩游去。小孩被救起，岸边的大妈大嫂立即把孩子抱回了家。

迟金香赶到码头，拉着高清泉就往家跑，嘴里焦急地说："清泉，快，回家。冷吗？"

迟志来正在店里抽着烟，晒着太阳，看着小菜场的热闹景象。

四奶奶从屋里出来问:"她爸,清泉和金香这两天应该回来吧?"

迟志来抽口烟,说:"清泉四年才回家一趟,多陪陪他妈是应该的,你可别瞎想啊,清泉这孩子我知道。"

四奶奶说:"你这人,我是准备着怎样多弄点菜,万一他俩突然回家了,没个菜怎么行?"

他俩正议论着,突然一阵混乱的脚步朝迟志来店里跑来,整个小菜场的眼光都被吸引过去了,迟志来和四奶奶也循声望去。

迟金香和高清泉快步跑着。

迟金香走到店里喊道:"爸,妈,快,快把铺铺好。"

四奶奶来不及接问,转头就跑进房里铺了铺,又把几个丫头睡的被子拿过来。

迟金香帮着高清泉一件一件地脱衣裳,高清泉哆嗦得上下牙打着蹦。

四奶奶泪水都急出来了,问:"怎么回事?怎么回事啊?"

迟金香说:"妈,你先别问了,先去烧热水,你快去烧热水。"

高清泉躺进了被窝,迟金香把家里所有的被子都加到高清泉身上。这时,迟志来将热水瓶里的水装进两个空酒瓶里,举在手里一看,没满,又将自己喝剩下的半杯茶倒进酒瓶内,他走到铺边,亲手塞进了被窝。高清泉的上下牙还在打着战。

迟金香双手捧着高清泉的脸,她给他手温,把身体的温度通过手传递给高清泉。

迟志来拿着一个五分钱的硬币,使劲地把生姜的表皮抹去,然后又切成了生姜丝放到搪瓷罐内,用手抓了一把红糖放进罐内,端到厨房里,对正在灶膛烧火的四奶奶说:"快,大火烧。"

四奶奶往灶膛里送着草,迟志来就站在灶上等。

热气渐渐地在锅上撩起，迟志来在灶台边急得团团转，冲着四奶奶说："老太婆，你就不能少放点水！"

四奶奶心里也急得一团的火，说："老头子，火大着呢，一会儿水就烧开了。"

迟满香从外面端进一大锅开水，说："爸，你别吵了，开水来了，快用吧。"

迟志来赶紧打开钢精锅盖，把生姜红糖茶泡好，端进屋里去。

四奶奶问："满香，你从哪儿弄来这么多热水？"

迟满香说："街上烧饼店里，她们早上结束后，每天余火都烧水，我就先拿来了。"

迟志来从屋里走过来，对满香说："满香，快到柜台上拿空酒瓶，灌热水。"

一瓶瓶灌满热水的瓶子，被迟志来一个一个地塞进了高清泉的被窝里。迟金香一勺一勺地喂着高清泉喝姜汤。

高清泉渐渐地缓过来了，已经开始感到身上有了暖气了。他看到迟金香长长的眼睫毛上蘸满了泪水，轻轻一动就会掉下来的。迟金香说："喝吧，还冷吗？"

高清泉说："不冷了。"

四奶奶、迟满香走进了房里。

高清泉动了动身体想坐起来，嘴里喊道："妈，满香。"

四奶奶说："把我吓死了。你快别动，再焐焐，别冻了。"

迟满香问："哥，你是怎么掉进河里的？"

这时，邻居何永年急匆匆地走过来，他拨开四奶奶等人，扑通跪在高清泉床前。四奶奶惊呆了，她一边拉起何永年，一边说："这是怎么回事？永年，我们是邻居，你怎能对晚辈这样啊？"

何永年泪流满面地说："四奶奶，要不是今天遇到你女婿，我那儿子何扣根就没命了，是你女婿救了何扣根，救了我们全家啊。"

四奶奶说："何永年，你孩子没事吧？"

何永年说："没事。"

四奶奶说："孩子没事就好。这是清泉应该做的，谁见死不救啊。你别放在心上啊。我们是邻居，邻居有难了，就要帮的。"

迟志来请来了一位医生，医生用听诊器听着、把脉，还替高清泉量了血压，说："一切正常，主要是措施及时，姜汤催寒，暖水瓶也起了作用，最主要是小伙子年轻，抵抗力强，没事的。"

迟金香终于露出了笑脸，柔情蜜意地看着高清泉，将圆润的小嘴一抿。她心中充满了温馨，爱在风雨中闪亮，爱的阳光近在身旁。男女的爱情，就是把爱传递给对方，就是希望给他或者让她有安全感，让他或她在爱中得到滋润，使双方都能感到有一种力量在牵引着，从牵引中得到幸福和安心。恋爱就是两颗心充分地享受宁静柔肠的琴弦，只要有一个微微地一动，都是觉得琴盘上的起音被轻轻地击响，之后，便是绵绵的温暖和感动了。

四奶奶把迟金香拉到厨房里，悄声问："你这孩子，也不提前告诉妈一声，你说中午吃什么呀，我一点准备都没有，真急死妈了。"

迟金香说："妈，我们又不是外人，要准备什么？"

四奶奶说："什么准备什么，清泉四年了才回来一次，不弄点好吃的行吗？"

迟金香说："妈，没事的。"

四奶奶说："不行，我去买点菜，你把清泉照顾好。"四奶奶正准备往外跑，突然又停住脚步问，"金香，你转正了？"

迟金香说："转了，每个月多拿五块二角钱工资，还有补贴呢！"

四奶奶笑眯眯地说："妈还以为你不知道呢！"

迟金香说："还是清泉回来时告诉我的。"

四奶奶说："清泉告诉你的？"

迟金香说："是啊。清泉在部队表现积极，入了党，还立了一个三等功，部队为了奖励，就出了一份信函到我们县里，县里就直接给我转正了。"

四奶奶越听越糊涂，脸上的喜悦渐渐地褪去，感到非常窘迫，脸色越来越凝重。她皱着眉头想辩解，抬头看着迟金香兴奋的样子，还是忍住了，把到嘴边的话强压在心中，在这件事上，肯定是女儿讲的是真的，段师娘是骗人的。她在心中叹了口气，真是人心难测，人心隔肚皮，有权的人的心更是看不清、看不懂。这事还不能告诉迟志来，只能自己先压在心中。

迟金香问："妈，你脸色怎么这么难看，是不是哪儿不舒服？"

四奶奶掩饰着，吞吞吐吐地说："不，不，不是的，我、我，我是愁没菜。"

迟满香挎着篮子进来说："妈，别愁了，我买回来了。"满香将篮子里的菜一样一样地往外拿着，鱼、肉、豆腐、芋头、虾子、菠菜、大蒜。

迟金香说："你买这么多菜干什么？哪来这么多钱啊？"

迟满香说："姐，姐夫四年才回家一趟，我们应该好好招待招待姐夫。姐，你去陪姐夫，这儿没你的事，我和妈忙菜去。"

厨房忙得热火朝天，油香、葱香扑鼻而来，肉香、鱼香深入心扉。

四奶奶一边洗着菠菜，一边对迟满香说："满香啊，现在姐妹几个你是最苦的了。"

迟满香说："妈，我不苦，习惯了也就好了，我这样子不是挺好的吗？"

四奶奶说："你们几个都是妈生的，是亲姐妹，金香、玉香她俩都有了工作，不用我愁了，妈这心里就是放不下你啊，可是，爸妈现在又没有办法能帮你解决，真是急死妈了。"

迟满香想着法子尽量安慰着妈说："妈，我现在先这样做着，说不定有一天，有什么机会呢。"

四奶奶说："能有什么机会？我们一个小小的老百姓，无权无钱，能有什么机会？"四奶奶越想心里越难受，一阵阵的酸楚。

迟满香说："妈，姐夫回来了应该高兴，我的事你就别愁。你一愁就不高兴，大姐看到了心里就更不舒服。"

四奶奶抹掉眼角的泪水说："满香，你说得对。"

迟玉香带着堂香、秀香一跨门就喊道："哎，这么多啊，今天有什么喜事啊？"

四奶奶朝玉香笑笑说："玉香，你姐夫、姐回来了。"

迟玉香激动地叫起来："真的，人呢？"

四奶奶说："在房里歇着呢。"

迟玉香赶紧跑进房里，兴奋地叫道："姐、姐夫。"看到高清泉躺在铺上，便惊诧地问，"姐夫，你怎么躺在铺上？"

迟堂香、迟秀香正吃着高清泉带给她们的饼干。迟堂香抢着说："原来救掉下河的人，就是我姐夫。"

一个小小的边镇就这么大，发生一件什么事儿，会立即传遍全镇区的每个角落的，迟玉香在学校的时候已经听到有人救起了落水儿童的事，全镇区都纷纷赞扬着救人的英雄，她没有想到竟是自己的姐夫。此时，她真是心情无比激动："真的，姐夫你真是太勇敢，太伟大了。真想不到这位救人的英雄是我姐夫。"

高清泉说："玉香，你是不是认为我不应该这么做啊？"

迟玉香说："姐夫，你误会了，我是说姐夫你真是很了不起，我是为你高兴。"

高清泉说："这还差不多。"

迟玉香说："姐夫，妈为你做了好多的菜，我们可跟着你沾光了。姐夫，你现在还冷吗？"

高清泉说："不冷了，好了。"

迟玉香说："那你中午要多喝酒，喝酒能驱寒气。"

四奶奶一边将菜端上桌，一边说："你们都准备一下，开饭了。"

迟玉香对高清泉、迟金香说："我去帮妈忙着，姐夫，起来吃饭吧。"

迟志来在柜台上灌了两瓶散装酒，放到桌上，又放了四只酒杯。

迟玉香问："爸，还有谁来呀？"

迟志来说："你姐夫回来了，我在这个镇上只有两个好朋友，今天我把他俩都请来了，陪陪你姐夫。"

迟玉香笑道："噢，我知道是谁了。爸，你想得真周到，那我去请他俩。我们要有约有请。"

朱祥和与林育才已经跨进了门。

朱祥和说："不要请了，我们来了。"

林育才心情爽朗地说："要请我们朱校长的，朱校长还不去呢，这么多年来，我没看到朱校长在外面吃过饭。可是迟志来只要一喊，我们必到，请都不要你请，志来，你可不要见外啊。"

迟志来说："唉，你们俩是给我长脸了，我女婿回来，二位能来捧场就给足了我面子。快请坐。"

林育才又开心地说："咦，救人英雄呢？怎么还不出来啊？"

这时，高清泉和迟金香一起从房里走了出来，高清泉戎装整齐，向全屋的人敬了一个标准的军礼，说："二位老师好。"

林育才兴奋地打量着高清泉，说："嗯，一表人才，眉清目秀，英俊，有气质，好青年。我们是未见其人，先闻其声。在没看到你之前，你的英雄事迹已经传遍全镇了，现在一见，果然名不虚传。"

朱祥和说："林老师，快坐吧，让不让我们吃饭啦。"说着拿出两瓶洋河大曲放桌上，"这是我儿子托人带给我的，一直没有舍得喝。今天，我把它带来敬敬我们的英雄。"

林育才说："好你个朱校长，我是虚假，你可是来实的啊。"

迟志来说："朱校长，到我家了，应该喝我家的酒。"

林育才说："志来，我们先喝好的，你的酒以后再喝，大家都来坐，一起吃。"

林育才和朱祥和坐到了上座，面朝南，迟金香和高清泉坐在右边，脸朝东，迟志来和迟玉香坐在了左边，脸朝西。四奶奶推说不坐桌子，还有菜要烧呢，迟满香说要帮着妈妈忙，迟堂香和迟秀香在房里抄书呢。

朱校长说："今天大家都坐在一起吃，都来坐。"说着便朝房里喊："迟堂香、迟秀香，别忙抄书了，先出来吃饭，吃过饭再抄不迟。今天开始放寒假了，别着忙，有的是时间。"

迟玉香把堂香、秀香喊了出来，坐到了南边，脸朝北。四奶奶和迟满香坐在桌角随时准备添菜、加菜、烧菜。

林育才说："哎，这就对了，一大家子团团圆圆的。"

高清泉为迟志来、朱祥和、林育才——斟满了酒。高清泉站起敬酒，说："我先敬四位长辈。"

五个酒杯在空中相碰，而后一饮而尽。

迟金香替秀香、堂香拈着菜。

朱校长说："满香，你现在虽然在街上卖菜，但是，学习千万不要放松，你要跟着玉香把高中的课程学完。"

迟满香说："朱校长，我每天都跟着姐学呢。"

林育才对迟玉香说："玉香，你也要加强学习，多学点东西只有好处没有坏处，需要什么书，我那里有，要温故而知新。"

朱祥和说："来，来，来喝酒，我俩敬他们两位英雄了。"

林育才问："怎么两位英雄？"

朱祥和说："志来救了咱俩的命，是我们心中的英雄。今天，清泉又奋不顾身救了落水的儿童，成了大家的英雄，我们要给英雄敬酒。"

四个酒杯又碰到了一起，发出了清脆的响声。

林育才放下酒杯说："是啊，英雄值得人们尊敬，人们应该敬仰英雄。救人一命，这是大德，功德无量。积德的人一定会有好报的。"

朱祥和说："林老师又喝多了吧，开始发表演讲了。少说几句吧。"

林育才说："不说，不说我心里难受。"

迟志来说："你们两位才是我们全家的大恩人啊，为玉香安排了工作，把这么多知识教给她们，我应该感谢你们，你们真是积了大德。教给她们的知识是终身受用。来，我敬你们。"

晚上，吃过晚饭。迟志来、四奶奶、高清泉在堂屋里说着家常。

迟志来吸着烟，对四奶奶说："对不起啊，上午我一急就喊了你老太婆了，你别往心里去。"

四奶奶笑盈盈地说："我也不好，一急也就喊了你老头子了，你别生气啊。"高清泉在旁边窃窃地笑着。

迟志来一边抽着烟，一边说："清泉，一个人在外面要当心自己的身体，家里的事，你不要牵挂。"

四奶奶一边纳着鞋底，一边说："是啊，我们毕竟是在家里，有困难大家帮着，你一个人要学会照顾好自己。"

高清泉说："爸、妈，你们放心。在部队我会好好努力的。这次回来，看到爸妈你们这么辛苦，我的心里就一阵阵难过，你们生活也不容易。爸、妈，我劝你们不要太节约了，该用的就用，日子会一天一天好起来的。"

迟志来说："清泉啊，不管什么时候，我们老百姓都讲究个诚信，做人的根本不能丢，能帮助人就帮助人，帮助了别人等于帮助了自己，有时哪怕是给人一个笑脸，也能得到回报的，总比你给人苦脸好。"

高清泉点点头，替迟志来茶杯倒满了水。

迟志来继续说："我们农民整天与泥土打交道，你看泥土把所有的养分都给了庄稼，供养着我们，这个世上最平凡不过的就是泥土了，不但养活了人们，还让人们踩在它身上，走出一条条的路，从不叫苦，从不邀功，也没有苦恼，更没有被埋没的痛苦。是金子在土里也会闪光的。清泉，凡事不要太争了，有时吃点亏也无所谓，吃点小亏反而会得到一种安静，一切要顺其自然。"

房间里，秀香、堂香正在抄写课文。迟金香、迟玉香、迟满香在谈论着。

迟满香正在纳着鞋底，说："金香，毛线我买好了，我不会打，你替玉香打一件毛衣吧。"

迟玉香说："满香你自己穿，我不需要。"

迟满香说："玉香，你别争了，你现在是在学校做老师了，老师是为人师表的，是有文化的，你应该穿毛线衣，棉袄就不要穿了，你看，其他老师都穿得漂漂亮亮的，姐，你也穿得漂亮些。"

迟金香说："满香，你还是自己穿吧，等下个月发工资，我替玉香买一件。"

迟玉香说："你们都不要替我操心。满香现在最苦，长这么大还没穿过新衣呢。"

迟金香说："这次你就自己穿吧，我打个样式好一点的。"

迟满香说："姐，我现在是个农民，是个卖菜的，穿了新衣服反而干活不下力，再说穿的也不能改变我，反被人笑话。"

迟玉香满眼挂泪地说："满香，你这么苦，就穿一回新衣裳吧，我这个寒假不出门，穿了也没人看见的。"

迟金香说："满香，你千万不能自己看不起自己，我们还有机会，有希望的。"

迟玉香哽咽着说："是啊，满香，你千万不能失去信心，我们还小，一定会有机会的。"

迟满香说："玉香，你当上老师，也为我们全家在镇上挣了面子。我不知暗中高兴了多少回，这毛线衣是慢慢攒钱为你买的，也是我的一片心意，你一定要收下。"

迟金香再也控制不住泪水了，黯然而下，迟玉香已经是满脸垂泪了，姐妹三个抱在一起，任泪水流淌。然而，她们都能感受到一种亲情的温暖和人间的真情。外面天是寒冷，人情却是很暖很暖的。

第二十章　姑嫂矛盾

　　县城汽车站的汽车进口处，边镇公社的文书徐丰年剪着分头，穿着藏青蓝中山装，上衣口袋里插着两只钢笔。徐丰年身旁站着公社小快艇驾驶员叶粉根，他也穿着中山装，衣服比较旧，剪着平头。

　　每一辆车进站，他们都伸长脖子向车内张望着，寻找着。又有一辆进站，徐丰年跳起来向车内张望着，双眼睁得老大老大的，又一次失望了。徐丰年走到一位车站工作人员面前，掏出"大前门"牌香烟，恭恭敬敬地递上一支，问："同志，上海的班车什么时候到？"

　　那位车站工作人员点起香烟，深深地吸了一口，好像过足了烟瘾似的，才说："应该就这时候到，快了，应该到了。"

　　徐丰年点头说："谢谢你。"然后又掏了一支烟给叶粉根，"应该要到了，每一辆车都要看，千万不能错过。"

　　又有汽车进站了，徐丰年、叶粉根伸长脖子跟着汽车跑，向车内寻找，张望。徐丰年突然喊："就是这辆，就是这辆车，段师娘在上面。"

　　汽车停稳了，徐丰年赶忙上了汽车，将一个一个的包从里面拿了出来。叶粉根喊来了三辆三轮车。段师娘和李医生一辆，段资和孙阳一辆，徐丰年不断地向他们打招呼："辛苦了，辛苦了。"然后，徐丰年和叶粉根上了最前边的一辆，在前面带路，三辆三轮车一齐向停靠小快艇的码头驶去。

到了码头，他们四个坐进了船舱内，徐丰年和叶粉根将十来个大包小包全部搬到了船上，徐丰年进入船舱，替他们每人倒了一杯茶，说："段师娘，外面冷，先用热茶烫烫吧。"

段师娘捧着茶杯问："段奇到哪儿去了？"

徐丰年说："段主任这段时间特别忙，到了年底，要到县里开会，又要到下面大队检查，有三个大队粮食减少了。"

段师娘"哦"了一声，说："徐文书，你把那铺收拾一下吧。"

小快艇里有一张简易的铺，是驾驶员休息的。徐丰年很快将铺收拾得干干净净的，并且铺上新床单。段资和孙阳嫌冷，他俩就坐到了铺上，把被子盖在身上。

小快艇在水上飞快地行驶着，快艇两边飞起了浪花，把其他船只统统甩在了后面。天色渐渐暗下来了，小快艇的探照灯打在河的两边，照来照去后，又射向了前方。

很快便到了家，段奇已经在家里等着。徐丰年和叶粉根很快就张罗了一桌晚饭。一到家，段修就从房里跑出来问："妈，回来啦，我的东西呢？"

段师娘没好气地朝包一指，说："你就关心你的东西，那儿一个大包一个小包。"

段修拎着两个包，吃力地走进了自己的房间，露出了喜悦的笑容。孙阳看到段修拎包，心里老大不开心，气鼓鼓地绷着脸。

吃完晚饭，段奇说："徐文书、叶粉根，你们今天辛苦了，早点回去休息吧。大家都早点休息吧。"

进了房间，段奇迫不及待地问段师娘："怎么样，还顺利吧？"

段师娘说："挺顺利的，上海医生说，要他俩在同房时要注意，开了一部分药，要孙阳按时吃药，就能按时怀孕了。"

段奇说："只要能怀上就好。"

段资的房间内，孙阳还在生气，她阴沉着脸说："也不知道是替我去看病还是替段修采购结婚用品，为她买了那么多东西！"

段资说："段修没几天就要结婚，当然要多买点东西了。"

孙阳说："她结婚就买那么多，我结婚就只有一点点。"

段资说："这不是时代不同了吗？那时我们条件差，现在条件好了，怎么能比呢？"

孙阳说："怎么不能比，我要你妈现在补给我们。"

段资说："你看你，就为这么点儿东西又生气了。医生说你不能生气，早点睡吧。"

孙阳一边脱衣裳，一边说："我就是不服气，段修能买那么多，整整两包，我凭什么就不买那么多？"

段资说："没有几天就嫁出去了，她就这一走，以后家里的东西就都是我们的了。"

孙阳说："妈真是太欺负人了。"

段资说："好了，别生气了，我的好姑奶奶，抓紧时间生孩子吧。"说着，钻进被窝里。

孙阳她是多么盼望自己能生个孩子，最好是男孩，母凭子贵嘛，那么她在家里的地位就会立即提高，会不由段修专横跋扈，不把嫂子放眼里的，只要自己肚子挺起来，就可以确定这个家的霸主地位了。可如今结婚三年，她的肚子就是不争气，自己也受了不少怨气。现在，孙阳要根据上海医生的要求，积极地配合好段资，抓紧时间怀上孩子，一定要抢在段修之前，哪怕肚子先大起来，说话的分量就不一样了。段修没几天就要结婚，要是她生了，自己还没生，那后果就会严重了……

云雨过后，段资躺在孙阳旁边说："你还要躺一会，别动。"

孙阳平躺身体不敢动弹，她嘴角轻轻一扬，给了段资一笑。

还有十来天就要过年了，段修的事不能再拖了。段师娘心里非常着急，她要把段修早点儿嫁出去，不然段修的肚子就会大起来了，段修那肚子可是不能控制的，也是无法控制的。可毕竟是嫁姑娘，又不能急在脸上，只能急在心里，不然会有人笑话。

前天，郜明妈已经派媒人来约过了，说今天来通话。所谓的通话就是由媒人把男女双方要说的话摆到桌面上谈，然后约定结婚时间和相关的结婚事宜。

段师娘心想，这只不过是个形式，走过场而已，姑娘已经是你家人了，还有什么要谈的，还有什么可说的，再谈一切都是虚话，最实质的东西已经被你家取走了。谈也是掩人耳目，骗骗左邻右舍而已，说明段修是明媒正娶的。

郜明妈和媒人一起来到段师娘家，段师娘热情地替她们倒茶，拿出了从上海带回来的水果糖、奶糖、花生、瓜子。

媒婆笑嘻嘻地喝着茶，吃着奶糖，说："段师娘，郜明妈，不是我吹牛皮，我在边镇不知做了多少媒了，这次是我最开心最得意的一次媒了，你们两家都是边镇有名有望的，都很讲道理，都是干部，真是门当户对。两个孩子也是天生一对，一个是金童，一个是玉女，两个人就像一个人似的。你们家段修漂亮，懂事，会疼人，谁家娶了段修是谁家的福分，也是祖上积了大德。最好的夫妻了。谁家找到这样的女婿真是上辈子修来的啊。"说完，媒婆又咯咯地笑了起来。

段师娘喝了口茶，替郜明妈剥了块糖，说："郜明妈，吃糖。"

郜明妈接过糖。

段师娘说："他们两个小孩子确实是比较好，我们看到郜明，心里就像一罐蜜，顿时心里甜蜜蜜的。刚才红叶大人说的，我们两家在边镇上不是一般的老百姓，儿女结婚是一辈子的大事，决不能亏了孩子们。"

邰明妈说："段师娘，那当然，我们邰家就这么一个儿子，亏了儿子，我还不答应。段修到我家就是我的闺女了。"

段师娘说："邰明妈，噢，不，亲家母，段修交给你家我放心。"

邰明妈说："亲家母，我们家娶媳妇，该是怎样规矩，应该怎么办我们还是要办的，今天媒人在这儿，离结婚的时间不长了，双方还要准备准备，你就开口吧。"

段师娘说："亲家母，看你说的。只要两个孩子好，比什么都强，你就看着办，大场面得过就行了。"

媒婆高兴得眉开眼笑："我就知道你们两家都是讲道理的人家，不像有些人家为了一点儿彩礼争得面红耳赤的。"

邰明妈从袋里掏出一个红布包，一层一层地打开，拿出一副金耳环和一个金戒指，说："这是我托人买的，是送给段修的。"说着把戒指和耳环推到段师娘面前。然后，又从袋里掏出一沓钱说，"这是三千块钱，你收着，我们老家是山东的，不知你们这地方的风俗习惯，也不知段修差哪些衣裳，就由她自己去买去选吧。"

段师娘说："亲家母，你太客气了，哪要这么多钱？"

媒婆说："我做了一辈子的媒，只有女方家嫌少的，哪有嫌多的，段师娘你就收下吧，不作兴嫌多的，要图个吉利。"

经媒婆一说，段师娘无法推辞，只好收下了。她想，邰明妈真是给足了面子，即使邰明妈今天一分钱不给，也会将就着在过年把段修的婚礼办了。人家邰家确实是厚道人家，非常诚恳，每做一件事都是在理的。她反而担心起自己那个野性的丫头，结婚后能否与婆婆好好相处了，不过这样的想法只是一闪而过，既然嫁到邰家，那就是邰家的事，管不了那么多，嫁出门的女泼出去的水。

段师娘准备把三千元全部花在段修的陪嫁上，另外再加上一些陪嫁，也算对得起段修，对得起边镇公社第一官的称号了，也能为段奇撑起面子。

可是，段修从郜明的嘴里得知段师娘收了三千元彩礼后，这天下班回家吃晚饭时，她对段师娘说："妈，你收了三千元钱也不告诉我。"

段师娘已经隐隐晓得段修讲这话的意思了，便轻描淡写地说："我不是给你准备嫁妆吗？"

段修说："妈，那是郜明妈给我的钱。"

段师娘说："妈知道是给你的，还是一分不剩地全部用到你身上，妈还要再添些钱给你多办些嫁妆，让你风风光光地出门。"

段修说："妈，给我的钱就如数给我。"

段师娘说："给你？"

段修说："是啊。"

段师娘说："给你了，拿什么办嫁妆？"

段修说："那我不管你，你把三千块给我。"

段师娘说："不行。"

段修说："怎么不行？孙阳结婚时，不都是你在用钱吗？"

段师娘说："孙阳是嫁到我家，我当然用钱，你嫁到郜明家，当然是郜明妈用钱。"

段修说："段资结婚你用钱，我结婚你就不用钱。你还替孙阳买了那么多穿的用的，这次到上海又替孙阳买了衣裳，比我买的多……"说着就伤心地哭了起来，"我不想你买，你还想把我的彩礼钱吞了。"

孙阳在旁边气得是脸红一阵白一阵的，说："段修，我可没有惹你，你怎么老是说我，跟我比啊？"

段修越哭越伤心地说："怎么就不能跟你比？你比我高贵还是比我漂亮？我就要跟你比，我就是要比你多，比你好。"

孙阳压制住胸中的怨气说："我没有跟你家要，是你妈愿意给我买的，我是嫁到你们家的，不是卖到你们家的。"

段修气得噎住哭声，说："你是说我卖给郜家是吗？对，我是卖给郜家了，我卖了三千块钱，这说明我值钱，你一分钱没要，因为你不值钱，我比你值钱。"

孙阳气得全身发抖，脸色苍白，泪水像断了线一样滚滚而下。

段奇将拿在手里的筷子用力往桌上一拍，惊得大家都吓住了，屋内出现了短暂的宁静，一种令人窒息、可怕的安静。

段奇愤怒地说："太不像话了，越说越不像话，越说越离谱了。"

段师娘早已泪流满面了，哭着说："你们怎么这样啊，你们都是一家人，怎么就这样呢？"

孙阳捂着脸，哭着跑进了房里。

段修也流着泪，哭哭啼啼地跑进了自己房里。

段奇铁青着脸，慢慢地从袋里掏出"大前门"牌香烟，点起来，深深地吸了一口，随着吐出烟雾的同时，又深深地叹息着。

段师娘走进孙阳的房里。孙阳正趴在被子上抽搐着，她想孙阳这段时间是不能生气的，一生气就会影响情绪，就会影响了生育，上海医生已经讲过，孙阳有希望受孕，有希望生育，但是概率不大，要想顺利地生育，就必须保持良好的心情。

段师娘捋着孙阳的头发，哀声地说："孙阳，你别跟她计较啊，妈是喜欢你的，她不懂事，还是个小孩，你别往心里去。"

孙阳仍然趴在被子上，说出的声是闷着的："她没几天就结婚了，也是大人了，你说她说的话伤人不伤人，叫人伤心不伤心？我这心里一直是抖抖的。"

段师娘叹气地说："妈懂你的心。"

孙阳一转身坐起来，委屈地说："妈，当时我没要彩礼，她反而骂我贱了。"

段师娘说："今晚不怪你，妈在场，妈全看到了。"

这时候，段资放完电影回来了，看到爸爸在生气，妈妈在劝孙阳，知道刚才家里发生了情况。他气不打一处来，高声说："妈，你都看到了这段修也太不像话了吧，你结你的婚，我过我的日子，为什么总要跟我比这比那的？"

段师娘说："你少说点行不行啊！"

段资更加有劲了，说："我一直让着她，可她越来越要骑到我头上了，你把钱给她，郜家的钱，我们不要，让她滚。"

段师娘一下子伤心无比地说："别说了……"她呜呜地哭着，"怎么这样啊，你们都是从我肚子里生出来的亲兄妹啊……呜呜……呜呜……"

孙阳止住了哭声，抹了下眼泪，走到段资身旁，双手抱着段资的左膀子，头依在段资肩上，脸上痛苦的表情松弛了下来，似乎找到了依靠一样，似乎抓住了胜利的希望。

段修气势汹汹地冲到段资的房间吼道："段资，我滚，我滚，让你好好过，我不回来了。"

段奇勃然大怒道："段修，你还有完没完，你胆子越来越大了，脾气也越来越大，是不是就不能说你了？真是无法无天了，都不准再说，都睡觉。"

段修又捂着脸号啕大哭着跑进房间去了。

连续几天，段修回到家只顾吃饭，不讲话，吃过饭或没事时，就待在自己的房间里。孙阳呢，从上海看病回来后，就没有上班，段师娘替她请了长假，反正是工资照拿，在家歇着舒服。食品站是国营单位，本来就是有了孙阳上班不多，没有孙阳上班不少，工资拿的是国家的钱，站长落得个顺水人情。段修回来时孙阳就绷着脸儿，也不跟段修讲话，弄得家庭气氛很是别扭。段素霞和段梅霞也是各玩各的，从不管她们之间的事儿。段奇是早出晚归，不是县里开会，就是公社开会，或到下面大队去检查工作，有时深夜才归，有时一连几天不归。段资在下面大队放着电影也是偶尔回家一趟。整个家庭的担子，全都段师娘一个人担着，现在孙阳和段修又闹着矛盾，进入了冷战阶段，一点儿都没有结婚前那种热闹喜庆的氛围。

段修正在吃饭，段师娘坐到段修的旁边，替她拈了一块咸鱼，问道："丫头，还在生气呀？"

段修沉着脸说："没有，没气。"

段师娘问："妈替你买了几件衣裳，你吃过看看是不是合适。"

段修毫无表情地答道："不看。"

段师娘问："你还差什么？告诉妈妈。"

段修冷着脸说："不差。"

段师娘说："我再帮你添置两条丝绸棉被？"

段修阴着脸答："随你。"

段师娘说："丫头啊，你总得说句话呀。"

段修放下碗说："没有话。"说着就往屋里面跑去。

段师娘跟着段修进了房间，只见房里崭新的六床被子堆放得整整齐齐，有收音机、缝纫机、化妆品盒、毛毯已堆放在房里。

段师娘拉出橱柜的抽屉，从里面取出一块女士手表，说："这表是你爸托人从上海买的，今天刚送来，你试试。"段师娘拉过段修的左手。段修左手向后缩着，段师娘又用力一拉，说，"这表是最新款式的，目前整个边镇公社就只有你这一块，在上海还需要券才能买到呢。"

段修斜眼偷偷地瞄了一下表，一看就喜欢上了，表上带日历，只有两分钱硬币那么大，是正宗的女士表。她装着不情愿的样子，但是已经将表套在了她的手上，段修一看，露出欣喜的笑容。

段师娘说："你这么多天没笑了，马上就做新娘了，要多笑笑才好看。"

段修说："还差一个三五牌闹钟。"

段师娘说："妈知道，已经托人在县城里买了，都是要计划的。妈不会亏待你的，家具也漆好了，是你爸安排家具厂打了五斗橱、高低橱、三门橱、高低床。还有四张椅子。"

段修说："妈，我还要一张八仙桌子。"

段师娘说："好，我让家具厂给你配一张。"段师娘望着段修说，"你呀，是妈妈身上掉下来的肉，以后说话要注意，你嫂子嫁到我们家，就是家里人了，不要把话说得那么难听。"

段修点点头说："妈，那三千元还是给我吧。我一出嫁了，这个家里的东西就都是孙阳的了。"

段师娘怔了怔，脸上露出难言之隐，然后像下定决心似的，说："好，给你。"

段修激动地一把抱住段师娘，高兴地说："妈妈真好。"

结婚这天，一条十五吨的水泥船和边镇公社的小快艇停在了码头边。码头上站满了看热闹的大妈大嫂们。两条船都装饰得五彩缤纷，能贴的地方都贴上了大红"囍"字，家具一件一件地抬到了水泥船上，岸上看热闹的议论着：陪嫁的东西多，都陪全了，都是上计划的东西，哎，这些东西别说买，我们平时连看都难得看到，都是要计划的，你们也不看看，是段主任嫁女儿，是我们公社的"大公主"，能简单吗？这丫头真是有福啊，谁家娶了也是福分……

"新娘子来了！"有人喊道。

人们立即转过头来向身后望去，所有人的眼光都投向了段修，只见段修穿着大红唐装，头发油光发亮，脚穿皮鞋，笔挺的涤纶裤子把腿托出修长有精神。她低着头，人们看不到她的脸。鞭炮一路放着，有人一路散发着糖块。

有位妇女说："哎哟，是牛奶糖。"

还有位抱着孩子的大嫂说："这是全公社最热闹、陪嫁最多的婚礼。"

有人说："大嫂子，谁叫你不生个好人家，一辈子不用烦了。"

引起一阵哄笑声。

段修跨上了小快艇，她没有坐进舱里，而是和伴娘一起坐在小快艇后面的椅子上，小快艇开得很慢，装嫁妆的小泥船跟在快艇后面。本来是不需要用船的，段家和郜家同住一个小镇，相距又不远，如果走着来，十分钟就能到达。可是，段修非要坐小快艇，并且还要绕镇三周呢。

段修坐在快艇上，引起全镇的轰动，吸引全镇的人观看，这真是全镇最吸引人的婚礼了。

就在此时，孙阳和段资正在房间里生着闷气呢，孙阳耷拉着脸说："你看她多风光，比你当初结婚风光多了。"

段资说："都是爸妈惯着她。"

孙阳说："陪嫁了那么多东西，买了那么多的计划商品、高档商品。我呢，你看我们这个家没什么好东西，都由她带走了。今天晚上做'招客'你别去，也给她点颜色看看。"

所谓的"招客"，就是女方家，也就是新娘的哥哥或弟弟在结婚的正日代表娘家人到男方家吃饭，这天"招客"是最大的客人，"招客"不到，男方家是不能开席的，否则，把婚礼上桌子掀翻，还是"招客"有理，这就是风俗。

段资由于心中有气，郜副主任家已经派了几拨人来请，可段资就是不动身，不去。郜副主任在婚礼的酒席上对媒婆吼道：

"问问她家还要什么？这么多人就等他一人了。"

邰副主任家儿子结婚，全供销站一百多名职工几乎都到场，都坐在桌边等着开席，就是开不了。

段修已经明白了，一定是孙阳搞的鬼，是她让段资这样做的，凭段资是不可能的。可现在没有任何办法，只能是软磨段资了。自己又不好去说段资，只有先忍着，等着了。

媒婆赶快跑到了段家，和段师娘一起劝说着段资："段资，百十号人就等你，你不看其他人的面子，也要看看你妹妹，是为你妹妹好。"

不提妹妹倒罢，一提妹妹，段资的喉咙就更火："不去。"

段师娘说："我的好儿子，就算妈求你了，这是我们段家的事，不然，我们家要由人家骂的。"

段资说："妈，我不想到他家去吃，就在自己家吃，我家有得吃。"

段奇抽了口烟，说："段资，这不是吃不吃的问题，这是礼节，我们段家是有身份的，不能由别人骂吧。"

参加邰家婚礼的人，等的时间实在是太长了，有人悄悄地离开酒席，因肚子饿回家吃饭去了，邰明妈劝大家再等等，可还是三三两两有人走了。

时针已经指到了八点零五分，邰明妈脸上阴沉着，但仍笑眯眯地与来参加婚礼的亲友们打着招呼："请大家再等一等，马上就开席了。"

邰明拉着邰副主任的手，说："爸爸，我想和你再去一趟，我们一起去请段资。"

段修发着火说："爸，邰明，我们开席，看他段资能把我怎么样！"

邰明哀伤着说："段修，别再争、耍脾气了。"

邰副主任说："入乡随俗，入乡随俗，我和邰明再去一趟。"

酒席上又有零星的客人离开了。

邰明和邰副主任来到了段师娘家。

媒婆正在劝说着，似乎是哭着哀求道："段资啊，你的面子也挣了，段修毕竟是你家亲妹妹，酒席总不能不开吧。"

邰明拨开人群，跪在段资面前说："哥，如果我家或者段修有什么做得不好或不对的地方，请哥哥都怪我，等办完了婚礼你再罚我。现在，有那么多客人在等着呢！哥，你就看在客人的面子上，让客人早点吃完饭回家吧。"

段师娘拉起邰明，哭着说："邰明起来，快起来。"

邰副主任强忍心中的怒火，说："段资，我家做得不到位，都怪我吧，先把酒席开了吧。"

段资沉默着，仍然绷着脸，从袋里拿出一支烟，邰明赶紧替他点上。

孙阳感到事情应该差不多了，她脸上和内心露出别人不易察觉的得意和愉悦，走出房间，来到堂屋。人们让开一条路，让孙阳走。

孙阳走到段资面前，说："段资，还是去吧，这么多人都来劝你了，不看你妹妹，也要看看其他人啊，否则，人家骂我们家没有教养了。"

媒婆忙接着话茬说："对，对，孙阳说得好。段资请吧。"

段资终于出现在了酒席上。八点三十五分酒席开始了。

媒婆终于出了一口气，感叹地说："这是最难做的媒，再不做媒了，真是要人命啊！"

第二十一章　头顶三尺有神灵

天地轮回，转眼又是三年过去了。

镇邮递员将一封信送到迟志来的柜台上。迟志来接到信一看，是高清泉从部队写来的。高清泉已经在部队当了副连长。迟金香是两头来回住着，一段时间在部队，一段时间在家里。现在，迟金香又去部队了。迟志来拿着信朝屋里喊道："老太婆，金香来信了。"

四奶奶咯咯咯笑着从厨房里跑出来，说："老头子，快打开看看，说了什么？"

现在他俩自从那回在情急之中喊了"老太婆""老头子"之后，这倒成了他俩之间的称呼，他俩一点儿都没有别扭，而成了相互之间的爱称，反而有一种爱的温暖、亲昵的温馨，更能显出浓浓的感情。

迟志来打开信，从里面掉出两张照片，一张是高清泉、迟金香还有小孩的三人全家合影照，一张是小孩单独的一张照片，照片左上角写着"高伟华满月留念"。四奶奶拿着外孙的照片，高兴得合不拢嘴，眼睛笑成了一条缝，对老头子说："胖乎乎的，白，像清泉，鼻子、眼睛像清泉，嘴像金香。"用手碰了一下迟志来说，"老头子，你看呀，这是你外孙，看呀。"四奶奶见迟志来正在看信，又问，“唉，老头子，快说说，信上说什么啦？”

迟志来乐滋滋的，慢慢地说：“老太婆，清泉说叫你别着急，让我慢慢看。”

四奶奶嘴一噘，笑眯眯地说：“你这老头子。”说完又端详起外孙的照片，她左看看，右看看，心里乐开了花，脸上洋溢着幸福的笑容。

迟志来看完信，告诉四奶奶：“孩子生下来七斤一两，是夜里十点三刻生的，名字叫高伟华。是在医院生的，一切都很顺利。就是金香的奶水较少，孩子经常饿了，哭闹着要吃。金香要我们放心，他俩已经买了牛奶粉。”

四奶奶看着迟志来，惊诧地问：“没有了？”

迟志来说：“有呢，还叫你要保重身体，不要太劳累了。还要满香也要歇歇，买几件新衣裳，不要太苦了自己。”

四奶奶眼睛不离照片地说：“这丫头，老是想着我们，她自己刚生完孩子更要注意身体。咦，怎么会没奶呢？没奶怎么行啊？唉，她又在那么远，我也帮不上。在家里生多好啊，没奶我还能想办法呢。这可怎么好呢，真急死人了。”

迟志来说：“你急什么呀？你可以把取奶、喂孩子的方法写信告诉她。”

四奶奶恍然醒悟道：“对呀，我怎么就忘了呢？”

迟志来说：“你这是太高兴了，一高兴就不知道其他的事了，我来写。”

四奶奶说：“我不要你写，等玉香回来写，你没玉香写得好。”

“四奶奶。”听到喊声，迟志来的脸一下子就拉了下来。四奶奶赶忙跑到矮墙边，段师娘已经在矮墙那边等着了。现在，段师娘已经明显地看出有点苍老了，并且有了愁容。

四奶奶问：“段师娘，要什么呢？”

段师娘没有回答四奶奶的问话，双眼紧紧地盯着四奶奶手里捏着的照片，说："四奶奶，你手里拿的什么？"

四奶奶笑意盈盈地一边说，一边将照片举到了段师娘面前："这是我外孙，刚满月，才收到的照片。"

段师娘本能地接过照片，她看到白白胖胖的小孩正向她笑呢，脸上露出一瞬间的笑意后，心中立即涌起了阵阵酸楚。人家一结婚就生了，我家段资和孙阳结婚这么多年，肚子就是大不起来，孙阳营养不差，条件也不差，怎么就是生不出孩子呢？真把人都急死了。

四奶奶见段师娘蔫着脸，猛然想起她家媳妇至今未生，到处求医买药的，就是生不出来。这时段师娘看到照片后，又触景生情，感伤起来了。于是，四奶奶问："段师娘想要什么？"

只见段师娘猛然醒了似的抬起头，说："给我拿、拿、拿一打火柴吧。"

四奶奶站着没动，指指段师娘手里的照片，段师娘这才醒悟过来，把照片递给了四奶奶。

四奶奶从柜台上拿来一打火柴给段师娘，段师娘接过火柴时说："四奶奶啊，你比我幸福啊，我真不知道自己的命怎么这样苦！"说完，含泪转身走了。

四奶奶看到段师娘的情绪一下子低落下来，她还说她命苦，说我幸福，这是什么话？她们家可是要什么有什么，天天厨房里飘出来的都是肉香、鱼香，吃不完的水果、糖块，穿不完的新衣裳，穿衣裳就像比赛似的，一个比一个好，吃好的用好的，不愁没得吃，只愁吃不下去。而我家的孩子，衣裳没钱买，新老大，旧老二，补补缝缝给老三，吃的是山芋、胡萝卜、青菜，难得吃一次荤。怎么好意思说我比她幸福？

其实，此时的四奶奶也不懂得幸福两个字的真正含义，一个老太婆怎能理解更深层次的幸福呢？而段师娘所说的幸福，她要再有一个孙子，就会更幸福了。

因为想不通幸福的含义，四奶奶到柜台上把段师娘说的"幸福"的事儿告诉了迟志来。

迟志来说："她呀，是心口塘儿不得满。多做点好事，多做点积德的事就好了。看到我家添了外孙，她是心里不平衡了，嫉妒了。"

四奶奶说："老头子，你小声点儿，别让她听见了。"

迟志来说："吃了我家这么多东西，不给钱还骗人，她家又不是没钱，还吃咱老百姓的，活该，没有孙子这是老天对她的报应。"迟志来越说越气愤，把柜台角落吃剩下的半根烟又点起，吸着，吐出一长串的烟雾，继续说，"明明是清泉部队里安排了金香，替金香转正是县里研究决定的。她说是她家帮忙的，还要我们欠她一份情，真是坏透顶了。"

四奶奶一脸茫然，问："老头子，你怎么知道的？"

迟志来说："三年前我就知道了，是金香告诉我的，我一直憋在心里，怕你知道了难受。"

四奶奶心头一酸，沙哑的声音说："老头子，你别说了，这事怪我。"

迟志来说："老太婆，我不是怪你，你是好心，是为了孩子，我从来没有怪过你。我是说那家人心术不正，不要指望他家帮我们老百姓办成事。"

四奶奶胸中抽痛，说："老头子，别提这事了，一提到这事，我这心里就像塞了一块硬东西，堵在我的心里怪难受的。我们家困难，他们家那么有钱、有权，还骗我这个老太婆！"

迟志来说："他难道就骗一人了？我估计被他家骗的人多了。"

迟志来眼中却是无限的伤怀和惋惜，说："有钱、有权就不要良心啦？头顶三尺有神灵，你做了好事，神是知道的，你做了恶事坏事，神也是记着的，会有一天算账的。"

四奶奶说："老头子，我和段师娘之间的事，我呢也说不清楚了，是我一开头就做错了这件事，所以就会出现坏结果，你是不是觉得我没用？"

迟志来吸了一口烟，说："老太婆，你这说的是什么话啊？我想啊，灯不拨不亮，话不说不明。我们不能再上当受骗了、被骗了，还骂我们是呆子。"

迟志来和四奶奶在店堂里谈着，何永年挑着水进来了。

四奶奶说："永年啊，以后别挑了，你让我怎么过意得去呢？这几年都是你挑。我家满香能挑得动。"

自从那年高清泉救了何永年儿子何扣根后，四奶奶家水缸里的水，何永年是隔个两天三天就挑得满满的，他说是要报答四奶奶。

何永年说："四奶奶，你别客气，我们是邻居，扣根是你们家救的，我没什么报答你，我有的是力气，你家都是好人，吃力的活我干着，不费事的。"

迟志来赶紧从货架上拿了包"玫瑰"牌香烟塞到何永年的袋里，说："永年，难为你了，拿包烟抽抽。"

何永年要往外掏，被迟志来死死摁着，说："你抽烟的，不要客气，留着抽啊。"

段师娘看过了四奶奶外孙的照片，心里确实不是滋味。她看到孙阳在她面前跑来跑去的，可孙阳的肚子是瘪的。脸上就抹过一丝丝惆怅，一脸的无奈，深深地叹了一口气，心中如沸油煎烫，手足冰凉。上海的大医院都去了，就是不见效果，真是寝食难安。人家一结婚就生，有的人家还一个接着一个生，可到了我家为什么就这么难呢？这个孙阳也太不争气了，药不停地吃，怎么不见效呢？她喊住孙阳问："药一直吃的吧？"

孙阳说："妈，我一直都没有停过，我也希望早点有，巴不得早点给你生个孙子。"

"咚，咚，咚"，有人敲门。孙阳跑去开门，是孙继凤来了。

孙继凤见段师娘皱着眉，无神地坐在那儿，知道段师娘又想要孙子了。她坐到段师娘的对面，说："亲家母，我看还是到潘半仙那里去一趟吧。"

段师娘说："段奇知道了怎么得了，还不把天闹翻了？他口口声声说这是封建迷信，不可信。"

孙继凤说："什么不可信，人家潘半仙可灵了。封建迷信，这是段奇讲的。"

段师娘伤悲地说："他再灵，可我家不能去，段奇是公社的主任，对他影响不好，对他的政治前途就有影响，我们一大家子都靠着他呢。"

孙继凤把声音压得低低的，说："亲家母啊，你怎么聪明一世糊涂一时呢？我们悄悄地去，神不知鬼不觉，求个仙方回来就行了。段奇不知道不就行了。"

段师娘一震，眉头紧锁，为难地沉思着。

孙继凤继续劝说道："亲家母，我们瞒着段奇，到时候孙阳的肚子大了，生下个胖小子，你高兴，段奇高兴。"

段师娘沉默良久，嗫嚅着说："好，我也顾不了那么多了，孙子要紧，我们尽量瞒着他，到时候就说是我的主意，要怪就由他怪我。"

孙继凤抬眼朝门外看了看，像有人在门外偷听似的，又压低声音说："什么时候去？"

段师娘也把声音压得低低的，说："今天段奇到县里开会去了，后天才能回来，我们今天去找潘半仙最好。"

孙继凤说："行，事不宜迟。这样，亲家母还要委屈你一下，你不要穿那么好，穿得土一点，就像个农民大妈似的，别让人认出你。我先出去，叫个小船把我们送过去，就在我家码头上船。"

段师娘说："好，亲家母，你想得真周到。"

段师娘换了一身旧衣裳，头上扎了方巾，挎着一个竹篮，竹篮摆里放着香、饼干、脆饼、桃酥，悄悄地跨上小木船，钻进了船篷内。

小帮船就是小木船，一头是带篷的，一头就是双桨。船主是个五十多岁的农民，段师娘不认识他，他也不认识段师娘。

孙继凤对船主说："划快点儿。"

船主说："你们到棚内去躺着，一会儿就到了。"

船棚内铺着稻草，稻草上垫着棉胎，还有两条被子。她俩就半躺在棚内。船主一桨一桨地向前奋力地划着，小船与水的摩擦声有节奏地撞击着，"兹，噗兹"，风平，水清，船儿轻，速度较快。

晌午时分便到了一个村庄。

孙继凤对船主说："你在这儿等着。"

接着孙继凤和段师娘上了岸，来到了一个小屋前，屋前坐着一个老太太。

孙继凤走上前去，说："我是来找潘先生的。"

老太太上下打量着孙继凤和段师娘，说："这儿没有潘先生。"

孙继凤不慌不忙不急地说："就是潘穆玉。麻烦您转告他一声。"

这时，小屋内潘穆玉正透着一个小小的窗户打量着孙继凤和段师娘呢。然后，他轻轻把小窗的窗帘一拉，遮住了窗户。老太太看到潘穆玉的动作后，没有讲话就朝屋里跑，孙继凤和段师娘跟在后面。

进了屋，潘穆玉已经正襟危坐在一张桌前，手里拿着一本书聚精会神地看着。

孙继凤很是真诚地说："潘先生。"

潘先生眼光没有离开书，慢声慢气地问："你们是来求子的？"

段师娘和孙继凤暗暗吃了一惊，真是神了，这么灵啊，她俩相互对视了一眼。潘先生站起来，又慢声慢气地说："请随我来。"

段师娘和孙继凤随着潘先生走进左边的房间，房间内黑洞洞的，潘先生划着了一根火柴，然后点起了一根蜡烛。一尊观音送子的雕塑呈现在眼前，栩栩如生，段师娘甚至看到了金光。

潘先生说："你们自己点香，心诚则灵。"

段师娘和孙继凤从篮子里一样一样地把供品放到供台上，她俩在放供品时，还看到供台上有厚厚的一沓钱，足足有五百块。段师娘心知肚明，把身上的三百元钱放到了供台上，然后点上香，磕头。

潘先生说："磕头。把要办的事在心中许个愿吧。"

段师娘和孙继凤跪下磕头，两人都闭上了眼睛。

许愿完毕后，只见潘先生从观音像后面拿出装满了水的玻璃瓶，抓了一把香灰放进瓶内，说："这是一瓶圣水，给要受孕的妇女喝，每天早上六点钟喝，每次喝一茶碗，要连续喝三天。"

段师娘接过圣水，小心翼翼地放进竹篮，上面用布盖好。

潘先生又拿出三卷精，所谓的精，就是麦草剪成二十厘米左右，一百根一捆捆扎好的。

潘先生对段师娘说："这三卷精，每天晚上到你家河边的码头上烧，注意千万别让人看到，一有人看到就不灵了，烧完了立即往家跑，不能往回看。"

段师娘轻声道："谁去烧呢？"

潘先生说："由要小孩的夫妻俩去烧，烧的时候对着河磕三个头，两人一起磕。一天烧一卷，共三天烧完。"

段师娘把三卷精收进篮子里。

潘先生说："每卷精五十块钱，共一百五十块钱。"

晚上，四奶奶家。桌中间放了一盏煤油罩子灯。迟玉香手里拿着高伟华的照片，在她旁边围着迟满香、迟堂香、迟秀香。

迟玉香笑容堆满脸地说："我做姨妈了，升级了。我的侄儿多么天真，可爱，胖乎乎的。"

迟满香说："像姐，好看。"

迟秀香说："我也做姨妈了。"

迟堂香说："你呀，你是人小辈分大。"

四奶奶笑哈哈地说："你们都是姨妈，也要有做姨妈的样子，姨妈可不是嘴上喊着玩的。"

迟堂香说："可惜我侄儿不在身边，否则，我天天抱着他。"

迟满香说："那侄儿的尿啊屎啊，肯定弄到你身上。你不怕脏？"

迟堂香瞪大眼睛说："我怕什么，是侄儿的尿，我就替她洗尿布。"

迟秀香说："我天天陪侄儿玩，陪他说话。我还要教他写字，抄书。"

"哈哈哈！"大家都笑了起来。

迟志来坐在旁边抽着香烟，也笑了起来。

四奶奶说："你们都在妈的身边，可是你们姐，侄儿现在遇到困难了，身边又没有人帮她，妈这心里难受，恨不得飞到金香身边去。"

迟玉香感到很是诧异，盯着四奶奶问："妈，姐怎么了？"

四奶奶说："你们想啊，金香生了小孩，要洗尿布，孩子夜里要吃，白天要吃，清泉又整天忙着工作，金香照顾着儿子，自己还要吃饭，可金香的奶水不多，小孩儿吃不饱。"

迟满香着急地说："那怎么办？离我们这么远，听说坐火车还要两天一夜才能到她那儿呢，要是在家里，哪怕我不睡觉，不卖菜，我也会把姐姐、侄儿照顾好的。"

迟堂香着急地说："妈，你想想主意，我们该怎么办？"

四奶奶说："我想啊，金香肯定也会想我们的，这时候她最需要家里人的帮助，今天，我想了一天了，我们虽然离她远，我们还是可以帮她的，要让她感到我们就在她的身边。"

迟玉香问："妈，我们怎么办啊？"

四奶奶说："我说，你写，写封信给金香。"

迟玉香拿来了纸和笔。

四奶奶说："金香啊，我们看到高伟华的照片，一家人都高兴得不得了了，我们都想飞到你身边，抱抱高伟华。可是啊，这么远，我们又不好去。你自己可要注意，一定要给孩子吃饱。缺奶我告诉你，要用大米煮粥，时间熬长点儿，粥汤厚点儿，可以替代奶。还有你要多喝一点鲫鱼汤，鱼汤要浓，越浓越好，多喝鱼汤，能增加奶量。金香，妈不在你身边，你受苦了，夜里你要常看看孩子，防止他尿尿。尿尿后你不知道的话，小孩子就难受了。尿布要用棉布，软，吸水，孩子舒服，要多弄点尿布，尿布多，就不要忙着洗了，就有周转了。你小时候穿的小鞋子、小棉被、棉裤，我给你寄去，是全棉花的，暖和着呢。"

迟堂香说："我今天晚上连夜做尿布，把能做的布都拿出来，小的就拼成大的，这个事就交给我，哪怕一夜不睡觉我都做，越多越好。"原来，迟堂香初中毕业后，学了裁缝手艺，在家里帮着别人做衣服。苦于没钱买缝纫机，只好在家里用手工做，勉强赚点钱。

迟玉香说："妈，我想寄点钱给姐。现在城里有奶粉卖，专门是为缺奶的孩子服务的，由她买奶粉给高伟华喝，既方便，又有营养。"

四奶奶高兴地说："哎哟喂，你怎么不早说呢？玉香，你的钱你留着，我出钱，你明天早上就去寄。把尿布、小孩的衣服，全部寄去，越快越好。"

迟玉香说："姐生了孩子，我有了侄儿，今天见了照片，我这个做姨妈的见面礼总是要给的吧。"

迟满香和迟堂香都说："我也出一份见面礼，明天一起寄去。"

迟秀香歪着头说："妈，我呢？"

迟志来说："你呀，你就让姐在信上写一句，宝宝健康成长吧。"

夜，迟玉香、迟满香、迟堂香在缝着尿布，一针一针的，密密麻麻的，堂香用尺子比画着，望着。

夜，在水码头边，四周静悄悄的，漆黑一片，只有段资和孙阳两个人，鬼鬼祟祟的。

段资先点燃一堆草纸，把一卷精拆开，放进火里，对着河，段资和孙阳一齐跪下，磕头，然后，两人头也不回地往家里跑去。

第二十二章　命运的十字路口

　　这天，段奇早早地回家了。段师娘赶紧从段奇手中接过包，问道："今天这么早就下班了？"

　　段奇从袋里掏出了一包"牡丹"牌香烟，从里面抽出一根，在桌子上笃了笃，然后掏出打火机点燃了香烟，将打火机放到香烟盒上，深深地吸了一口，又"唉"的一声叹气，吐出一串长长的烟雾，脸色阴沉阴沉的，阴沉得能挤下水来。段师娘替段奇倒来一杯茶，放到他面前，关心地问："怎么了，是不是哪儿不舒服？"

　　段奇打开青花瓷的茶杯盖，深深地叹了一口气，说："不是。"

　　段师娘坐在段奇的对面问："那什么事？这么不高兴？"

　　段奇说："我的工作调整了。"

　　段师娘恐慌地问："怎么调的？"

　　段奇说："我调到中宏区做副区长了。"

　　段师娘说："这不是升了吗？一个区管好几个公社呢。"

　　段奇说："你不懂，这是明升暗降，是降级使用，况且还是个第九副区长。"

　　段师娘惊魂失色地望着段奇，说："那要抓紧时间把梅霞安排好了，就剩她一个没工作了。"

段奇说："过去是我说了算，可现在不行了，现在我要去求人家办事了。虽说县里要求区里管着公社，可区里没有财权、人权、物权，是个空架子，没有实权。"

段师娘说："那怎么办？"

段奇说："能怎么办，听天由命吧。"段奇蔫耷下头，吸着烟，问，"孙阳的肚子怎么还不见动静？"

段师娘说："我也急死了，什么方法都用过了。"

段奇心中涌起一股无名之火，说："人家生个小孩不费事，我家生个小孩怎么就这么难。段修到人家几个月就生了个胖儿子，可这丫头这么偋，自从结婚到现在也不回家看看，我的外孙我却看不到，真是家门不幸。"

段修与郜明结婚后，最主要的是对段资和孙阳有意见，特别是郜明当着那么多人的面对段资下跪，不但郜明的爸妈在边镇公社丢了面子，段修更是恨段资和孙阳，郜明是自己的男人，自己也丢了面子，抬不起头来。郜明妈后来经常说，男儿膝下有黄金，怎能随便就跪了呢？郜明后来也很后悔，可是在当时那种情况下，郜明看到父母急躁，心里难受，也是一时性起而跪下的，郜明后来常说，男儿只应跪天跪地跪父母。

郜副主任觉得在边镇公社待不下去了，仗着自己参加过淮海战役，就找到县政府当副县长的老战友，老战友把郜副主任调到了县日用杂品公司当了经理，从此，全家就一起搬到了县城。日杂公司属于县供销社管，郜明和段修就进城工作了。进城后，郜明的父母坚决不与段奇和段师娘来往，段修也坚决不回家。

说到这里，段师娘掩饰不住心里的苦痛说："是啊，自己没有孙子，可外孙子连看都看不到，一提到这事我心里就抽搐着，心疼。说老实话，这又不能全怪段修，段修从小脾气犟，段资那次也做得太过分了，亲兄亲妹的，哪能这样呢？"

段奇喝了一口茶，说："他们哪还有兄弟姐妹之情啊！"

孙阳和段资两人回家了，段资看到爸妈都绷着脸，冷冰冰的，就问："爸、妈，发生什么事了吗？"

段师娘冷不丁地说："段资，你和我一起到段修家去一趟，你向郜明打个招呼，把段修和郜明请到家里来玩一趟，你们亲兄妹，不能再这样下去，我和你爸死了，你们还要不要来往？"

段资从鼻子里哼了一声，说："妈，我是她哥，我去她门上，向她打招呼？这怎么可能？"

段师娘说："这本来就是你的错，你真是太过火了，你不但伤了段修的心，还伤了郜明一家人的心。"

孙阳悄悄在一旁冷笑说："妈，段资是她哥，我是她嫂，她回来我们欢迎，我们决不撵她走。"

段奇在一旁，双眼盯着桌子说："你们有没有做出大哥大嫂的样子？今天，不是我帮段修，在这件事上你们肯定愧对段修的。"

自从孙阳进入了段奇家，段家从来没有人向她发过这么大的火，一切都是顺着她帮着她的。现在段奇突然对她发了这么大的脾气，并且明确说她不对，心理上没有任何准备的孙阳像被针刺痛了心一样，眼里立即泪水汪汪，满眼垂泪，泪珠从眼角慢慢地滚下。然而，孙阳苦涩地笑了笑，说："我知道，你们肯定会怪我的，段修为你们生了外孙，可我这肚子不争气，这能怪我吗？要怪就怪你们儿子！我一个女人，不能生孩子，我不痛苦吗？"说完，便哽咽地哭起来。

段奇将桌上香烟一推，说："我们的丫头，被你弄得是有家不愿回来，我们想自己的姑娘，你怎么扯到生儿女方面去了？"

孙阳语带讽刺地说："还不是因为我不生孩子，段修生了儿子吗？"

段师娘说："孙阳，难道我们就不能把段修叫回来玩玩，回娘家坐坐？"

孙阳说："别嘴上说一套，做又是一套，我知道你们想孩子都想疯了。"

段奇说："就是我们想有个孙子，这也不算错吧？也是应该的，合情合理的吧？"

孙阳的眼里仿佛要喷出火来，她全身都散发着森冷之意，似乎压抑在心中很久的怨气要在此刻喷薄而出，她冷语地说道："你现在讲合情合理了，你知道外面人家骂你什么吗？外面人都骂你'段奇绝孙'。因为你整天在外面干坏事。隔壁那家，生活困难，你们拿了人家多少东西没给钱？骗人家安排工作，可结果连一个安排的都没有。人家说，要有孙子是需要修的，是要多做好事，与人为善的，像你做了这么多的恶事，没有孙子，都怪到我头上……"

段师娘气得浑身发抖，用颤抖的声音吼道："段资，你是聋子还是哑巴，你就不能说说孙阳，就让她这样说下去吗？"

段资也对着孙阳吼起来："孙阳，你少说两句好不好，爸妈都是为了我们的，那是他的工作，你怎么说是做坏事呢？没有爸干工作，我们家能有好日子吗？"

孙阳心中的最后一堵墙轰然倒塌了，眼泪飞溅，像困境中的野兽，心中逐渐地升腾起一缕缕绝望。她更加凄惨地痛苦起来，冲进了房间，随即"啪"地把房门猛地关上。

段奇气得脸色苍白，毫无一点血色，更没有一点力气。双眼呆呆地望着桌子，目光没有移动，自他到边镇公社后，还没有人敢这样对他说过话呢，现在却发生在自己的家里，从自己的儿媳妇嘴里这样骂出来了。像有人狠狠地抽了自己两个耳光，段奇已经虚弱无力地半倚在椅子上了，身子在微微发抖，手上的香烟无力地攥着，手也一直在发抖，那烟滑落到地上了，他虚弱而急促地呼吸着，全身已经软弱无力。段师娘走到段奇身后，发现他脸上全是虚汗，不由问道："你怎么啦？"

段奇在那里已毫无生气了，他想起适才孙阳的话语，眼中也没有灵动的光芒了，犹如坠入深深的冰窟窿里了。

段师娘哽咽地喊道："段奇，段奇，你怎么啦？"她不知所措地朝段资喊："段资，你站那干什么？快来看看你爸爸，快来。"

段资走过来，看到段奇已经弱到不堪一击，立即和段师娘一起抬着段奇到房间去。段奇躺在铺上，惨白的脸上全是担忧和悲哀。段师娘端来茶，段资扶着段奇，段奇半躺着。段师娘把茶杯送到他嘴边，段奇喝了几口茶，稍稍有些舒缓了，他气弱无力地说："让我安静会儿。"

段师娘用眼神示意段资走开，她喂着段奇喝茶。

段资用钥匙打开自己的房门，孙阳趴在铺上哭泣，马尾发散落在铺上。

段资说："孙阳，你也不能这样说话呀……"

还没等段资把话说完，孙阳一个转身坐在铺上，戛然止住了哭声，目光冷峻，声音冷淡，一字一字地吐出，几乎是咬牙切齿："好啊，段资，想不到你这么没良心，你们一家都没良心。"

段资失魂落魄地说："孙阳，你能不能冷静点？"

孙阳快速地答道："我冷静不下来。"

段资说："你怎么这么不讲理呢？"

孙阳冷笑道："是啊，我不讲理了，我说什么都没用了，都是不讲理了，我不能替你家生孩子，我也不是姑娘了。你家有钱有权有势，可以让你爸再替你找一个大姑娘，我老了不中用，对不对？"

段资说："你怎么越说越远？今天是我爸妈想段修了，他们想段修也是人之常情啊，你就想到生孩子。闹得不安宁，现在爸爸气软了，躺倒铺上，你还在嚷嚷，是不是要气死爸爸你才罢休。"

段师娘轻轻地走了进来，说："你们先别说，让你爸爸好好地安静地歇一会儿。"说完，她的泪就流了出来，伤心得再也说不下去了。

人的心如果装的都是金钱、权力和自我，就肯定装不进现实，就会脱离现状，人对追求钱、权的欲望是无止境的了，那他永远都不会幸福，就感觉不到幸福究竟是什么？这些人往往都不明白努力追求钱、权，并以钱、权造福人生，他们只知道沉溺于财富的享受，而不会创造甚至不懂创造，这是可悲和可怕的。

深蓝色的天幕，傍晚的天空，白云飘浮，又印在深蓝色的水中，残阳霞蔚，自然美景诠释宋人柳永《玉山枕》词中"断霞散彩，残阳倒影，天外云峰，数朵相倚"的绝美意境，水乡小镇的边镇公社像一幅震撼人心的水墨画卷展现在人们面前，小镇的人和狗，一草一木都成了画卷里的色彩。

朱祥和校长好像是从画中走了出来，他的脸上少了愁云，多了喜悦。他笑容可掬地朝迟志来的小店走来。朱祥和依然是靠着墙边走，没有人发现他。

迟志来仍然是在柜台上抽着烟，悠闲地看着小镇的街市。这几年小镇的菜场上菜比前几年丰富多了，活鱼、活虾、小鸡，还有黄鳝、螃蟹，蔬菜的品种也多了起来，番茄、韭菜、韭菜黄等都有了，职工的工资也在调整，总之人们的生活水平提高了，大家也没有过去那么压抑，精神舒畅多了，气也爽了。迟志来看到满香忙着卖蔬菜的样子，心里就一阵阵的酸楚。满香这丫头太辛苦了，起早带晚地把自留地盘得井井有条的，把几分田弄得像绣花似的，一年四季有蔬菜卖，实在没菜卖时，满香就弄只炉子卖烤山芋。总之，满香从没有闲过，家里还养着猪，几只鸡下蛋，她收入算起来比迟志来的工资都高，是家里里外外的一把能手。满香把赚来的钱全部贴补了家用，这几年来要不是她没日没夜地干着，迟志来、四奶奶是难以支撑这个家的。

有几次，四奶奶要送满香去学个手艺，满香总是说，我上面有两个姐姐，下面有两个妹妹，应该帮助家里多做点儿，让她们四个都能安心。四奶奶要帮她找个社队企业，可满香说，进了社队企业虽然人舒服点儿，钱却没有种菜多。看到满香这样地干着，不止一次，四奶奶都背过脸去悄悄地流泪。

迟志来觉得满香太辛苦了，可自己又没有能力、没有办法。他常在心中发誓，等满香出嫁时，一定要多置办点东西给她。他现在又出神地望着满香在菜场里忙碌着。朱祥和悄悄地站到柜台前，迟志来却没有发现，于是，朱祥和也顺着迟志来的视线看，也看到了满香在忙着，在朱祥和的眼里，迟满香现在已经成了一个地道的卖菜农民了。岁月的洗礼、生活的磨砺，从满香的身上看不到这个曾经在自己手里跳过级的聪明好学的学生了，看不到那双渴求知识的大眼睛了。

迟志来抬手再准备抽烟时，看到了朱祥和，朱祥和笑眯眯地问："在看满香吧。"

迟志来叹口气，说："是啊，满香太苦了，不是孩子没本事，是我没本事。"说着站起来给朱祥和让座。

朱祥和没有搭理迟志来的话，问："四奶奶在家吗？"

四奶奶在里屋听到了朱祥和在和迟志来说话，就跑了出来："朱校长来了。"

朱祥和满脸是笑地说："四奶奶，今天，我麻烦你一件事，替我烧顿饭，就在你家，我去买菜，你帮我烧。"

四奶奶笑着说："朱校长，还谈什么麻烦不麻烦的。"

朱校长走进菜场，买了一条大鲫鱼，足足有两斤半，割了三斤肉，买了一串螃蟹，一称三斤，买了一斤河虾。办完这些，他走到满香的菜摊前，说："满香，给我称点韭菜、萝卜、芋头。"

迟满香一边拿着芋头，一边说："朱校长，拿去吧，还称什么？算我送给你的。"

朱校长说："这怎么行，你别跟我客气，我拿工资有钱。今天我请客，在你们家请，我请你妈帮我烧菜呢，你可要早点回家帮忙。"

迟满香问："朱校长请谁呀，是不是来了客人了？"

朱校长说："你早点回家，到时你就知道了。"说着丢了十块钱给满香，"别找了，留着。"

朱校长拎着菜回到迟志来家。

迟志来问："朱校长，怎么买这么多菜？一定是什么尊贵的客人。"

朱校长说："是尊贵的客人。"

迟玉香从屋里出来，说："朱校长，今天有客人来了，我来帮忙吧。"

朱校长说："不要你帮忙，不要你帮忙。你进屋里去辅导秀香学习，这儿不需要你。"

迟玉香说："朱校长，秀香正在抄书呢，我帮妈妈把菜择好，洗菜。"

朱校长问："咦，堂香呢，怎么没看见？"

迟玉香说："朱校长，堂香到她师父那儿去了。"

朱校长问道："堂香不是出师了吗？"

迟玉香说："她师父由于服装的手艺较好，被县里请去办第二服装厂去了。堂香的手艺也不错，是她师父比较得意的徒弟，她师父把堂香带去了。"

朱校长略表惋惜地"哦"了一声，说："堂香既是个心灵手巧的姑娘，也是个聪明好学之人。"

这时候，林育才手里拎着一瓶洋河大曲走了进来。

迟志来问："你们今天请谁啊，又是好酒的。"

林育才说："请你们全家。"

迟志来说："林老师，你开什么玩笑。"

林育才瞪大眼睛，惊讶地说："怎么，朱校长没告诉你？这么大的喜事他没说，他还真能掖得住。"

迟志来被林育才说得更加糊涂了，丈二和尚摸不着头脑，笑着问："林老师，你和朱校长搞的哪一出？别没事找我这个老头子寻开心，我哪有什么喜啊！"

林育才埋怨地说："这个朱祥和，大喜事应该早点告诉你，早一分钟知道早一分钟欢喜。我告诉你志来，国家恢复高考了，老百姓有希望了，你们家有希望了。"

迟志来惊呆了，说："恢复高考？"

林育才说："对，今年十一月份就考，还有两个月的时间，老百姓的孩子可以考大学，上大学了。"

迟志来喜出望外地说："好，这是天下老百姓的喜事。哎哟，真是太好了，苍天有眼，苍天有眼，我们老百姓有出路了，有出路了，老百姓的孩子有出路了，老天终于开眼了！"

林育才说："是喜事吧？"

迟志来已经兴奋起来，说："是喜事，大喜事！我就是说'读书有用'。值得庆贺，这酒应该我请，应该是我请你和朱校长，怎么要你们请呢？你们俩怎么不告诉我呢？"

这时候，朱校长已经站在了他俩身后。迟志来和林育才转过身来都看到了朱校长。朱校长笑着责怪林育才说："就是你嘴快，志来要抢着请吧，好在我把菜早点买来，不然我们是争不过志来的。"

迟志来说："今天，你们别争了，酒钱、菜钱都是我的。"

朱校长说："志来，你别争了，我不告诉你，就是想等着开饭了告诉你，就是怕你争着去买菜，你家现在还处在困难时期，我和林老师落实了政策，刚补了一大笔工资，我们是朋友，谁有钱谁用。等孩子考上大学，我们再好好地庆贺一下。"

迟满香从菜场回来，对迟志来说："爸，我来帮朱校长烧饭，朱校长说今天要请客。"

朱校长、林老师、迟志来三人同时笑了起来。迟满香看着他们三人，不知所措地站着。

迟志来说："进屋说，进屋说，别在店堂里讲。"

进屋后，迟玉香替他们每人倒了一杯茶。

朱校长说："玉香，你别走，坐下来。"朱校长喝了口茶继续说，"离高考的时间只有两个多月了，玉香、满香你们两个都要参加考大学，这两个月要吃点苦，一分一刻都不能放松，凭你们俩的基础和聪明，苦战两个月应该能考上。"

迟满香说："我已经好长时间没有学习了，不知能不能考上？"

朱校长说："从现在起，你就不要去卖蔬菜、下地了，集中精力复习。"

林育才说："我替你们把复习计划、学习内容都准备好了，你只要按计划完成就行。"

迟满香担心地说："我怕自己考不上，被人家笑话，我就不考了。"

迟玉香说："我们一起学习，再苦也没有种田苦。有机会就要拼搏一下。"

迟满香说："我想我白天种菜、卖菜、养猪，没人知道我考试，考不上也没人笑话我，晚上我和姐一起悄悄地复习。"

朱校长说："你吃得消吗？"

林育才说："再说时间也不允许嘛，只有两个月时间，这是改变命运的两个月。"

迟满香说："没事的，我不怕吃苦。"

朱校长对林育才说："林老师，你可要吃点苦，经常来辅导她俩。"

林老师说:"朱校长,你放心,她们的基础、功底我是很清楚的,可以这样说,目前全公社还没有人能超过她们,但是高考是选尖,是在全省选尖,这可不是弄着玩的事。"

朱校长问迟满香:"满香有没有信心?现在是命运的十字路口。"

迟满香说:"反正我把林老师教的全部背上。"

林老师说:"行,我给你量身定制,量体裁衣。"

四奶奶把一碗炒虾端上桌子,说:"开饭了,你们边吃边谈吧。"

林老师替朱校长、迟志来倒满酒,说:"来,来,干,预祝成功。"

三个酒杯深情、有力地碰到了一起,杯子发出了清脆的响声。

第二十三章　权、钱、幸福

县城。街道上下班的人群骑着自行车匆匆地往家里赶去。段修已经完全改变了过去的模样了，她一头马尾披发挂在背后，骑在自行车上，有一种异乎常人的特质，她一直就喜欢打扮自己，总要标新立异，以显示与众不同，比别人高明。当别人剪齐耳短发时，她就长发披肩，涂口红比别人红，眉毛描得弯而细，脸上霜啊膏啊总不是自然的，一看便知道是特意引人注目，是刻意的装饰。她无论是走在街上或骑在车上，总能引来行人的注目礼，回头率较高，这时她肯定会露出一种自豪和高傲的神态。经过几年的城市生活的洗礼，她的生活习惯、打扮，都已经融入这个县城里。她看别人的眼光是鄙视的，特别是看乡下人在街边卖菜时，是一种轻蔑的眼神，她讲话的声调也变成了城市声调了，这个县城里讲话的声音都是上扬或脆声的，她已经完全学会了，甚至比原先城里的人还要脆，还要上扬，好像这样才能显得更加城市人，更加高傲，更加有身份有地位。

到了家，她掏出钥匙，打开门。

郜明正在厨房里煮着晚饭。段修回来后，家里的猫窜过来，在段修的脚下亲昵地绕来绕去，段修不管三七二十一，愤怒地一脚踢开了猫，猫惨叫一声跑了。

郜明问："你又怎么了，又有谁惹你了？你拿猫出气！"

段修说："你看你，一个大男人整天就知道围着锅灶转，有什么出息啊。"她学着城里的声调，最后一声扬上去后，怪吓人的。

郜明说："你回来吃现成的有什么不好？我们老百姓过生活就图个安安逸逸，平平安安，一家人在一起就是幸福。"

段修说："这是没有出息的人的一种自我安慰。你看和你一起的人，下班后有人请，有人送，到处有人恭维，捧着，那才叫真正的男人。"

郜明说："你是嫌我没出息，没男人味了？现在嫌弃我了，嫌我没用，是不是？"

段修说："洗碗、刷锅，这是我们女人的事，男人就应该在外面打天下，在外面八面玲珑。"

郜明妈抱着孙子从房里出来，说："段修啊，我们郜明老实，不但为人厚道，待人诚恳，你看他，为你打水洗脸，帮你洗衣，休息的时候你不想起床，郜明为你煮好鸡蛋，端到你床头，你应该感到幸福，感到知足才是。"

段修不屑地哼了一声，说："我还知足？我现在过的是什么日子啊！你们看看这些家具，家里用的，还都是我结婚时我家陪嫁的。我这是过的什么日子，我还知足？我能知足吗？"说着脚一踹，将身旁的一张小凳子踢到厨房的门上，把小孩吓哭了起来，抱住了郜明妈的腿。

郜明妈说："自从你嫁到我们家后，郜明就一直把你供着，什么事都让着你，我看你呀快成了他的奶奶、祖宗了。你还不满足，嫌他没出息了！"

段修说："可是，我没觉得幸福，快活，我很窝囊。"

郜明妈说："段修啊，过日子不能要求太高了，什么是过日子？什么是幸福啊？我说像我们家现在这样，一家人天天在一起，吃饱了，穿暖了，孩子白白胖胖，老人没病，就是幸福。千万不能要求男人或女人在外面争权啊争利的，争到最后累了身体，累坏了心。再说了权能当饭吃？能掌多久呢？"

段修说："我爸原来不就是一名小职工吗？他就是靠争靠斗才起家的，否则，我们还没有这样的生活呢，不争不斗哪来好生活？"

郜明说："你们别争了好不好，都怪我无能行不行？段修，我承认我不愿跟别人争，我争不过人家，可我能给你幸福、温暖，给你舒心温馨的家。"

段修说："可我一点儿也感觉不到幸福，没有温暖，只有悲凉。"说完跑进了房间，把房门"啪"的一声关上了。

郜明望着关得紧紧的房门，心都碎了。

就一件事，就几天的工夫，段奇似乎以令人心酸的速度苍老下去，白发增多，脸色憔悴，目光呆滞，不愿吃任何东西。段师娘搬一张椅子放到天井，准备让段奇出来晒晒太阳。当段师娘挽着段奇走到门口时，段奇让段师娘把椅子搬到堂屋的门口，天井里有风，他怕冷。

段师娘把椅子放好，在椅子上铺了一条薄薄的被，挽着段奇坐到椅子上，然后用一件黄色军用大衣盖在段奇的腿上，段奇感到一股温暖。段师娘在段奇身旁又放了一张方凳子，凳上放着一包"牡丹"牌香烟，一杯刚泡好的热烫烫的茶杯被段奇用双手抱着焐手。

他现在什么也不想吃，就是喝点茶，偶尔抽点烟。眼光深陷下去了，头发也蓬乱起来，越来越瘦。段奇现在已经不怎么上班了。其实他上班不上班并不是什么重要的事，第九副区长又没有具体的分工，上班不上班都是一样，他也知道自己的仕途结束了，说明升暗降还是客气的，说被打入冷宫、是腌起来的咸鱼才是正确的。特别是孙阳骂他"断子绝孙",这句话真是给了他当头一棒,对他的打击是晴天霹雳,目前他身体状况的下降,很大程度上就是因为这句话刺激到了灵魂深处,击倒了他的精神支柱。

段师娘端来一碗银耳桂圆汤,说:"段奇,喝了吧。"

段奇勉强地喝了两口。

段师娘说:"喝吧,都喝了,先把身体养起来,这个家还靠你支撑呢?"

段奇又喝了两口,心想,我的身体养好了又有什么用,已经无权无势了。这几天,他躺在铺上细想了很多,把孙阳那天晚上骂的话像放电影一样在头脑里过了一遍又一遍。他曾经还问过自己,孙阳骂的不是没有道理,"文化大革命"期间确实做了一些丧尽天良的事,整人整得过火点。

一阵秋风吹过,他打了个寒战,"唉"地叹了口气。他又想到段修,段修这丫头三年没回家了,心怎么这样狠呢?也不知道她的生活怎么样!

孙阳在他面前走来走去的,段奇斜眼瞟了下孙阳的肚子,没有鼓起来,还是平的,不由得双眉紧锁。段师娘替段奇加满了茶水,坐到段奇身旁。

这时候,有人"咚咚咚"地敲门了。段奇和段师娘相互对视了一下。

孙阳说:"爸、妈,你们歇着,我去开门。"说完跑了过去。

孙阳把门一打开,见段素霞和一个年轻小伙子站在门口。

段素霞喊着"嫂子",就挤了进来。那个小伙子也跟着段素霞进了屋。只见他手提一只大录音机,是用右手拎着的,拎在收录机柄的一个角上,收录机便成了四十五度的角拎在手里,正放着当时刚流行的歌曲,声音非常大,有惊叫声从收录机里传出来。

孙阳看着那小伙子正洋洋得意地朝屋里走去，同时她看到了段师娘和段奇正朝那青年瞪大了惊愕的眼睛和诧异的目光。

顿时，整个屋内被收录机传出的歌声全部覆盖，屋里一下子热闹了起来。

段素霞走到段师娘跟前，搂着妈高声地叫道："妈——"

段师娘皱着眉说："你快把那关了，你爸要安静。"

段素霞又转过身来喊了声："爸——"

段奇脸气得通红，双眼一眨不眨地盯着段素霞，像是要喷出火来，然后，像是从胸腔里发出的声音："把录音机关了。"

那个男青年正随着录音机里的节奏在晃着右腿呢，段素霞朝他打了个响指，男青年才很不情愿地关掉了录音机，室内终于恢复了安静。

这时，段师娘才有工夫打量起那男青年，只见他非常瘦，个子很高，头发较长，就像当时农村妇女剪的"鸭屁股"头，都超过耳朵寸把长了，可头发到了额头上就两边分开了，在额头上形成了一个"人"字，在"人"字形下，一副大大的黑色墨镜完全遮住了双眼，看不到他的眼睛是什么形状的；嘴唇是厚厚的，唇发紫黑色，牙也被烟熏黄了，一条喇叭裤把他衬托得更高更瘦。看到这种造型，段师娘差点儿气晕过去，脸上的肌肉在抽搐着，嘴在微微地颤抖。

段素霞坐在段师娘身旁说："妈，他叫季刚，在银行工作，是我的朋友。"

季刚从袋里掏出一包"大前门"香烟，撕掉香烟盒封口的一半，然后用两个手指拍了拍，一根香烟从里面露了出来，他抽出送到段奇跟前。段奇推了推，说："我现在不抽。"

季刚瞟了瞟方凳上的"牡丹"烟，说："是不是嫌差？"

段奇已经显得有点不耐烦了，说："我现在不想抽，我身体不好。"说完，他转头对段师娘说，"我想躺会儿，扶我到房里去吧。"

段师娘看到段奇的脸色很难看，不是那种病态的难看，是心中装着愤怒，气愤得难看，段奇是在尽最大努力克制着自己的情绪。

孙阳眼明手快地将茶杯和方凳上的香烟拿到了段奇的房间，段奇喝了口茶，"唉"了一声，深深地从心底舒了一口气。

堂屋里，季刚附在段素霞耳边说："你爸爸吃的香烟不错啊。"

段素霞倒了杯茶给季刚，说："先坐在这儿喝点水，我去看看爸爸。"

季刚说："我和你一起去。"

段师娘从房间里出来，说："季刚，她爸身体不好，又怕见生人，你就由素霞去吧。"

季刚抽了一口烟，吐出来，说："那好，素霞你去吧。"

段师娘将那杯茶往季刚面前一推，说："你喝茶吧。"又问，"季刚，今年多大了？"

季刚大腿跷到二腿上，说："和素霞一样大。"

段师娘问："你和素霞认识多长时间了？我怎么从来没听素霞说过。"

季刚说："认识有半年时间了。"

段师娘说："喔，你们还都小，又刚参加工作，应该把主要精力放在工作上，特别是我家素霞很不懂事，很任性，你呢，不要跟她来往。"

季刚又抽了一口烟，说："段妈妈，你放心，我和素霞相处很好的，我们谈得来。我爸妈都很喜欢素霞。"

段师娘此刻听到季刚喊她段妈妈，心里非常别扭，不是滋味，浑身起了鸡皮疙瘩。平时，她都是主动让人叫她段妈妈的，可现在她感到错了，最起码你季刚不应该喊。

段师娘吃惊地问："你爸妈见过素霞？"

季刚又吸了一口烟，说："是啊，上个星期我和素霞一起回了趟县城，我爸妈见到素霞特别高兴，买了很多好吃的，还有衣裳给了素霞。"

段师娘浑身冰凉，肺都气炸了，颤颤抖抖地说："季刚啊，素霞买衣服花了多少钱，你告诉我，我加倍给你。你和素霞还小，不适合做朋友，更不适合这样交往。"

季刚若无其事地说："段妈妈，我不要你钱，我家有钱，我爸我妈都在银行工作，爸爸在县银行做副主任，我是插队到边镇的，就安排在了边镇银行，过一段时间我爸就把我调回县城工作。到时候我把素霞一起带走，让她到城里享福。"

段师娘慌慌张张地说："季刚啊，我们家素霞不到城里去，你就自己一个人去吧。今天呢，我也不留你吃饭了，她爸身体不好，我们没时间烧饭，你先回去吧。"

季刚说："段妈妈，没事的，我叫饭店把饭菜送到家里，大家一起吃。"

段师娘一听到他叫段妈妈，心里就一颤一惊的，说："季刚，别这样，你还是先回去，等下次她爸身体好了，我们去请你吃饭。"

季刚将香烟屁股弹出了门外，说："段妈妈，那好，我跟素霞打声招呼。"

段师娘说："没事的，素霞正和她爸爸说话呢，她爸怕见生人。我替你说，还有，以后别叫我段妈妈了，你看我已经老了，都有外孙了，已经成了奶奶了，再叫段妈妈就被人家笑了。"

季刚站起就朝门外走去。

段师娘忙拦住季刚说："季刚，你把这个拿走。"段师娘手朝放在桌上的收录机指了指。

季刚说："素霞喜欢听，就丢给素霞听吧。"

段师娘说："不，不，不，你带走，你带走，素霞不听，她爸有病需要安静。"说着就把收录机拿起递到季刚手里，并送季刚出门。

季刚一出门，段师娘就立即把门关上，自己扶在了门上，叹了口气，心中感觉轻松了很多很多。她用右手拍拍自己的胸，真是把瘟神送走了。

孙阳走了过来，关心地问："妈，怎么了？"

段师娘缓过神来说："总算打发走了。"

孙阳扶着段师娘走进房间，段师娘黯然泪下。只听到段奇大怒地说："你再和他来往，就别进这个家，我就不是你爸爸。"

段素霞说："爸，他哪一点儿不好？潇洒、英俊，有气派，又在银行工作，有钱有权。"

段奇说："我就是弄权起家的，这种人的德行，品行难道我还不知道？我一眼就能看穿他的五脏六腑。"

段师娘流着泪说："素霞，他哪一点值得你喜欢？哪一点配得上你？你不怕丢人，我还怕丢人呢。你共用了他家多少钱，把钱还给人家。跟他断绝关系。"

段素霞说："你们对他都有偏见，我喜欢他。"

段奇死板着脸，拧紧了眉头，说："你才多大的人，就要钱要权，有钱有权就能有幸福吗？你不跟他断绝关系就跟我断绝关系。"说着不停地咳嗽起来。

第二十四章　她们身上有一种精神

迟满香站在猪圈前看猪吃食。她又把一颗颗的烂青菜抛给猪，猪津津有味地嚼起来。迟满香满是劳累的脸上更加憔悴了。

迟玉香正在家里忙着盛早饭，她把刚起锅的小麦面蛋饼和一碗粥端到柜台上给迟志来。

迟志来说："给满香留点儿蛋饼。"

迟玉香说："有呢，爸。"

这时，迟满香提着一只空提桶回来，走到店堂门前。

迟志来说："满香，你先吃。"

迟满香说："爸，你先吃，我不忙。"说着和迟玉香一起进了厨房。

四奶奶正将烙的饼起锅，说："满香，趁热吃。"

迟玉香一边盛粥一边说："满香，今天你歇歇吧，让我去卖菜。"

迟满香说："姐，你是镇上的老师，也是个有脸面的人，你站在那儿卖菜，当个小商小贩，就不怕影响你们老师的形象？朱校长知道了要批评你的。"

四奶奶说："满香啊，你姐是舍不得你太辛苦了，她想换换你，让你歇一歇。"

迟满香说："哎，我没事的。学校放假了，你就帮妈妈在家做点儿家务。"

迟玉香说："满香，你真有一股倔劲，为了高考，你两个月都没有脱衣服睡觉，我睡一觉醒了你还在看书。你有时睡一会儿，醒了又看书，我真佩服你。你究竟考得怎样？"

迟满香说："姐，你已经问过我不知多少遍了。朱校长、林老师也问过我不知多少回了，反正卷上的题目我全部做起了。我又做了一遍给林老师看，林老师说都是对的，你怎么老问这个问题。"

四奶奶说："你姐是不放心，关心你，她希望你能考上。"

迟满香说："妈，我考上了，朱校长说给我买一件最好的衣裳，让我到供销社随便挑的。"

四奶奶说："那是朱校长鼓励你的，你考上考不上，妈给你买一件新衣裳过年。"

迟玉香说："我给你打一件毛衣。"

迟满香吃完最后一口粥，说："好了，我去卖菜了，你们慢慢吃。"说着把一杆秤放到蔬菜的筐上，挑起一担蔬菜向菜场走去。

迟玉香看着迟满香挑担的背影，鼻子发酸，她对妈妈说："妈，满香考上就好了。"

四奶奶说："姐妹五个当中满香最苦，妈这心里一直觉得对不起她。玉香，你以后要帮帮满香，满香挺不容易的，她为这个家苦了自己。"

迟玉香说："妈，你放心吧，我们姐妹，就是情同手足，就是手与脚的关系，我们会相互帮助的。"

四奶奶说："也不知道金香现在可好，清泉的工作忙不忙？"

迟玉香说："姐来信说，高伟华养得胖胖的，会喊妈了。就是清泉比较忙，清泉又提拔当了连长。"

四奶奶说："玉香啊，你写个信告诉她，拍张全家福照片给我们看看。我又不在她身边，照顾不了她们，再寄点钱给他们吧。"

迟玉香笑着说："妈，你隔一段时间寄钱给姐，姐隔一段时间寄钱给你，寄来寄去的，你们俩是不是在支持邮局啊。"

四奶奶说："你这个丫头，我不是让你在信上说不要她寄钱吗？你怎么不跟她说？告诉她，我们是在家里，有困难能克服，现在生活条件比过去好了，家里养了猪，养了鸡，还种了蔬菜，不要她寄钱。"

迟玉香说："妈，你别着急，这些话我都说了，我还说我涨了工资，爸也涨了工资，家里不缺钱。"

四奶奶问："那她怎么还寄钱呢？怎么就不听话呢？"

迟玉香不急不慢地笑着说："姐来信说，清泉也涨了工资，姐被安排到了军人服务社上班，也拿工资了，并且清泉穿的衣裳都是部队发的，他们花钱少，平时除了给伟华买点奶粉等营养品，基本上不花钱的，姐要你不要寄钱给她，还说，你怎么不听呢？"

四奶奶说："你们一个个都不听话了。"

迟玉香还是笑眯眯的，不急不慢地说："妈，我是帮你和姐寄信，收信的，现在你们俩都怪我不好，姐说我不听她的话，你说我不听你的话，我倒成了两头不讨好了，我不写信了。"佯装生气地不理四奶奶。

四奶奶软下来语气，平和地说："玉香，你要站在妈妈这边帮着妈妈说话。"

迟玉香说："你们两个真是难死我了，我两个都帮，两个都不帮。姐说姐有理，妈说妈有理，就我没有理。"

林育才欣喜若狂地快步奔到迟志来的店里，迟志来正在抽着烟。林育才压制着内心的欢喜，脸上却洋溢着一层兴奋的红光，绽放的笑容里，透射出成功的喜悦和柔情蜜意。他激动地压住声音说："志来，恭喜你，考上了，过线了。"

迟志来举着烟的手停在半空中，问："谁考上了？"

林育才兴奋不已地说："两个都考上了。"

迟志来惊讶中带着喜欢，喊道："真的，两个都考上了？"他立即把林育才拉进屋里，对四奶奶说，"老太婆，老太婆，满香、玉香都考上了。"

四奶奶立即露出惊喜："真的？"

林育才说："四奶奶，真的，我能骗你吗？"

四奶奶赶紧跑进房间，对正在辅导秀香学习的玉香说："考上了，玉香，快去告诉满香，她也考上了。"

迟玉香立即奔向菜场，她要把这一特大喜讯，不，是改变命运的喜讯在第一时间内告诉满香，早一分钟都能有早一分钟的喜悦、高兴，早一分钟，人的心情、感受都是不一样的。

迟玉香不顾一切地向菜场跑着，跑着，她想，妹，你终于脱离苦海了，你终于跳出农门了！妹，你的付出终于有了回报了！在两个月的学习中，你自己卖菜、喂猪，晚上学习，做到为家挣钱和学习两不误。妹，这下好了，你终于成功了，解脱了。你可以歇一歇了！妹，你知道吗？你考上了，比姐自己考上还要高兴，我的好妹妹，姐为你自豪，骄傲。

迟满香正在菜场称着青菜呢，她把称的菜给买菜的人，说："两斤，一毛钱。"然后随手又拿了一棵青菜丢到那个顾客的篮子里。她正准备为下一个顾客称菜时，迟玉香已经跑到了迟满香跟前，上气不接下气地弯着腰，一口一口地喘着气呢。

迟玉香说："满、满、满香。"

满香不知道发生了什么事，一时傻了眼地看着迟玉香，说："姐，你慢慢说。"

迟玉香说："考、考上了？"

迟满香惊愕地说："真的？"

迟玉香说："我们都考上了。"

迟满香立即丢下了秤杆，她们姐妹俩拥抱到了一起，头伏在了对方的肩上，她俩感到了相互支撑的力量、相互依靠的温暖，清泪同时从两人的脸颊慢慢地流淌下来。

迟满香问："爸妈知道吗？快告诉他们，让他们早点儿高兴。"

迟玉香说："爸妈知道了。满香别卖了，早点回家吧。"

迟满香说："怎么不卖？卖啊，考上了反正又跑不掉。在上学前我们还能替妈赚点钱。"

迟玉香说："对，我也来帮你卖。"说着，迟玉香和迟满香站到一起卖蔬菜。

朱祥和与一位戴着眼镜、手提黑色公文包的年轻人来到迟志来家。朱祥和一见到迟志来就拱手祝贺道："志来，这下你可不得了，你家出状元了。"

迟志来说："朱校长，这还不是你的功劳吗？凭她们两个小丫头，哪有这么大的能耐。"

朱祥和问："咦，玉香、满香呢？"

林育才说："刚才玉香还在这儿。"

四奶奶脸上乐开了花，笑得合不拢嘴地说："你们先坐下来喝茶，玉香去告诉满香，马上就回来。"

朱祥和向大家介绍说："这是县广播站的记者，专门来采访迟满香的，迟满香这次在全县考了第一名，是恢复高考后，我县的第一个女状元。"

四奶奶吓得一愣，说："哎哟喂，满香可没有做什么，朱校长你怎么把县里的人也弄来了？"

记者说："四奶奶，迟满香一边学习，一边种好蔬菜，自从报名参加了高考，两个月的时间里，她是和衣而睡。现在她取得了全县第一的好成绩，她的事迹、精神、学习方法，都应该在全县推广介绍。四奶奶，还有许多农家的孩子要考大学，我们就是要让他们从迟满香身上学到经验，都能考上大学。"

四奶奶笑哈哈地说："我那丫头，哪有这么好啊。她就是苦，肯吃苦，现在还在那儿卖菜，不肯回来。我叫她回来歇会儿，她说等卖完了再回来。"

记者说："好，好。四奶奶你生了个好闺女。她在哪儿卖菜，我们去看看。"

四奶奶说："她卖菜有什么看头？"

记者动情地说："不，我们要去看。"然后对朱校长说，"太好了，真是个好题材，好青年。"

朱祥和、林育才和记者一起来到了菜场。

朱祥和在记者耳边说："那皮肤黑的、穿着棉袄的就是迟满香。"

记者请朱祥和配合一下。然后，记者对着录音机说："各位听众，我现在在边镇菜场向您现场报道我县高考女状元迟满香，现在她就在我的身旁。"

记者："迟满香同学，你知道你考上大学了吗？"

迟满香一边称着秤一边说："我刚知道。"

记者："你知道你考了全县第一名吗？"

迟满香说："啊——，不知道是第一名，我是一个卖菜的，种田的，我能考上就不错了，哪敢想是第一名。"

记者："现在你知道自己考上了大学，就要跳过农门了，你应该回家准备准备，也该歇一歇了。"

迟满香说："有什么准备的，到时开学的时候，我就去吧。现在我还要帮我妈干活呢，我妈太辛苦了，我要帮妈、爸多赚点儿钱。我不需要歇，我歇下来，妈妈的负担就重了。"

记者："我听说你原有的文化不高，后来还断了学业。你是怎样学习的？"

迟满香说："我是跟我姐姐学的，我也不知道，你问我姐姐吧。"说着把迟玉香拉到记者跟前，"这是我姐，她也考上了，你问她吧。"

迟玉香说："我们就天天抄书、背书，把老师教的全部都背上了。在高考复习的时候，我们把林老师教的内容也全部背上了。"

林育才对迟玉香和迟满香说："回去吧。"

迟满香说："朱校长、林老师，你们先到我家坐会儿，等菜卖完了，我就回去，说好的，我爸要请你们吃饭的。"

记者对朱祥和、林育才说："朱校长、林老师，你们培养了一双好姐妹啊，我从她俩身上能感到有一种精神，在这么大的荣誉面前，她俩没有那种狂喜、高人一等的傲慢，这是需要一种精神力量和高贵的品德来支撑的。而她们，包括她们的父母，都显得很平淡、平静，甚至不惊，而且是低调，这需要很大的耐力的。"

朱祥和说："是啊，你不愧为记者，总是能看到深层次的东西，这户人家确实有股不同的精神，他们都能用自己有限的力量，去帮助别人，爱别人，而且是一种无私的行为。"

记者："真是'昔日卖菜女，今日获状元'。"

林育才说："这个题目好。"

迟满香成了高考状元了，小小的边镇沸腾了起来，上午菜场那么多人，记者现场一采访，不需报道，消息已经不胫而走了。一刻之后，迟满香、迟玉香就变成了熠熠闪光的明星。然而，鲜为人知的是，这两个幸运的姐妹，其实在她们的内心深处，早就品尝了人生的酸楚和坎坷，在她们不长的生命征程里布满了阴霾。是她们的父母，是这个家，有一双最深沉、最普通的手抚平了她们心灵的伤口，为她们姐妹撑起了一片生命历程的蓝天。

突然间，到她们俩菜摊前买菜的人多了起来，这两个平凡的丫头，一下子在人们的眼里不同寻常起来。与其说是来买菜，还不如说人们是为了来看望一下这姐妹俩。是啊。这个小镇太缺少生机了，一直没有出过大学生，而迟志来家一下子就出了两个，其中一个还是全县的状元，小镇的人们当然感到稀奇了，怎能挡得住人们好奇的心理呢？

很快，迟满香的菜就卖完了，她和迟玉香一起回家帮着妈妈烧饭。迟志来也感到奇怪，今天，柜台上的生意也好了，来买东西的人多了起来，并且来人还要问一句，迟玉香呢？迟志来总是答道，两个丫头在忙呢。来人又说，你孩子真有出息。

朱祥和与林育才一起送走了记者，来到迟志来店里。

迟志来说："今天，你们谁也别争了，我们可是有言在先，丫头考上了，我请客。否则，我就不理你们这两个朋友了。"

朱祥和与林育才互相对视了一下，都笑了起来。

朱祥和说："好，好，今天是大喜的日子，我们就按说好的办。不过，我曾答应过满香，她考上了，我要带她到供销社挑一件最好的衣裳。"

迟志来说："衣裳就不要买了吧。"

朱祥和说："不行，你说话算数，我更要兑现承诺。"说完，他把满香带到供销社去了。

四奶奶在厨房里忙得热火朝天的，热气、油烟不断地从厨房里飘出来。

"四奶奶。"段师娘站在矮墙那边喊着。厨房里油炸的声响盖住了段师娘的喊声。

"四奶奶——"段师娘又喊道。

四奶奶听到喊声后，立即跑到矮墙边，笑盈盈地问："段师娘，你要什么？"

段师娘的脸上带着一种苦涩的笑，问："两个丫头都考上了，我要祝贺你啊。"

四奶奶说："段师娘，你太客气了。你要什么，我给你拿去。"

段师娘既有羡慕，也有妒忌地说："四奶奶啊，你真的是个有福气的人。"

四奶奶说："噢——段师娘啊，我倒愁死了，听说，报名的学费要很多钱呢，我还不知道学费在哪儿呢。"

段师娘说："给我称半斤红糖吧，段奇这段时间身体不好，老有病。"

四奶奶赶紧跑到柜台上称糖。迟志来拉下脸来说："真是不要脸。"

四奶奶说："老头子，这么多年过来了，我们也没有穷，今天是丫头的喜事，忍着点儿，不要因她冲了我们的喜气。"

四奶奶把糖递到段师娘手里，段师娘问："今天请谁吃饭啊？"

四奶奶说："说老实话，我这两个丫头能考上，多亏了朱校长和林老师，他们两人辅导孩子学习，经常帮助孩子出题目，要不是他俩，我那丫头怎么考得上。"

段师娘"哦"了一声，轻声地，像是自言自语："是他俩。"然后拿着糖尴尬地走了。

迟满香跨进门喊道："妈，我回来了，朱校长还给玉香也买了一件，和我一样。"

迟玉香说："朱校长，你怎么给我买呢？我们应该感谢你，是你帮了我们。"

朱校长说："你是我的学生，是我非常得意的学生，你考上大学，送你一件礼物总可以吧。"

四奶奶说："玉香，满香，你们去把桌子收拾下，准备吃饭了。"

桌子收拾完毕，迟志来打来一瓶大麦烧酒，说："实在不好意思，只有这种低档酒。"

林育才说："只要感情有，喝啥都是酒，人家还以水代酒，以茶代酒呢，这喝酒啊，喝的是个心情。"

大家围着桌子坐定后，迟志来站着说："我代表全家衷心感谢朱校长、林老师，我干三杯。"

朱校长说："志来，我们很早以前就有约定，我们是朋友，你的事就是我的事，我的事就是你的事。现在我们还有一件重要的事要做。现在正好大家都在这儿，也可以商量商量。"

迟志来说："什么事？你尽管说。"

朱校长问迟玉香："你最喜欢将来做什么工作？"

迟玉香说："最喜欢做老师。把知识教给孩子，用知识改变农村孩子的命运，农村孩子太苦了。"

朱校长又问迟满香："你最想做什么？"

迟满香疑惑地反问道："朱校长，是不是现在随我挑？我听安排。"

朱校长说："你喜欢做什么工作，就上什么学校。这就是填志愿。"

迟满香说："有这么好的事儿，工作随便挑，原来妈妈为我找工作愁死了，难怪人人都要考大学，原来有这么多的好处。"

说得大家哈哈大笑起来。

四奶奶说："妈没本事，没替你找到工作，让你吃这么多苦，现在要谢朱校长、林老师。"说着四奶奶拈起一块肉送到满香碗里。

迟满香说："我想做医生；爸妈越来越老了，谁吃了五谷不生病呢？我要学医，将来爸妈生病了，不用花钱找别人，我就替爸妈看病，还要替很多穷人治病。"

林育才说："想法都不错，那就是迟玉香上师范院校，迟满香上医科院校。我就帮你们填报志愿了。"

迟玉香说："最好我们俩在一个城市上学，互相有个照应，来去也方便。"

迟满香说："对，我要和姐在一起，姐不穿的衣裳我还可以继续穿呢。"

四奶奶说："傻丫头，你现在是大人了，上大学了，不要再穿姐的旧衣裳了，妈每年给你买新衣裳。"

朱校长说："那就都填报省城的院校。"

林育才点点头："嗯。"随即说道，"来，我建议，我们来个满堂红，大家一起喝。"

迟秀香说："我不喝，我要等我也考上了才喝酒。"

朱校长说："秀香，你现在就要抓紧时间，明年你就可以参加高考。"

迟秀香说："我也像姐姐一样，把全部的时间都用起来，把书全背下来，抄下来。"

林育才说："好。我来辅导你，只要你按照我的要求完成，弄懂每个题目，就能考上。"

朱校长说："到时，我也替你买最好的衣裳，随你挑。"

迟秀香说："真的？"

朱校长说："当然真的。"

迟志来对玉香说："把你俩考大学，报的学校，写信告诉金香，她知道了一定高兴得不得了，有好事要大家分享，这就是把一件好事变成多个好事。"

迟玉香说："好，晚上就写。"

第二十五章　母为儿女愁

　　静谧的夜，小镇静悄悄，月亮升上了天空，柔软的月色洒向了大地。从高空向下望去，星星点点的灯光点缀在大地上，如同一颗颗夜明珠在闪闪发光。一个一个熄灭后，人们就钻进了暖暖的被窝。

　　连续多日以来，迟志来家的灯在全镇都是最后一个熄灭，家人在灯下有着说不完的话，拉不完的家常，家常真是越拉越长。在农村冬季的夜晚里，吃过晚饭，点上一盏擦得亮亮的罩灯，一家人围在一起，会让人感到无比的温馨。现在，四奶奶要纳鞋底，这是她多年的老习惯了，每年进入冬季就开始做鞋，保证全家人在过年的时候每人一双新布鞋。迟玉香要赶在开学之前一定把手上的毛衣打好，这是她送给迟满香的。迟满香帮着妈妈把平时积攒下的碎布一片一片地理平、理齐。迟志来泡了一杯茶焐着手，抽着烟。迟秀香伏在桌边聚精会神地抄书。这真是一幅家庭幸福的生活图。这样的幸福不是钱多或钱少，或者是权大权小的事，此时与钱权没有任何关系，而是与人的精神联系着，是人的精神的凝聚和寄托，是一家人相互依赖的温暖，是一家人浓浓亲情的升华。也就是这样的夜晚，在这样的灯下，这样的环境下，才能真正让人感到一种家的感觉。

四奶奶边拉着鞋绳边说："玉香、满香，过了年。你们两人就要去省城去上学了，一想起，你们俩从小到现在还没有离开过妈，没离家这么远，我这心里就难受。"

迟满香说："妈，这几天我想得最多的就是，我离家了，蔬菜种不成了，猪也养不成了，家务事儿也没人帮你了，还要供我们上学，你和爸又要过苦日子了。"

四奶奶说："家里的事儿，你们别愁，我和你爸能熬过去。蔬菜我会种，猪，会养。"

迟玉香："妈，蔬菜就别种了，猪也别养了，家里现在只有秀香，堂香还要学习，又没有人帮你，你的年龄越来越大，就歇歇。"

迟秀香说："我会帮妈妈。姐，你们放心地去吧。"

迟志来说："秀香啊，你把学习搞好就行了，向你两个姐学习，也要考上大学。"迟志来抽了一口烟继续说，"家里现在就秀香、我和你妈，我一个人的工资够我们三人的生活了，你们在外面就别担心家里的事。到了大学里还要认真学习。"

迟玉香说："爸、妈，我和满香在一个城市，相互有个照应，你们也别担心我们。我听朱校长说，学习好了，还可以拿奖学金呢，我们也能生活了。"

迟满香问："什么是奖学金？"

迟玉香说："奖学金就是，谁的学习成绩好，学校就奖一笔钱给谁。"

迟满香喜出望外，脸上来了兴奋的表情，说："这好啊，那我一定要把奖学金拿到，不就是认真学习吗？学习很容易的，总比种蔬菜、下地干活轻松多了。我又能养活自己，养活姐了。"

迟玉香说："看你这么高兴的，好像已经拿到钱似的。"

迟满香说："只要学校发，我就肯定能拿到。我会把老师讲的全记住，把书抄下来。"

迟玉香说:"恐怕大学里不是像我们现在这样学习。"

迟满香说:"我不怕苦,我总觉得学习比种田舒服多了。姐,你放心,我会下功夫的。"

四奶奶说:"你们在外面就要单独生活了。千万要记住啊,害人的事不要做,害人了会有报应的,要与同学之间处好关系,能帮人家就帮,没有能力帮人家时,就为人家说说好话也行,好话也能暖暖人心的。有时呢,即使吃点儿小亏啊什么的,就别太计较了,都是同学,又没什么仇啊怨的。"

迟志来喝了口茶,说:"要多听老师的话,老师就跟父母一样,都希望自己的学生好,遇到什么困难,你们两人商量,或者告诉老师。"

迟玉香说:"妈,我们会的。"说着把打了一半的毛线衣按在满香身上试了试,并用手比画着。

迟志来说:"与人相处,别想占人家便宜,别看到人家生活好,吃得好穿得好,心里就不平衡了,嫉妒人家,人家是人家的,他再好也与我们无关,不关我们的事。就像我们邻居一样的,有的人家过得好,天天大鱼大肉地吃着,而有的人家只能吃大白菜,这也没什么,各过各的,日子是慢慢过下去的,不是生气、嫉妒下去的,自己学点儿东西,才是真本事呢。"

四奶奶说:"你们到了学校,要经常给家里写信,给金香写信。"说着,四奶奶突然叹了口气,继续说,"你们姐妹五个现在全分开了,东一个西一个的,一个个都出去了。现在,只有靠信联系,可信又慢。妈要天天听到你们说话就好了。"

迟志来说:"老太婆,你又来了,丫头们这是出去求学,上大学。再说,你总不能把她们捂在自己身边一辈子吧。"

迟秀香说:"是啊,妈,我们同学都说满香有志气,都在暗暗学满香,说也要像满香一样考上大学。"

迟玉香也高兴地说:"这回满香是在全公社出了名了,我在路上走的时候，就听到有些家长在教育孩子说，你看看人家满香多么有出息，有本事你也考上大学，拿个全县第一，争个女状元。"

迟满香不好意思起来，说："姐，你怎么也这样说呀。"

迟玉香说："姐也替你高兴。金香来信说，你为爸妈争了光，为我们家争了光。姐和姐夫准备过年回来为你庆贺，为我们送行。"说完，迟玉香捂住了嘴，她被自己的话惊呆了。

四奶奶说："玉香，你姐和清泉一起回来过年，你怎么不告诉我？"

迟玉香说："妈，姐不让我告诉你，说一告诉你，你又要准备这准备那，又是担心姐在路上是不是冷啊热的、饱啊饿的，姐就是怕你担心。"

四奶奶说："唉，你这丫头。差点儿误了我的大事。你姐夫喜欢吃酒酿打鸡蛋，明天要做酒酿，不做来不及了。明天还买几条鱼腌一下，再买点肉做肉圆，还有你写信告诉你姐，伟华在路上要多穿点衣服，外面冷，别冷着。她在路上还要多带点奶粉。还有满香，芋头明天别卖了，你姐夫喜欢吃，留着，还有……还有……唉，你这死丫头，你就不能早点说呀，你总是帮着你姐，还有，我要替外孙做一双棉鞋，还有……"

他们几个都双眼看着四奶奶，听她慢慢说。迟玉香扑哧地笑了起来。

四奶奶怨气满脸地看着玉香，说："你还笑呢，不早点告诉我。"

迟玉香捂着嘴，笑着说："姐就是怕你忙这忙那的，才不让我告诉你，你看你，又要开始愁了，我们知道，你会一直愁到姐、姐夫、你外孙进了家门，才不愁呢。"

迟满香说："玉香，你别说了，一直愁到姐和姐夫、伟华再回到部队。什么有没有到家啦，路上几天啦，伟华有没有吃奶，身上暖不暖啊，火车上人多不多，有没有挤了外孙啊……"

迟玉香哈哈哈笑着，迟满香也哈哈哈笑得弯了腰，趴在桌上。

迟志来说："你妈呀，整天就是愁这愁那的，家里人她是个个愁，你们一生下来她就愁，愁到现在了还在愁。等你们上大学，结婚了，生了孩子，她还是愁，从来不愁自己。"

四奶奶说："你这老头子，孩子在外面我能放心吗？吃得饱啊，饿啊，冷啊，热的。"

迟志来也笑了起来，说："你看，又来了，又来了。"

大家又都笑了起来。

这天，外面太阳已经升到窗口了，段修躺在铺上还没有起床，其实，她是不愿意起来。

邰明又早早地起了床，先煮了粥，然后到楼下买了一大瓷缸豆浆和油条。做好这一切后，他走到床前一看，段修已经醒了，眼睁着，便说："早饭好了，起来吃吧。"

段修说："我不想起床。"

邰明说："那就坐起来吃。我去打水给你洗脸。"

段修带着气愤说："你别这样好不好？你越这样我越难受。"

邰明说："段修啊，你究竟要我怎样？我天天把你当奶奶供着，你让我不碰你，我就不碰你。"

这时家里的小花猫又一蹦一跳地蹲在了段修的床头，段修很生气地把小花猫用力一推，推到了床下，小花猫受惊后，"喵"的一声跑了。

段修说："我不吃，我不想吃。我要你能够像个男人，我跟你说过多少遍了，你该混个一官半职，到时，我心甘情愿服侍你。"

邰明妈听到段修的高声，走进来说："段修，不是我帮着我家郜明。像郜明这样的男人到哪儿去找？他除了没有当上官，他哪一点不如其他男人？"

段修说："男的当了官，就什么都有了。"

郜明妈说："当了官，官是暂时的，当了官，总有退下来的时候，可是，丈夫是自己一辈子的事。"

段修说："哪怕当个一年半载的，也算当过，也闪光过，我这做老婆的脸上也有光。"

郜明妈说："我就跟你把话说明了吧，你要郜明当官，就是为了能够多吃点、多占点，可是，郜明即使当上了，他也不会那么做。段修，你不要逼他了好不好？现在我们家庭里，你、郜明、我、郜明爸都拿工资，郜明爸是老干部，虽然退休了，一人顶两人的工资，生活已经很好了，应该知足了。怎么就老是为了郜明没有当上官，弄得家庭不得安宁呢？"

段修咬牙切齿地说："现在，说我把家弄得不安宁！"

郜明打断了段修的话，说："段修你能不能少说几句？都是我不好，让你失望了。"

郜明妈说："郜明，你别老是自责，不是你不好，你是妈的好儿子。你爸当了这么长时间的官，他是一个好官，不会吹牛拍马，只知老老实实地工作，现在被人排挤，弄得提前退了下来。这官场就是尔虞我诈，阳奉阴违，你不知什么是真话，什么是假话，谁是真心，谁是假心，一句话，当了一辈子的官，都看不清官场是个什么样子，一辈子真是过得人不人鬼不鬼的。"

郜明爸听到他们在争吵，已经站到了房门口，说："是啊，我现在退下来，就是要图个清静，安安静静地过个晚年。可是，段修，你却天天要郜明去当官，弄得家里不安静了。"

段修一下子泪水流了出来，说："这日子真是没法过，你们一家联合起来欺负我，我让你儿子走走当官的路，也是为了这个家，有什么不对吗？好，是我逼你，是我不好，我走，我们离婚。"

郜明妈说："段修，我们家不愁吃，不愁穿的，日子好好的，你为什么总是要把家庭推向极端，就不能安安稳稳地好好过吗？"

段修恼羞成怒地把被子一掀，快速穿着衣服，脸色通红。

郜明向前劝道："段修，你冷静一下，爸妈说得不错。"

段修一边收拾着自己的衣服往一个大包里放，一边气鼓鼓地说："你爸你妈是对的，你们全是对的，我错了，我不好，我走，我离开这个家，我们离婚，让你们安静、安稳。"

郜明说："没几天就过年了，你往哪儿走啊？这里不是好端端的一个家吗？"郜明抢下段修手上的包。

段修又一把抢过郜明手里的包，说："你别管我到哪儿去，离开这个家，你们全家就省心了。"说完，拎着包冲出门去。

北风呼啸，吹到脸上犹如刀割似的疼痛。光秃秃的田埂上，风声飕飕作响，让人感到更加寒冷，风穿透身上的棉袄、毛衣，寒气刺到了内里，此时感觉只有一个字，那就是"冷"。段师娘把被风吹歪的头巾又整理好，问走在前头的孙继凤："还有多远？"

孙继凤头也不回地说："还有里把路，前面那个庄子就是。"

孙阳说："这鬼天气真是太冷了，应该叫个帮船。"

孙继凤说："这腊月黄天的，人家都有事，叫不到船。"

段师娘说："只要能治好病，冷就冷点吧。"

孙继凤说："很灵的，已经治好很多不孕不育的妇女。"

段师娘说："上回也说是很灵，还是什么半仙，结果白花了钱，耽误了时间。"

孙继凤说："这位可是中医加仙方一起治。"

她们三人进了村庄，走进一家农家大院，天井里晒满了各种各样的果皮、草根、树叶，有切成片的，有露着根须的，有黄的、白的、黑的、红的，有长的、短的，段师娘认不出是什么。

只见屋内坐着一位穿着白大褂的中年妇女，颈项里挂着听诊器，正在给一位妇女把脉呢。段师娘、孙阳、孙继凤在旁边的一条长凳上坐下。段师娘扫视一眼屋内，挂满各种半旧不新的各种锦旗"妙手回春""华佗再世""喜得贵子，恩重如山"。

一会儿，就轮到孙阳看病了。

医生问："哪儿难受？"

段师娘急急忙忙地说："结婚七八年了，还没……"

医生没等段师娘说完，就用手势止住了段师娘。然后，她叫孙阳伸出手，把手轻轻地搭在了孙阳的脉上，侧着头，双眼朝另一个方向看着。只见医生的眉头越缩越紧，一会儿，转过脸来对孙阳说："把舌头伸出来。"

医生站起身，仔细地看了看，用右手翻着孙阳的眼皮细看着。

随后，医生又轻声说："跟我来。"

医生把孙阳带进了房间，孙继凤和段师娘面面相觑，两人都是一脸茫然，只好静静地等着，耐心地等着。不知什么原因，段师娘心里总是颤颤抖抖，她生怕孙阳没有生育能力，从医生紧张的神情中，她隐隐感到问题的严重。万一孙阳……她不敢往下想，心里凉凉的。

医生和孙阳从房间里出来了，段师娘双眼紧紧地盯着医生，医生却不紧不慢地到脸盆边用肥皂擦了擦手，而后坐到桌前，对三人说："你们家是不是每天都吃荤菜，不吃蔬菜，是个有钱的人家？还有，孙阳刮宫的次数太多了。"

段师娘慌张嗫嚅地问："医生，能治好吗？"

医生说："你们到我这里算是找对了地方。不过，治疗这种病，需要你们的大力配合才行。"

段师娘说："配合，配合，一定配合。"

医生说："她这种病主要是人工流产、刮宫引起的卵巢早衰，人工流产次数增多，卵巢早衰发病就会增加，人为地中断妊娠，使体内雌激素、孕激素水平急剧下降，导致月经量减少，甚至闭经，体内内分泌系统已经受到了影响，从而使卵巢功能逐渐减退。"

医生讲了一大堆专业术语和名词，段师娘和孙阳、孙继凤根本听不懂，只是不断地点头，嘴里不听地答着："嗯，嗯。是，是。"

医生说："今后要少吃荤菜，多吃豆腐、萝卜，豆腐豆浆有抗卵巢衰老作用。还有新鲜绿叶蔬菜也要多吃，这里面有人体需要的维生素。还有不能染发，烫发。"

孙阳点点头，答道："嗯，嗯。"

医生说："还有重要的一条就是要保持良好的心情。如果长期情绪不稳，心情忧郁、焦虑，不舒服，吵架，都能使中枢神经系统和卵巢功能失调，会影响排卵功能障碍、闭经，严重的会引起卵巢早衰。"

段师娘脸色凝重地点点头，"噢，晓得了。"又转过头来对孙阳说，"孙阳以后不要生气，要保持好心情啊，记住。"

孙阳似乎看到了自己肚子挺了起来，右手下意识地在肚子上摸了摸，揉了揉，使劲地点了点头，笑嘻嘻、甜甜地答道："妈，晓得了，我不生气。"

医生说："我再给你们配三个疗程的药，这个疗程吃完才能同房。"说完，医生站起来，走到了天井里，在那些树皮、草根里，这里抓一把，那里抓几根，捏捏，抓抓的，很快三大包药就配齐了。

段师娘问："多少钱啊？"

医生说："本来一个疗程是三百块钱的，三个疗程九百块钱，这样吧，你就给八百块钱。"

段师娘从口袋里掏出钱，数了八百块钱给医生。医生一看段师娘数完钱后，还有一部分钱准备放进袋里的。她后悔给段师娘优惠了一百元，眼睛一转，立即接着说："还要二百块香火钱，在你们回家服药期间，我必须要替你们烧香，要敬药仙、菩萨，才能确保万无一失。"

段师娘又一数钱，正好二百块钱，全部给了医生，说："那就麻烦你请菩萨帮忙。"

医生捏着钱，说："你放心吧。"

几天来，郜明骑着自行车在县城里飞快地骑着，他把段修能去的地方都找了个遍，把段修所有的同事、朋友家都去了一趟，有的说不知道，有的说没有来，有的说可能在那一家。郜明骑车的速度越来越慢，他想，说不定能在路上看到段修，他是多么希望段修能够出现。

郜明在路上推着自行车，东张西望地寻找着。失望，一次次地失望，他垂头丧气地行走在大街上，人们都在为购买春节年货忙碌着，喜笑颜开着，而他却为寻找老婆愁眉苦脸着，好像春节与他无关。

郜明回到家，已经是筋疲力尽了。郜明妈倒来一杯水给郜明，说："也许段修回边镇了。"

郜明端起水杯的手停在半空，说："是啊，她有可能回家了。"一仰脖子喝了杯中的水，说，"妈，我去一趟边镇。"说完就出了家门，向轮船码头走去，买了去边镇的船票。

在边镇段奇的家里，段师娘在熬药，段奇坐在椅子上晒太阳，喝着茶。

段修替段奇加着茶，段奇端起茶杯喝了一口，说："段修，你这一走就是三年多，不给家里来信，也不打电话，你妈不知道流了多少泪，我也是经常地想起你，你知道这三年多的时间里，家里发生了什么事吗？唉——"

段修说："爸，你老多了，都怪女儿不孝。"

段奇说："你看，爸这身体，再过三年你也许就见不到我了。"

段修说："爸，社会怎么变得这样呢？"

段奇嘴角微微一上扬，露出了一个苦涩的笑脸。

段师娘把药煎好，送给了孙阳，说："慢慢喝，不管遇到什么事都不要生气，要放松心情。"

孙阳说："妈，我不会生气的，我很想要孩子。"

段师娘将房门轻轻关上，拿了张凳子也坐到了段奇旁边，开门见山地问段修："是不是跟郜明吵架了？"

段修掩饰着说："妈，你别瞎猜，我就是想回来看看。"

段师娘说："段修啊，你是妈养的，我的女儿我知道，这里没有外人。你说你回家来看我们，你怎么一个人回来？你怎么不把儿子带回来？还有郜明怎么不一起回来呢？这一切，妈都感到不太正常，段修，你遇到什么事儿，回家来是对的，但你一定要把事情的真相告诉我们，我们才好帮助你，出主意。"

段修说："妈，郜明春节前单位忙，儿子郜明带着呢，我就是想回来住几天，等过了年就走。"

段师娘说："你回来，我高兴，我不是撵你走，我要晓得事情的真相，我们不能再做对不起郜明家的事。我认为郜明这孩子不错的。"

段奇喝了口茶，说："我们这个家不能再折腾了。"

段师娘说："段修，你千万不可对爸妈隐瞒什么。"

"笃，笃，笃"，有人敲门。

段师娘紧张地看着段修，又看看段奇。

段奇说："慌什么，去开门吧。"

段师娘走到门口打开门，一见是郜明，顿时就被惊呆，她万万没想到是郜明，此时，在她头脑里的第一个反应就是段修肯定出什么事了。

郜明还没进门，站在门口就惊恐不安地问："妈，段修回来了吗？"

段师娘是既惊又喜地打开门，说："郜明，快，进来。段修在家呢。"

郜明跨进门，他总算松了一口气，情绪渐渐地缓过来，跟着段师娘进入屋里。

段修见郜明来了，劈头盖脸地问："郜明，你怎么来了，谁叫你来的？"

郜明见段奇坐在椅子上，他的第一印象是段奇确实苍老了、憔悴了，比起几年前简直判若两人，他轻轻朝段奇："爸。"

段奇让他坐下来。

郜明这才对段修说："段修，你离开家这几天，真是急死我了，我一直在找你，现在看到你在爸妈这里，我也就放心了。"

段修说："谁要你找了？我不要你找，是死是活与你无关。"

段奇双眼瞪着段修，说："段修，你说什么呢？郜明到家里来你就这态度。"

段师娘为郜明倒了杯茶，端给郜明，说："郜明啊，到底家里发生了什么事？"

郜明心神稍微安定了下来，说："爸、妈、段修，今天我们都在这儿，我现在就把话说了吧。我和段修是自由恋爱结婚，我们双方都深爱着对方，两家的生活都不错，父母都有工资，房子也有了，不愁吃不愁穿，生了儿子，好的我不敢比，最起码也算个中上等水平了。我是处处照顾着段修，家务活儿都是我做，我服侍她，我无怨无悔，因为她是我爱的人，是我的老婆，我不爱她爱谁？按照我们这样的家庭，应该很幸福，很美满。可是，段修非要我谋个一官半职，走仕途，去吹牛拍马，讨领导的欢心！爸、妈，可我天生就不是那种料，我只知道把我们的小家庭搞好，一家人天天在一起和和美美的，爸妈身体健健康康的，这就是我的心愿。"

段奇抽了一口烟，说："郜明啊，我赞同你的想法，做官是一时的，家是我们一辈子的归宿。"

段师娘对段修说："段修，这就是你的不对了，郜明是个顾家庭、疼老婆的好男人，当官的毕竟是少数人。"

郜明说："段修跟我回家吧。"

段修说："我不回家。还说你家对我好呢，你爸妈对我都是瞪眼睛，每次吵架了都是帮着你，你看我妈对儿媳妇多好啊，端药，熬药，端水，做吃的，哪样不照顾得周周到到？我还帮你们家养了儿子，不过如此，要是孙阳再生个儿子，还不捧上天啊！"

这时，正好孙阳站在门边把喝完的药碗拿出来，刚才段修的一番话她全听见了，不由自主地碗从手上滑下来，掉在地上，摔得粉碎。随着一声响声，所有的人都将眼光向孙阳望去。只见孙阳愣愣地站在房门边，泪水无声地流了下来，她轻轻柔气地说："段修，我可没惹你，你过你的日子，我过我的日子……"

段修抢着说："咦，我又没说你什么？我说的都是事实，你伤什么心啊。"

孙阳转身就回到房里去了。

段奇再也忍不住了，他将手上的茶杯一摔，勃然大怒起来："段修，你真是越说越不像话，孙阳是你嫂子，她现在养病，不能生气，而你就只会讲刺激人的话，从来没讲过好话。"

段师娘赶紧跑进房里安慰孙阳，说："孙阳，你别生气，别生气，她爸正骂她呢，就当她放屁，别往心里去啊。孙阳，你要听妈的话，别生气啊。"

孙阳很乖巧地带着哭腔说："妈，我不生气，为了孩子，我不生气。"

段师娘说："哎，乖，这就好，这就好，你歇着，别理她。"说完，段师娘又赶紧跑出去，对段修说，"段修啊，现在郜明来带你回家，你就跟郜明回去吧。"

段修哼了一声，说："我不回去。这家里的这么多财产，也有我的，她孙阳别想一个人占着，我就不回去。"

段奇说："这里没有你的，你已经嫁出去了，你婆家有你的东西，你跟郜明回家去。"

段修说："爸，你别忘了'时代不同了，男女都一样'，段资分多少，我就分多少。"

段奇竟被"噎"住了，一时急得说不出话来。

郜明说："段修，跟我回去吧，这日子能过就行了，何必争那么多呢？"

段修说："不要你说，要回去你回去，我肯定不回去。你这个没用的东西。"郜明一脸沮丧，耷拉着脸。

段师娘强忍住心中的怒火，说："段修，你不为别人着想，也为自己的孩子想想，没几天过年了，人家孩子都有爸妈带着，你孩子呢？孩子不可怜吗？小两口过日子吵架归吵架，谁家不吵架，夫妻之间吵架吵过就过去了，是不记仇的，是不放在心里的，要是都放在心里，还不堆起一大堆？这日子就没法过了。一方不讲理，另一方就让一点，谁懒了，另一个人就多做一点，又不是替人家做的，都是一家人了，谁吃亏谁占便宜，谁有理谁无理，分得清吗？你跟郜明回去吧。"

段修任性地说："我不回去，坚决不回去。"说完气冲冲地跑进了自己的房间。

郜明跟着段修走进房间，段修将被子往头上一蒙，抽搭地哭着："我的命怎么这样苦啊，呜呜呜……"

郜明说："段修，我们回去吧，我没用，可孩子还在家等你，你离家这几天，孩子天天喊，天天要妈妈……"

没等郜明把话说完，段修一个转身掀开被子，坐起来说："都是你，都是你惹的，不是你没有这么多烦事，你要是当个官，也没人敢欺负我，你走，你滚，我看到你就烦，我不跟你回家，你滚。"说完呜呜地哭着，又把被子盖在身上。

郜明似乎气得站不稳了，脸色颇为难看，心中一阵阵地心酸，胸中抽搐，连呼吸都似痛不可抑，望着段修钻在被窝里，他想不到自己深爱的人竟是这样丧心病狂，任性、自私、贪婪、虚荣。他痛苦地摇了摇头，退出了房间。

郜明走到段奇、段师娘面前，伤心得说不出话来。他怔怔地说："爸、妈。段修不肯回去。"说着从身上掏出一沓钱，"爸、妈，这么多年了，我一直没能来看你们，这次来匆匆忙忙的，又没有准备，没有几天要过年了，你们自己买点儿东西，再替段修买一套衣服吧。我马上还要回去。"

段师娘眼含泪水说："郜明，你难得回来，我做饭给你吃，总不能一口饭不吃就走啊。"

段奇说："是啊，郜明，你就在这儿多住几天吧。"

郜明说："不了，孩子还在家呢，我爸我妈也不放心，我早点回去告诉他们，他们就会早点放心了。"

段师娘说："这怎么行呢？郜明，你总该吃顿饭再走啊。"

郜明说："不了，爸、妈，我现在确实是没心情吃饭。"

第二十六章　只要心情好，天天是过年

迟志来把家里方桌的四个边都加了一块月牙形的木板，四块木板是活动的，四块板一放就是方桌，四边的木板掰起来就是圆桌，可多坐几个人，一家人就可以围在一起吃饭了。

迟志来正把四边的木板掰好，仔细检查着，是否与桌面平，是否合缝。木匠站在旁边说："用漆一漆，就完整合缝，看不出来是另外加的，就是一张标准的圆桌了。"

迟志来给木匠递了一根烟，说："年前来不及漆，都是家里人吃饭，就将就点了。"

木匠用赞美的口气说："志来，你这种方法真好，能坐十个人吃饭。"

迟志来说："没得办法，家里地方小，人口多，姑娘、女婿回来过年，全家人团圆在一起，省得坐一个不坐一个的。这样就都有得坐了。"

这时候，何永年挑着一担水进来了，四奶奶赶忙揭开水缸盖。

何永年说："四奶奶，你别动，我来。"

四奶奶说："永年啊，你老替我家挑水，我真的过意不去。"

何永年说："四奶奶，我有的是力气，力气在身上不用也没有了。"

迟志来拿出"玫瑰"牌香烟,递了一根给木匠后,喊道:"何永年,来,歇会儿,抽支烟。"

何永年接过烟,迟志来替她点上。

何永年高兴地说:"志来啊,真是邻居好赛金宝,我和你家做邻居,这段时间我都感到脸上有光,有许多人问我,迟满香、迟玉香平时是怎么学习,怎么这样有出息,还问你是怎样教育孩子的,一下子考上两个大学生。是不是经常打孩子,逼孩子学习。"

木匠说:"是的,志来,现在我们教育孩子都说,要想将来有出息,有本事,就学学人家迟满香,那才叫真有出息呢!"

迟志来哈哈地笑着说:"你们真是越传越神了,我从不打自己的孩子,都是孩子自己学的。"

迟满香、迟玉香每人挎着一个装得满满蔬菜的大篮子进门来了。

四奶奶说:"快放下,吃早饭。"

四奶奶对何永年和木匠说:"你们也一起坐下来吃吧。"

何永年挑起两只水提桶,说:"我不吃了,我吃过了。"

木匠感到非常诧异地问:"满香、玉香,你们俩都考上大学了,过了年就去上学,怎么还起早到大棚里去摘菜呢?"

迟满香说:"我不但去摘菜,吃过早饭,我还要去卖菜呢。"

木匠对志来说:"志来,不简单,真不简单,过去人家中了状元就等于升官了,你看你家女儿想到的是帮家里做家务,帮家里卖菜,我总算亲眼见到了。志来,你有福,有福啊。"

迟玉香说:"我爸命里苦死了,我和妹妹虽然考上了,可是又为爸妈增添了负担,本来我们可以挣钱养家,现在反而要去上学,增加家里的负担,爸妈为学费愁死了,还福呢。所以,在上学前,我们尽最大的努力多做点儿,减轻爸妈的负担。"

木匠感慨地说：“志来啊，你听到了吧，句句话都是暖人心的，我佩服，佩服你志来。”

吃过早饭，迟玉香说：“满香，你先到街上卖菜，我把猪食喂了再去。”

迟满香说：“姐，你别忙，这点儿菜我一个人忙得过来。”

迟志来坐在柜台里，抽了半支烟后，将另一半放墙角摁了摁，摁熄了，把剩下的半根烟放到柜台的角落上，并用一个火柴盒压在烟的一头。然后喝了口茶，悠闲地望着大街，小菜场。

四奶奶走到房间里，把手伸进橱里的一个用被子包得紧紧的被窝里，暖烘烘的。然后，她用一只手指点了一下酒酿，缩回来时，放到嘴里尝了尝，啧啧。满脸堆笑着，走到柜台边，说：“老头子，酒酿有酒了，又香又甜的，再焐个天把就行了。”

迟志来说：“我琢磨着，金香和清泉应该到了。”

四奶奶说：“是啊，玉香接了几天，只要轮船一叫，我就让玉香去。唉，过年了，车上挤，人多，金香抱着孩子，又怕挤了孩子，这么远的路，也不知道他们冷不冷，吃没吃呢！”

迟志来说：“老太婆，你又愁了。”

四奶奶说：“他们还没到家，我能不愁吗？”

嘟——，嘟——。有轮船到了。

四奶奶赶忙朝屋里喊：“玉香，玉香，到轮船码头去一下，去接你姐，轮船到了。”

迟玉香边答应着妈妈边往外跑，一路小跑，赶到轮船码头，她站在岸边，看着一个一个旅客从船舱里出来被亲朋接走了，她一直看到最后都没有接到姐。

迟玉香垂头丧气地回到家。

四奶奶焦急地问：“怎么，又没接到？”

迟志来说：“老太婆，接到了玉香会一个人回来？明知故问。"

四奶奶说："怎么回事了？应该到家了。"

迟玉香说："妈，你别急。今天还有两班船呢。我先去帮满香卖菜。"

四奶奶说："真急死我了，也不知道他们现在到哪里了。"然后，她冲着玉香的背影喊，"玉香，注意听轮船的喇叭声。"

迟志来说："老太婆，你别急，也别愁。愁了，急了也没用。我看你呀，还是把饼啊菜的在锅里煻着，他们一回来就有热饭热菜吃。"

四奶奶说："老头子，这还要你说呀，这几天来，我一直都煻着。"

迟玉香一到菜摊，迟满香就问："姐，有没有接到？"

迟玉香沉着脸说："没有，真把人急死了。"

迟满香说："应该到了呀。妈是不是又愁，念叨了？"

迟玉香说："妈这个人你还不知道啊，操心死了。"

有人来买大蒜，满香称着。又有人买青菜，玉香替顾客挑着。

嘟——，嘟——。满香立即提醒："姐，快，去轮船码头，又有班船来了。"

迟玉香立即放下手中的称，小跑步向轮船码头走去。这时，轮船正好靠边，迟玉香就站在船的出口门边，她屏着呼吸，目不转睛地盯着门，生怕丢掉一个。确实是人挤人，就像是把人挤冒出来一样。也难怪，谁家不往家赶着过年，谁不是大包小包的，肩上挂的，手上拎的？每个人都是很吃力的样子。旅客渐渐地稀松下来，好像又接近尾声了，迟玉香的小嘴又翘起来，又没回来，她一脸苍白，闷闷不乐起来，一脸的无奈、无助、失望。

就在她扫兴时，突然，她的目光里闪出真切的热烈，她看到最后有一个人戴着红领章、红五角星，很是耀眼。啊，是高清泉！在高清泉前面是迟金香。啊，迟金香手上抱着高伟华。迟玉香揉了一下眼睛，不错，是的，她拨开人群向船的出舱门走去。

迟金香刚跨出门，迟玉香就喊道："姐。"便从金香手里接过了高伟华。她顾不得其他了，亲了亲高伟华。迟玉香一抬头又看到了高清泉，便叫道："姐夫。快，快回家，妈妈急死了。"

高清泉说："在路上，我们就知道妈着急。"

迟玉香说："妈那脾气你也知道啊。"

高清泉说："妈喜欢替别人操心。"

迟金香问："满香呢？"

迟玉香说："满香还在卖菜呢。"

迟玉香走在最前面，还没到家就喊起来："妈，姐回来了。"

迟志来和四奶奶正在店里等着，他俩同时听到了迟玉香的喊声，都纷纷跑出来了。

四奶奶高兴得不知所措的："哎哟喂，可回来了。快，快，快，进屋，进屋。"她从迟玉香手里接过高伟华，脸上乐开了花，自言自语道，"我的好外孙，路上受凉了吧，吃饱了吧？"说着说着，在高伟华的脸上亲了一口。而后，又喊道，"老头子，把锅里烤的饼、粥拿出来，给他们吃。"

迟玉香说："妈，拿好了，你别急。"

四奶奶抱着高伟华，笑哈哈地说："我的小外孙哎，想死我了。"

迟金香把一只小热水袋冲好热水，塞到高伟华的棉袄里，说："妈，堂香还没回来呀？"

四奶奶说："她带信回来说，厂里忙，赶着做服装，也就这天把回来。"

迟秀香走到四奶奶跟前，她也要抱高伟华，四奶奶说："秀香，你抱不动的。"

迟玉香把一小碗炖好的鸡蛋端来，四奶奶接过来，说："我喂吧。"又对玉香说，"玉香给你姐、姐夫盛粥，锅里还有鸡蛋饼拿出来呀。"

迟金香说："妈，我们都是自家人，你别跟我们客气，我自己动手。"

迟志来问："咦，清泉呢，清泉哪儿去了？"

迟金香说："爸，清泉去看满香了。"

高清泉站在迟满香的菜摊前，满香正埋头挑选青菜，当她抬头称秤的时候，看到高清泉站在面前，她高兴地惊叫起来："姐夫，你回来了，妈妈急死了。"

高清泉说："你是中了状元，仍然继续卖菜，我在部队宣传你的事迹的时候，没有人相信，今天，我总算亲眼见到了。你的事迹激励了我们许多战士学文化、学技术。肯吃苦，满香，你确实不简单，我很敬佩你的这种精神。"

迟满香问："姐夫，你怎么知道我的事？"

高清泉说："玉香写信告诉我的。"

迟满香边说边收摊："今天，不卖了。姐夫，我们回去，我还要看看侄儿呢。"

高清泉替迟满香拎起一筐菜，说："走，回去吧。"

一回到家，迟满香就抢着抱起了高伟华，高兴地亲着，说："想死姨妈了。"

迟金香走过来说："满香，你现在可出名了，清泉给战士上课都以你为榜样呢。"

迟满香说："姐夫又升了？"

迟金香说："他呀，只知道抓部队建设，战士的思想啊，战士的家庭啊，一心全在部队上，就是不管我娘儿俩。"

迟满香说："姐，你可别怪他。妈就知道是这样，我们姐妹只恨不在你身边。都在家里干着急，特别是妈最操心，有时半夜都在说，高伟华有没有尿尿，有没有吃饱。"

迟金香说："妈，都是操心别人。哎，满香，你瘦了，黑了，家里都是你在撑着，我离家远，又帮不上忙，我也时常担心爸妈，想念你们，经常在梦里和你们相聚。"

迟满香说："我也在担心，我和玉香一走，家里只剩下秀香了。自留地的蔬菜谁种？猪谁养？我也有愁的毛病了。"

迟金香说："是啊，学不能不上，爸妈又要照顾。"

高清泉走过来说："自古忠孝不能两全，你们也不要太悲观了，现在的日子比以前好多了，那么困难的时候我们都能熬过来，现在条件好了，还怕过不去？"

迟金香说："清泉，这可是过日子的事，不是你在部队喊冲啊就冲上去了，日子要一天一天过的。"

高清泉说："金香啊，当初我去当兵的时候，老妈一人在家，我心里特别难受，看到家徒四壁，我把老妈一人丢在家里，我曾经多次悄悄地流过泪，当时，我就在心里痛下决心，一定让妈妈将来过上好日子。分开是暂时的，痛苦也是暂时的，没有迈不过去的坎。"

迟满香说："没事的，我想过了，我们在学校有奖学金，放暑假、寒假的时候，我还可以帮助妈妈干点儿活。"

高清泉说："你和玉香上学时，千万别跟爸妈要钱，我每月给你们寄生活费。我当兵，工资高，我又不用买衣裳，一年到头就穿军装。"

迟满香说："姐夫，高伟华还要用钱，你妈也比较辛苦的，我和玉香能熬过去的。"

迟金香说："满香，你别争了，家里的困难大家帮着，大困难就变成了小困难，小困难就没有困难了。清泉工资高，我们节约点，省点就行了。这事你千万别让爸妈知道，否则他们俩又不知要怎么操心了，特别是妈，从来不肯要别人的钱，哪怕是儿女的钱她都不要。"

四奶奶问迟志来："老头子，玉香到哪儿去了？"

迟志来在厨房里帮着切菜，说："这死丫头，刚才还在这里的，怎么一闪就不见了。"

四奶奶边洗锅边说："平时不忙的时候在家里，现在家里这么忙，她也不帮着择菜，到哪儿去了？"

迟志来说："我哪晓得她到哪去了？我只顾忙着洗菜，切菜的。"

迟金香走到厨房里来，说："妈，你忙这么多菜干什么，我和清泉都是家里人。"

四奶奶说："你们难得回来。路上这么苦，要多吃点。"

迟金香说："妈，你弄这么多菜，忙成这样，下次我们都不敢回来了。"

四奶奶说："你这丫头，你是妈生的，你不吃可以，清泉呢，清泉不要吃啊，你去歇着，这会不要你帮。"

迟金香说："妈，我帮你烧火。"说着便蹲到了灶膛边。

四奶奶说："金香啊，我烧了一碗鲫鱼汤，白白的像奶，马上先喂伟华，这汤喝了对皮肤好，有营养，皮肤白。"

迟金香说："妈，玉香、满香一走，你又要吃苦了。"

四奶奶说："没事的，你们姐妹五个那么小，那么困难的时光都熬过来了，现在你们大了，还怕过不去吗？"

迟金香说："妈，我们都在外面，也是大人了，你也要少操点心，我们会照顾好自己。你别老是睡不着，想这个，想那个的，想多了对身体不好。"

四奶奶说："妈不想你们想谁啊，等你们都成了家，有了工作，我就不想了。"

迟金香说："妈，我不是成家了吗？可你还老是担心我。"

四奶奶说："还有高伟华还小呢，还有秀香明年要考学校，还有……”

迟金香说："那你这辈子也有操不完的心。"

四奶奶说："妈这辈子没什么大用，是个家庭妇女，也只能替你们担心了。"

方桌变成了圆桌，全家人围坐在一起。四奶奶为每人盛了一小碗酒酿。迟志来拿了一瓶白酒，高清泉替迟志来和自己倒满了酒。一家人其乐融融。

迟玉香说："妈，今天你坐在桌上吃，我和满香忙菜。"

迟志来说："大家都一起，等一会再忙不迟。我做这个圆桌，就是要一家人一起吃。"

四奶奶从迟金香手里接过高伟华，说："给我来抱，外婆忙了半天，还没抱呢。"说着抱过外孙坐到了迟志来旁边。

高清泉端起酒杯说："我提议第一杯酒大家都碰一下，全家福酒，要满堂红。"说完，高清泉和迟志来举起酒杯，其余的人都端酒酿碗，举到中间，相互碰到了一起，发出碗碰碗的清脆的声响。

迟秀香说："妈，今天的菜比过年多。"

高清泉替秀香拈了一块肉，说："秀香，你吃，喜欢吃什么我给你拈。"

迟堂香说："满香，你这次考上了状元。真为我长脸了，我在厂里一下子都出了名。"

迟满香说："你们厂怎么知道的？"

迟堂香说："县广播站一放就全知道，个个都问我，满香是怎么学的，一个卖蔬菜的农村姑娘能考上大学，还考全县第一，肯定很聪明。我告诉他们，我姐天天卖菜，天天抄书，背书。"

迟金香说："是啊，满香、玉香，我要奖赏你们。"说着起身，拿过一个大包，拉开拉链，"你们是大学生了，也不要再土里土气的，我替你们每人打了一条毛线裤，每人一件毛线衣，每人一条丝巾，还有一条围巾。"

迟秀香说："我和堂香姐有没有啊？"

迟金香说："有，不过，你俩少一条毛线裤。"

迟秀香说："姐，明年我也考大学了，争取也考个第一名。"

迟堂香说："我也准备考。"

迟金香说："你们考上了，比她们俩的奖励还要多，还要好。"

迟玉香问："堂香，你是准备放弃工作学习，还是边学习边工作？"

迟堂香说："我当然是边工作边学习了。我可不能丢了工作，我从现在起也开始背书，抄书，不懂的我就记下来，回来时，我再请教林老师、朱校长。我就不信姐卖菜能考上，我做衣裳就考不上！"

迟满香不服气地说："我还考第一呢，你能不能考第一？"

迟堂香说："姐，你聪明，我不敢说考上第一，这考全县第一确实不容易，但我确保自己能考上。"

迟满香高傲地刺激着堂香说："这可不是说着玩的，这是硬碰硬的。"

迟志来说："满香啊，你开始骄傲了，还没进学校呢，就飘起来了，水没到脚面，就浮起来了。你学习的路还很长呢，还要认真学习，到大学里更要刻苦，用功。"

迟玉香伸了一下舌头，朝迟满香做了个鬼脸，笑了起来。

高清泉说："你们不要光顾着说话，我们一起敬爸妈。"

"好。"大家一起附和着。

全家又一次举杯，举起碗……又一次发出了清脆的响声。

第二十七章　只隔一堵矮墙，人与人就不一样

立春过后，随着气温逐步回升，万物开始依次复苏。在边镇第一个把春来报的是杨柳，杨柳的枝头已经开始冒青，星星点点的绿，已经告诉边镇的百姓，春天来了。春风一吹，岸边杨柳便舞起长袖，河水碧蓝碧蓝的，能够倒映出天上洁白的云彩。

这天，边镇公社的小快艇停在了段师娘经常上的小码头上，这个小码头一直就是大家共用的。所不同的是，今天小快艇披红挂绿的，比当年段修出嫁时还要吸引人的眼球，从船头到船尾都用红色绸布缠绕在船篷上，还挂了几个大红花。船后面的座椅上插上了彩旗，迎风飘扬。

码头岸上已经聚集着许多大妈大嫂，有怀抱小孩的，有准备到河边洗衣的，有来到码头提水的，他们都停下了手中的活计看热闹，他们要看看今天是谁有这么大的派头用上公社的小快艇，还把小快艇打扮得如此迎人。

自从段奇被调到区里任第九副区长后，原先的边镇公社滕书记官复原职，又担任了边镇公社书记。这个书记是一位游击干部，他知道文化的重要性，如果自己有文化，滕书记也许当上了县委书记或地委书记。当他知道边镇公社出了高考的全县状元后，心里特别高兴，为边镇公社高兴，为迟玉香、迟满香姐妹俩

高兴，这是边镇公社自恢复高考后的两名大学生。滕书记决定用边镇公社的小快艇送她们姐妹俩到县城坐汽车，再到省城去报名。滕书记说，这样做就是告诉全公社百姓的孩子，要认真学习，学习能改变命运，学习是有用的，知识越多越光荣。

锣鼓声响起来了，人们循声望去。只见迟玉香、迟满香手里拎着大包小包，肩上背着布包，在人们的拥簇下向码头走来。

四奶奶紧紧跟在她俩身旁，不停地说："你们要相互照应着，家里的事儿不要想，要吃饱，穿暖。"四奶奶用手抹了抹快要流出来的泪水。

迟玉香眼睛红红地说："妈，你放心，我们会照顾自己的。"

迟满香的泪水在眼眶里打着转，说："妈，蔬菜你别种了，我和姐省着点就行了。"

四奶奶悄悄地把一个小布包塞进了满香的袋里。

滕书记在船头迎接着迟玉香、迟满香，当姐妹俩跨上船头时，滕书记伸手拉着她们，这时岸上人越聚越多，锣鼓越敲越响。滕书记又像回到了战争年代似的，他被老百姓的热情激发起了自己的热情。滕书记用双手向岸上的老百姓招了招手，说："大家都看到了吧，站在我身旁的两位姑娘，是我边镇人民的骄傲，她们今天就要去上大学了，不管她俩今后回到家乡，还是服从祖国的需要不能回到家乡，但她们是我们边镇人，是喝边镇中心河里水长大的，不管她俩在什么岗位上，对我们边镇都是有好处的。"

岸上的老百姓自发地鼓起了掌。

滕书记继续说："我希望边镇多出大学生，多出人才。人才多了，边镇发展才快，发展快了，我们才能过上幸福的日子。"

岸上的老百姓又鼓起了掌。

滕书记说："现在我们的船绕镇转三圈，我要全公社的人都知道，学习是有出息的，有用的。"

迟玉香、迟满香分别举起了手，向岸上的人群招手。她们激动地流下了泪水。她们看到妈妈挤在人群里流着泪也向她们招手呢。

滕书记对快艇驾驶员叶粉根说："注意，走到有码头的地方，要减速慢行，不要影响老百姓洗衣、洗菜、挑水。千万不能影响老百姓的生活，今后只要走到有码头的地方都必须慢行，这是规矩，知道吗？"

叶粉根点了点头，说："滕书记，你考虑得真周到，我知道了。"

叶粉根回答滕书记时，无意中发现了站在岸边的段师娘，只见段师娘凝神注视着小快艇和滕书记，段师娘是沉着脸的，毫无表情，说不出是高兴还是不高兴。

滕书记对迟玉香、迟满香说："你们就坐在快艇后边的椅子上，再看看家乡吧。"

小快艇绕着镇区开着、转着，每到一个码头，叶粉根都减速，缓缓行驶，人们再也不用惊慌地退回到岸上去了，他们向快艇招手，向迟玉香、迟满香招手。人们在向小快艇行注目礼。这天，小镇上每个人的心里都荡漾着一种喜悦。

迟满香突然发现袋里有一个硬硬的布袋，她拿出来打开一看，是一沓人民币。迟满香不假思索地问："这是谁给的？"

迟玉香一看便说："还会是谁，肯定是妈妈给的。"

迟满香说："她怎么不告诉我？"

迟玉香说："唉，妈就是怕我们不接受，她才悄悄地塞进你袋里的，妈这个人就是这样。"

迟满香再也控制不住，泪水一下子涌了出来。

小快艇绕镇三圈后，乘风破浪地向县城开去。人们看到小快艇屁股后面翻滚的白浪，像欢乐的浪花，兴高采烈地翻腾，奔跃。

段师娘耷拉下头往家跑。她不能不佩服迟家的姐妹，迟家在边镇算不上有地位，算不上有钱，可以用穷来形容。可是他们家的女儿怎么就这么大出息，大女儿嫁给了军官，两个女儿又一起考上了大学。他家凭的是什么呢？命运，肯定是命好，也不见得，怎么就个个命好呢？就隔了一堵矮墙，怎么人与人就不一样呢？我家的儿女也不比他家差，也不比他家的笨。想不通，真想不通，真是邪门了！段师娘心里很不是滋味，甚至是难受。可事实就摆在眼前，人家凭真本事考上的，没有任何关系，不服不行。

段奇坐在椅上晒着太阳，喝着茶，他见段师娘回来了，便说："替我拿包烟吧。"

段师娘就往房里跑。

段奇挂着脸说："她妈，别往房里跑了。"

段师娘站到段奇身后问："怎么啦？"

段奇说："房里没有了。替我买包烟吧。"

段师娘神色一下阴了下来，顿了顿，说："噢，好。"说完，段师娘从堂屋出来，走到矮墙边，高声地喊，"四奶奶。"

没有人应。

段师娘又抬高了声音："四奶奶，四奶奶。"

"唉——"四奶奶从店堂里跑了出来，走到矮墙边，问道："段师娘，要什么？"

段师娘不咸不淡地说："四奶奶，你的丫头真有出息。"

四奶奶说："都是丫头们自己努力的。"

段师娘略怀羡慕地说："四奶奶，你真的是有福。"

四奶奶说："段师娘，你可别笑话我，我一个农村老太婆，哪儿谈得上福不福的。"

段师娘说："你看你们家丫头全部都闪光，全公社的人都很羡慕、敬佩。"

四奶奶说："我也想不到公社的滕书记怎么会弄了这么一出。也好，省了我家几个路费钱。"

段师娘不由一笑。

四奶奶问："你要什么呀？"

段师娘说："香烟。"

四奶奶诧异地问："香烟？什么烟？"

段师娘说："我家段奇脱了烟了，我也不知道他吃什么烟。"

四奶奶说："那你去问一下段奇吧。我也去问我家老头子有什么烟。"其实四奶奶心想，你家段奇一天一包烟，如果这样拿下去，我哪供应得起。所以，她要与迟志来商量商量。

迟志来一听，脸上愤怒的表情溢出，他把柜台角上的半根烟拿来点起，含在嘴上，狠狠地吸了两口，吐出烟雾。

四奶奶说："你别生气，两个丫头今天刚去上大学，我们应该高兴，不要为他家这点小事伤了我家，拿别人的事生气一点儿不值得，你说怎么办就怎么办，我全听你的。"

迟志来吸着烟，说："钱一定要收，不能弄出例子出来，否则我家就吃哑巴亏。这个人家不识好坏，给了他是白给，连一句好话都没有。"

"四奶奶。"段师娘又站在矮墙边喊了。

四奶奶跑过来，说："要什么烟啊？"

段师娘说："我家段奇说了，以前拿了你家许多东西还没给钱，香烟呢他是天天吃，也就不讲究好了。他说'大前门''华新''飞马'随你拿。"说着从袋里拿出五元钱，"先买三包吧。"

四奶奶毫不客气地接过五元钱，走到柜台边递给迟志来。

迟志来拿了三包"飞马"牌香烟，说："想不到他连'飞马'香烟也吃了。"说着拉开抽屉，把五元钱放进去，然后拨起算盘，嘴里说，"二毛九分钱一包，三包八角七分，找他四块一角三分。"说完，把找的钱和三包烟一起递给四奶奶。

四奶奶拿着钱和烟走到矮墙边递给了段师娘。

段师娘将三包烟给段奇，段奇拿着三包烟，双眼紧紧地盯着香烟，若有所思。心中如五味瓶倒了，说不出的伤痛和惆怅。他拿一包抽出一支点燃，吸了一口，又紧接着吸了一口，吐出一大圈烟雾，把自己全淹在烟雾里。

段师娘走进段修和段素霞的房间。段修和段素霞还在被窝里没醒呢。段师娘一看这架势，气不打一处来，愤愤地说："你看你们还不起床，太阳晒到屁股了，真是没出息的东西。"

段修不紧不慢地说："妈，你别看到我们就生气，你说我们没出息，我们还能生出儿子，可你看看孙阳，上海大医院治过了，菩萨求过了，土郎中也看过了，就是肚子不争气，鼓不起来，那才是女人最没出息的呢。"

段师娘说："你就不能少说两句？人家郜明，郜明妈都到我们家来过了，请你回去，你就是不回去。你也已经做妈妈了，你也该回去看看你儿子吧，你总不能一辈子就在妈这里啊。"

段修说："这里也是我的家，我爸在这里，我还不能在这里？"

段师娘说："你已经是自己有家的人了，你究竟要干什么？"

段修说："我要干什么，我要郜明能够当官，我要这个家的财产平分。我们姐妹几个都有得分，她孙阳别想一个人独吞。"

段师娘说："你别给家里添乱了好不好，现在家里的烦心事已经很多了，你再添乱，会把妈气死的。"

段修说："那我不管，我只要我该得到的一份。"

段师娘想用缓兵之计，说："那好，你先回去，等到分家时，你再回来分不迟。"

段修说："不行，我不回去。"

段素霞边穿衣服边说："妈，我也要结婚了。"

段师娘惊愕地睁大眼睛问："你和谁结婚？"

段素霞说："我不是跟你和爸都说了吗？季刚，是季刚。"

段师娘脸色松弛下来，说："就是那个长头发、穿喇叭裤的？"

段素霞说："什么长头发、穿喇叭裤的。妈，你别说得这么难听好不好，人家也是个干部子弟。"

段师娘说："你们能不能让我和你爸省省心，我不同意你和季刚结婚。"

段素霞说："我不管，反正我跟你们说过了，不同意我也跟季刚结婚。"

段师娘说："婚姻是一个人一辈子的大事，怎能这样草率呢？"

段素霞说："我自己的婚姻我自己作主。"

段师娘说："妈这是为你们好，你看季刚那样，我和你爸看了都不顺眼。"

段素霞说："我不管你们顺眼不顺眼的，反正我要和他结婚，我的肚子已经有了孩子了。"

段师娘惊呆地问："是谁的？"

段素霞说："还能是谁的，肯定是季刚的。"

段师娘只觉眼前一黑，身体一晃，全身都软了下来，她一下子瘫在了铺上。

段修赶忙托住了妈妈，段素霞大声地喊着："爸爸，爸，妈妈不行了。"

正在抽着烟，喝茶的段奇听到段素霞的惊叫声，立即从椅子上站起来，走到段师娘身边，轻轻问道："怎么啦？怎么啦？"焦急的眼神射在段修和段素霞的脸上，然后大吼一声，"你们愣着干什么，还不快去倒水。"

段素霞赶忙下了铺，奔出房间，冲到厨房，倒了杯热开水来了。端着杯子就要给段师娘喝。

段奇看她一眼，说："你真是个笨蛋，快去拿勺子。"

段素霞又急匆匆地跑进厨房拿来勺子。这时，孙阳出现在门口，她拿过勺子喂段师娘喝水。段师娘浑身软得像一张纸，没有了精神气，紧闭着眼睛。孙阳一边喂着一边喊："妈，喝点儿水。"

段师娘张开嘴，闭着眼。

孙阳将一勺勺水送进段师娘嘴里。一会儿，段师娘终于缓过神来了，当她看到段素霞和段修时，又无力地闭上了眼，心里颤颤抖抖的，眼角无声地流出两颗晶莹的泪珠，顺着脸上的皱纹，在皱纹里慢慢地往下流淌。模糊的视线里她看到段奇，她在想，段奇啊，我们夫妇俩怎么养出这样的女儿，苍白羸弱的乱世，毫无生气，真是丢人现眼到家了。菩萨啊，有没有菩萨啊，为什么让我这样痛不欲生？为什么我的女儿这样没有出息而现世现报呢？

段师娘已经稍微镇静下来了。她的头发散落在铺上，就像是被一阵狂风吹乱了涡云。她轻如细丝的声音："扶我起来。"

段奇和孙阳一人扶着一个膀子。

段师娘说："孙阳，你别用力，你歇着去。"

段修和段素霞两人对视了一下，无语。

段师娘被搀着坐到了段奇原先坐的椅子上，晒着太阳。段奇替她把腿上盖了一条薄被子，坐在她的身旁。

段师娘把段修和段素霞都喊过来坐到自己身边，说："现在，除了段资没有回来，梅霞去上学了，我们全家也算在一起了。"

孙阳倒了一杯热茶送到段师娘手里。

段师娘捧着茶杯，继续说："段修、素霞是我养的，孙阳是我们的媳妇，都是骨头连着筋的，是一家人。有什么话我们当面全说了。"

段奇颇为急躁地说："你们也是人，人家也是人，你们的条件比别人好，比别人优越，为什么不学学人家，你看隔壁人家两个丫头多有出息……"

段师娘打断段奇的话说："段奇啊，现在说这些话没有用，已经晚了。事情已经到了这一步了，段修啊，你和郜明已经结婚，生了孩子，可你为了一点家务事，就一直住在家里，人家郜明、郜明妈，都已经多次来请你回去，你却不回去。"

听到这里，段修不耐烦地说："妈，你这话说过多少遍了。"

段师娘说："你别嫌烦，如果你再不回去，爸妈都会被人家指着脊梁骨骂，我劝你先回去，夫妻之间没有大不了的事。你就为你爸你妈争个面子好不好，就算爸妈求你了。"

段修鼓起了嘴，嘴翘得老高老高的，头一转，沉默着。

段师娘朝段素霞看了看，然后喝一口茶，深深地叹了一口气，说："素霞，你长大了，女大不由娘。你与季刚的事，妈挡也挡不住了，你已经把生米煮成了熟饭，妈、爸想改变也没有办法。不过，妈今天把丑话说在前头，你今后挨死挨活这是你自己的选择，怨不得其他人。你结婚的时候告诉家里，家里也好有个准备。"

段素霞说："我起码也要像段修那样。"

段师娘有气无力地甚至是带着一种愠怒，说："好。行。"

段奇"唉"了一声，说："家贫出孝子，惯养忤逆子。"

段师娘苦涩地摇了摇头，笑了一下说："人还是要多做好事，谁做了一件坏事，就要用十倍，甚至几十倍的好事来弥补。"

段奇说："我们家与隔壁只隔了一堵矮墙，人与人怎么就不一样呢？"

段师娘又苦笑了一下。她心中已经明白了，不仅仅是隔了一堵矮墙的原因。具体她也说不出来的，她也已经感觉到了，迟家虽生活贫苦，但那家人有一种不败的精神，有一种气场，是其他人家所没有的。

段修想了想，对妈妈说："妈，我就听你一次劝，我先回去。不过……"段修吞吞吐吐的。

段师娘说："你说吧，现在这里都是家里人。"

段修说："我想带点东西回去。"

孙阳心里一颤，脸上掠过一点不愉快。但想想不争气的肚子，她有时也只好忍气吞声，受点儿委屈。再说，现在只要你肯先离开这里，让自己安安静静地怀上孩子，到时什么话都好说了，都能说了，都敢说了，先忍一忍吧，小不忍乱大事。

段师娘见段修愿意回去，心里暗喜，说："你看，家里有什么你喜欢的，能拿的你就拿，不能拿的妈给钱，你就买个新的。"

段师娘的想法是，只要你能早点回家，可以与郜明重归于好，夫妻之间长期分离感情会疏远的，要防止意外的事儿发生。段修早点回去了，孙阳的心情就会好起来，对孙阳怀孕、生孩子有好处，省得她们姑嫂谁见了谁都心烦，眼下全家的第一件大事就是孙阳能够怀孕，段修在这吵吵闹闹的肯定有影响的。还有一件事，就是段梅霞今年也要考大学，也需要安静的环境。所以，只要段修能回去，能走，段师娘是尽量满足着段修。

段修说："现在人家都穿高跟鞋，非常漂亮，还有我那辆自行车也旧了，又是男式的，我要一辆彩车，女式的。另外，我还要一台收录机，没事时在家听听歌。"

段奇被段修说得张口结舌："你是狮子大开口啊。"

段师娘也确实被吓了一大跳，她想不到段修一下子要这么多东西，这和要挟、逼债有什么区别呢？

段师娘窘迫地说："段修，你要的也太多了吧？"

段修说："不多。"然后转过脸看段奇。

段奇慢慢地从烟盒中抽出一根"飞马"牌香烟点上，脸上很不自然，而是紧绷着脸。他吸着烟说："段修，你也太过分了。"

段修漫不经心地说："爸，一点儿也不过分。"

段奇说："你知道吗，我现在没权了，已经不上班了，等于被革职了，就只有靠那清汤寡水的工资了，现在连吃烟都是低档的，都要自己买了。还有这个家，你也看到了，孙阳长期在家里不上班，工资也少了，你说你一下子要那么多，不觉得过分吗？"

段修诡异地一笑，附在段奇耳边，轻轻地说："爸，你别瞒我了，你以前……"

段奇脸立刻往下一沉，厉声地压低声音吼道："段修，别胡说了。"

段师娘心知肚明地望着段修，这时，她连忙说："段修，妈给钱，你买吧。"

这一切他们没有瞒孙阳和段素霞，段素霞只顾自己沉浸在结婚的喜悦中去了，可孙阳却全看在了眼里，但又不知道他们之间究竟有什么瞒着她，肯定有什么事她不知道，还不是一般的事。孙阳心中盘算，阴沉着。难道这个家还有一笔财产在哪儿藏着？她立即笑眯眯地替段师娘倒了一杯热茶，也替段奇的杯里加满了水。

第二十八章　最有福的人

　　清晨，迟志来开了店门，一缕阳光正从东方射进来，洒满了柜台，货架。迟志来打来一盆清水，把柜台、货架全部擦了个遍，然后拿出一支"勇士"牌香烟点上。

　　四奶奶在厨房里忙着做鸡蛋饼。从锅里起出一锅送到柜台前，给迟志来。

　　迟志来说："秀香有没有起来？"

　　四奶奶说："这小丫头，比满香还要用功。早上天没亮就在铺上看书了，现在刚起来。"

　　迟志来说："给她多打几个鸡蛋。"

　　四奶奶点着头，笑盈盈地答道："嗯。"

　　迟秀香起来，洗漱完毕后，提起猪食桶准备往猪圈跑，被四奶奶拦住了。

　　四奶奶说："秀香，你先吃早饭。猪食我去喂。"

　　迟秀香说："妈，玉香、满香走的时候关照过我，猪食要我去喂的。"

　　四奶奶说："你别听她俩的，听妈妈的。"

　　迟秀香说："妈，满香说给猪吃食了，成绩才会好，才能考上大学。"

四奶奶哈哈笑起，说："你个呆丫头，满香骗你的，给猪吃食，与学习有什么关系？"

迟秀香说："有。满香说我早上看书，看累了，给猪吃食时，正好让大脑休息一下。大脑得到休息，既能有利学习，还能帮妈妈劳动。"

四奶奶问："满香真是这样说的？"

迟秀香说："玉香和满香都是这样说的。"

四奶奶自言自语地说："这两个促侠鬼。秀香，你别听她俩的，现在家里有三个人，你爸把店开好，你把学习弄好，我把家务全部做好。人不多，我能做好的，不要你帮忙。"

迟秀香说："妈，姐走的时候，要你多歇歇的。今天还是我来吧。"说着拎起猪食桶走了。

四奶奶替迟秀香盛好一碗粥，特意在做蛋饼的时候多夹了两个鸡蛋。

迟志来吃完早饭后，找了两只坏盆，把盆里放了一些泥土，正在柜台里栽着蒜，一盆栽着葱。这样家里吃蒜吃葱时方便，等长出新芽时，还可以当盆景摆在柜台上作装饰。

迟秀香吃完早饭出来，路过迟志来柜台时，说："爸，我走了。"

迟志来说："秀香，放学就回家啊，不准在外边玩。"

迟秀香说："爸，我知道，什么时候玩过的呀。"

迟秀香刚走，迟志来的店门口来了一位背着用草编织的网袋的少年，他站在那儿望着迟志来，网袋里全是青草，这个小男孩已经连续几次送青草给迟志来了，总往迟志来的柜台边一放就走。今天，迟志来喊住了小男孩。小男孩放下青草想走时，迟志来一把抓住网袋，问："小朋友，你为什么经常送猪草给我家？"小男孩红着脸，低着头不讲话。四奶奶听到说话声从屋里走了出来，便从糖罐里拿出两块大白兔奶糖给小男孩。

四奶奶说："别怕，吃，想吃，奶奶再跟你拿。"

小男孩不肯吃糖，四奶奶替他剥开糖纸，把奶糖送到他嘴里，说："慢慢吃。"

四奶奶问："你叫什么名字？"

小男孩说："我叫张建东。"

四奶奶问道："噢，张建东，你为什么给我家送青草啊？"

张建东边吃糖边说："迟老师走了，我妈说你家缺劳力了，要帮你家做点事。"

四奶奶望了一下迟志来，迟志来也望了一下四奶奶，都不知道是怎么回事。

四奶奶问："张建东，为什么要帮我呢？"

张建东说："我爸死得早，就我和妈两人。我上学时常吃不饱，迟老师就天天带山芋，有时还带饼给我吃。我妈说，现在要帮你家送点猪草，由你家养猪。"

四奶奶说："猪草是你铲的吗？"

张建东说："不是，是我妈妈铲好的。我妈说没什么好东西给你家，你家养着猪，只能铲点草给你。"

四奶奶和迟志来又相互对视了一下。

迟志来把自己吃剩下的半块饼拿过来送给张建东，说："吃，你以后吃不饱就到我这儿来吃。"

张建东点点头，接过饼说："我去上学了。"说着朝学校走去。

正当迟志来、四奶奶站起来，抬起头时，在他们面前站着林育才。

林育才说："好事做了好事在，志来啊，你开始行善了。"

迟志来说："哎，这孩子挺可怜的，玉香做老师时一直帮着这孩子，可玉香从来没有在家说过。"

林育才说："种瓜得瓜，种豆得豆，谁种下仇恨他自己遭殃，人家这是知恩图报。"

迟志来笑眯眯地说："林老师，你今天不是在为这事来的吧。"

林育才笑着说："当然不是了。"

四奶奶为林育才倒了杯茶，说："林老师，你们慢慢谈，我下地去摘点菜，还要把地开一下。"

林育才接过茶杯说："四奶奶你就歇一歇吧。"

四奶奶说："林老师，等孩子从学校出来，都有了工作，我才能歇。现在我和老头子在家，闲着也是闲着，下地干一会儿，多多少少能减轻点儿负担。"说着从厨房拿出热水瓶，"你们慢慢说，茶水我烧好了。"

林育才走进柜台里，望着四奶奶远去的背影说："志来，我发现，你们家的人与其他家人不同。"

迟志来说："有什么不同？你是老师，知识分子，你说给我听听。"

林育才说："你们家给我的感觉，人心是齐的，心往一处想，劲往一块用，都在替对方着想。经济上虽穷，但是精神快乐。"

迟志来说："林老师啊，怎么什么事到你这里就变了呢？人家也是这样的，只不过你没看见。家本来就是一家人团在一起，有一种家人的温暖、依靠的。不管是穷日子富日子，只要回到家，就有了归属感。"

林育才说："对，对。志来你说得对，家是讲情的，是幸福的港湾。"林育才喝了口茶，继续说，"志来，我来主要是告诉你，今年的高考时间定在了七月份，以后每年都是这个时间了。"

迟志来说："去年不是十一月份考试的吗？"

林育才说："对呀，所以我来告诉你，国家学制也改了，每年的暑假该毕业的学生就毕业了。"

迟志来说："那么说秀香今年夏季就毕业，高考也提前几个月了。"

林育才说："对呀，为了秀香能顺利通过高考，要提前准备，还有堂香也要提前有个思想准备，她现在上班，高考时间提前，我担心她是不是能够考上。"

迟志来说："这倒确实是个问题了。"

林育才说："不过，志来，也不要太担心。我为秀香、堂香列了一个复习计划，现在要根据时间进行，一定要抓在时间前面。"

迟志来说："秀香我倒不愁，主要是堂香。"

林育才说："能不能让堂香请几个月的假，今年高考的人数比去年的多，难度大，竞争更激烈。"

迟志来说："那我带个信让堂香回来一趟。"

林育才说："为了慎重起见，要让堂香回来。"

林育才走了。迟志来抽着烟，看着大街上来来往往的人。一位顾客到店里来购买香烟。这位顾客看着志来笑笑，迟志来问："买什么烟？"

顾客说："拿包'运河'吧。"给过钱，他还是看着迟志来，迟志来也望着他。

这位顾客接过香烟打开，抽出一支给迟志来，迟志来从柜台角落拿起吃剩下的半根，说："我有呢。"

顾客说："不简单啊，你们家一下子出了两个大学生，去年我就想来看一看了。"

迟志来说："我有什么好看的，那是孩子们自己的事。"

顾客说："我儿子今年也考大学，我是想来沾沾你的光，你是个有福之人，把你的福气带回家。"

迟志来说："要是能带回去，你就带吧。"

顾客说："我能在你店里站会儿吗？"

迟志来说："能啊。"说着迟志来从柜台里搬了一张凳子给他，说："你坐着吧。"

那顾客高兴得不得了，满脸堆笑地接过凳子。

迟志来明白，所有的人都望子成龙，望女成凤。特别是农民的儿子，要是能考上大学，那真是祖上烧了八辈子的高香。这位顾客也实在是没有办法的办法。他就是要来沾沾迟志来的仙气，他以为一家一下能考上两个大学生，一定是菩萨保佑的，真是可怜天下父母心，父母为了孩子，真是挖空心思，能想的办法都会去想，能做的事都会做，哪怕是一点点希望，不，哪怕是虚无缥缈的希望，家长都不会放过，都要通过百分之百的努力去实现、创造。

迟志来抽一支"勇士"牌香烟给那顾客，说："我的烟没你的好，不嫌就抽一支吧。"

顾客站起身，双手恭敬地接过烟后，在鼻子下面闻了闻，才慢慢点上抽着。这位顾客虽是慕名而来，此时此刻，他感到非常温暖。其实，社会是温暖还是冷酷，都是社会的一种反应，正常情况下，人们对成功人士必然是温暖的，社会对他就是怀着一种敬意。

镇邮局的投递员向迟志来的小店走来，迟志来知道肯定是两个女儿来信了。现在的迟志来几乎成了小镇的名人，一是很多人认识他，而他却不认识别人，二是常有许多顾客愿意在他的小店里停留或找机会与他搭上几句话。

投递员明知故问："是女儿来信了？"

迟志来递了一根"勇士"牌香烟给投递员，说："是女儿来的信。"

迟志来心想，我生的都是女儿，他应该问是上大学的女儿，还是那嫁给当兵的女儿才对。想到这里，他不禁笑了起来。

投递员抽着烟问："你笑什么？"

迟志来说："我有五个女儿，你问我是不是女儿来信，当然是了。你以后要问是哪个女儿来信？"说着又哈哈地笑了起来。

投递员也哈哈地笑起来，说："对，对，对，大叔。我每送信到一处，人家都说你是我们镇上最幸福的。"

迟志来说："那是人家开玩笑，说着玩的。"迟志来突然一想，转身又对投递员说，"你能不能帮我做件事？"

投递员说："只要我能做到的，我就是不吃饭也帮你做好。帮状元的父亲做事我也光荣。"

迟志来说："你帮我打个电话到县里服装厂，让我姑娘星期天回家一趟，她名叫迟堂香。"

投递员很爽快地答应："没问题，小事一桩，我一定帮你办成。"

迟志来从袋里掏出两块钱，又拿了一包"运河"牌香烟给投递员。投递员死活不肯收，起身跑了。

迟志来赶忙打开女儿的来信：

爸爸妈妈：

你们好！

我们已经顺利地到达学校了，我俩的学校靠得很近，只需要跑十分钟的路程。我们宿舍是六个人一间的，很干净。食堂里的菜价格也很便宜。我们生活没问题的，你们放心吧。

爸爸妈妈，你们的年龄一天比一天大，我们已经发现妈妈头上有白发了，可是你们还每日里为我们姐妹五个操劳，要养猪、养鸡，妈妈可能不会放弃自留地的。你们这样艰难，现在女儿只能说一声，你们辛苦了。我们俩作为家里的主要劳动力，这么多年来，对家里没有贡献，每天吃着妈妈可口的饭菜，就在刚刚有用时，我们又离开了爸爸妈妈，不能在你们身边，太对不住你们了。现在我们是多么想听听爸妈嘘寒问暖的叮嘱，每当看到你们日渐苍老的容颜，慢慢弯下的脊梁，我们心中都充满了歉疚，深到心中被刺痛一样。我们会努力的，我们决不会放弃的。等将来，我们一定让爸爸妈妈成为边镇公社、成为全县最最幸福的爸妈……

迟志来的双眼模糊了，再也忍不住地落下了泪水，他控制住自己的情绪。

星期六的下午，迟堂香一下轮船，就急匆匆地往家里赶去。她一到店门口，看到迟志来，就急促地喊了声："爸，我回来了，有什么事吗？"

迟志来先是一愣，然后笑道："噢，回来了，快进屋。"

迟堂香焦急地问："爸，有事吗？妈呢？"

迟志来说："没事啊，妈在里面呢。"

迟堂香终于松了口气，说："把我急死了，我还以为家里出什么事了呢。"

四奶奶从里屋笑盈盈地出来，说："堂香，你回来，来，来进屋里。"

迟堂香说："爸爸打电话要我回来，我还以为家里有什么事儿，我急死了，往家里赶。"

四奶奶走到柜台边问："你这老头子，你打电话给堂香回来，有什么事啊？你看把孩子急的。"

迟志来说："你在这儿看会儿柜台，我出去一下就回来。"说着就走出了店门。

四奶奶喊都喊不住。

迟堂香走到妈妈身边，说："妈，姐姐她们都在外面，就是我离家最近，秀香又小，电话里又没说什么事，我接到电话，心里直跳。咦，爸呢？"

四奶奶说："这个老头子又不晓得干什么去了，你一回来，他就出去了，他究竟在搞什么名堂？"

迟堂香从袋里掏出一个布袋子交到四奶奶手里。四奶奶一看便知道，又是堂香的工资。四奶奶说："堂香，你也是个大姑娘了，钱你留着吧，买点衣裳，买点化妆品之类的。"

迟堂香说："妈，现在是我们家的困难时期，两个姐姐在外面上学，妹妹在家上学，我还能把钱留给自己用吗？"

迟志来又匆匆忙忙地回来了，说："老太婆，弄几个菜，有人来吃饭。"

四奶奶问："老头子，你葫芦里卖的什么药？你叫堂香回来，又请人吃饭是什么事啊？"

迟志来说："我请朱校长、林老师来吃饭，是为了堂香、秀香考大学的事，你去忙吧。"

四奶奶说："好，好，我去烧菜。"说着顺便从柜台下的竹篮里拿了鸡蛋。

迟堂香也跟着妈妈进了厨房。

到了放学时间，迟秀香背着书包回来。她见到迟堂香后，高兴地喊："姐，你怎么回来了？"

迟堂香说："是爸打电话叫我回来的。朱校长、林老师马上要来吃晚饭，说是为我们俩考大学的事。"

迟秀香说："今年考大学的人比去年多，同学们都很紧张呢。"

迟堂香说："我整天在工厂里，还真的不知道呢。"

迟秀香说："还有，现在有很多人到处找复习资料，还托人买书。"

迟堂香说："哪有这么严重啊，怪不得爸爸打电话要我回来，刚开始我还不理解，经你这么一说，看来我们还真的要用功，花大力气了。"

迟秀香说："嗯。"

"不过，你俩也不要过分紧张、害怕。别没上战场就乱了阵脚。"朱校长一跨进门就说，"堂香，你先别忙着烧晚饭给我们吃。你和秀香都到屋里来。"

迟秀香和迟堂香走进屋内，林育才把桌上的东西收拾得干干净净的。他一板一眼地说："现在你们两人都只准带一支笔，坐下。这是一次正式的考试，我监考，不准讲话，不准抬头观看。我卷子一发，就开始计时。考试时间是两个小时。"说完，林育才把卷子给她俩，并说，"开始。"

当林育才准备看时间时，却没有找到表和钟，于是迟志来跑到供销社综合门市部去看了一下时间，回来后告诉林育才。

朱校长轻声说："我回去把钟拿过来。"

林育才将四奶奶叫过来说："菜别做了，别影响孩子们考试，你先歇一会儿。"

林育才还真当回事儿地坐在旁边，一刻不离地看着迟堂香和迟秀香做答卷。迟堂香和迟秀香也真的把这当成是一次正正规规的考试，室内鸦雀无声，只听到迟堂香和迟秀香两人紧张的呼吸声和喘气的粗声，还有两个笔头与纸摩擦的声音。

时间一分一秒地过去，卷上的题目被她俩一条一条地答完。林育才不时地伸头看看她俩答完的题目，然后又悄悄地坐在旁边一声不响地监考。

朱祥和的小闹钟拿来了，林育才一看，已经过去了半个小时。为了不影响她俩考试，林育才把闹钟调好，放到店堂里去了。

迟志来让四奶奶看着店，他到熏烧店里买了猪耳朵、花生米、猪舌头回来，并悄悄用碗摆好。

林育才看着姐妹俩的答题速度基本上也差不多，准确率还是比较高的，他脸上的紧张感渐渐地松了下来，有一丝不易觉察的满意的笑容。

又过了一会儿，迟秀香答完了试卷，她一看迟堂香还没做完，想看看堂香的卷子，被林育才制止住了，秀香只好不出声，把自己的卷子从头到尾又看了一遍，然后交给了林育才。林育才收完卷子让秀香到门外去。秀香好像被一道题目难住了，正在苦思冥想，林育才提示道："别紧张，还有三十五分钟呢。"

迟堂香终于考完了，林育才把迟秀香叫进了屋，朱校长也一起进来了。

迟志来说："朱校长、林老师，还是先吃饭吧，时间不早了。"

朱校长说："等一会儿，没事的。"

林育才改完了卷子，迟秀香得了九十六分，迟堂香得了八十七分。林育才看了看姐妹俩，迟堂香的脸色很难看，似乎能挤得下水来。

林育才说："堂香，你本来可以得九十四分的，你看你这道题目，你竖式的计算方式都是正确的，答案也是正确的，可是，你将正确答案填写到空格时，填错了，这主要是粗心紧张造成的。"

迟堂香阴着脸点点头。

林育才把迟秀香的卷子拿出来，说："你看你这几个填空题，都是由于粗心紧张而造成的，这几条你现在再答给我听听。"

迟秀香一一回答，都是正确的。

林育才对她俩说："现在，我告诉你们，你俩能考到这样的成绩，已经很不错了，这是朱校长从县中弄到的模拟高考试卷。其实，你们两人都可以考到高分，可你们同时犯了一个错误，做完后就没有认真仔细逐条逐字地检查一遍。你们答题的速度较快，有空余时间一定要复查。注意，高考只要求准确，并不要求速度，速度再快，题答不对是没有用的。千万要注意，有时间必须要检查一遍，你们检查到一点错误，改过来了，就会增加一分或两分。高考可是一分能压千人啊。"

迟秀香和迟堂香点头答道："林老师，我们记住了。"

林育才望着迟堂香说："堂香，你看你是不是请几个月的假，就在家里复习，我们也可以经常来帮助你、辅导你。高考可是人生重要的转折点啊，也是人生中关键的分水岭啊。"

迟堂香心有余悸地说："林老师，我非常感谢你的关心。我想我的工作不能停下来，现在找一个工作很不容易，万一我考不上，又丢了工作，那就得不偿失了，损失就大了。我也不能请假在家复习，你看我家就只有爸爸一人拿工资，我请假了就没有工资，爸妈的负担就更重了。所以，我还是决定边工作边学习。我保证完成你交给我的学习任务。"

林育才说："堂香啊，高考前的复习本来就是很辛苦、劳神的事。你一边工作一边复习，太辛苦，太劳累了，你能吃得消吗？"

迟堂香说："林老师，朱校长，你们放心吧。我一定以满香为榜样，她边种田边卖菜能坚持下来，我也能坚持。"顿了顿继续说，"林老师、朱校长，我准备每个星期日都回来，希望你们能够每个星期日进行辅导、考试，同时给我布置下周的学习计划，我就感激不尽了。"

林育才被堂香的学习精神感动了，他揉了揉眼睛说："堂香，好，就按你的计划进行，我想问一下，你考上后想学什么专业？"

迟堂香说："我想好了，我学习设计，艺术设计方面的知识。"

朱校长说："好，这是个好的方向，好的专业。"朱校长转过头问秀香，"你想学什么专业？"

迟秀香想了想，说："我想学文学专业，将来当个作家。"

朱校长笑哈哈地说："有志气，你是人小志大啊。将来成名了，你别把我们忘了。"

迟秀香说："你和林老师是我的老师，不会忘的。"

迟秀香天真无邪的话语，引得大家哈哈大笑起来。

迟志来一手端着一碗菜，说："好了，放桌子，开始吃晚饭了。"

第二十九章　多做好事，不能再做坏事了

地处水乡的边镇，因为有水，因水而美，美就美在边镇水。不但小路四通八达，而且水上有白帆，每到夏天，有些河水的水面上，青翠的荷叶密密麻麻地浮着。荷花的样貌，清丽、艳而不妖，满河层叠的绿意，让暑气尽消。在河里最浪漫的赏荷，不过于撑一叶小舟，驶向荷花深处，真是"人花两相依，低头弄莲子，雾露隐莲影，今夕何夕，默语莲心，相轻而心"的情意。小鸟蜻蜓，蝴蝶飞翔在红花绿叶上，荷花摇曳在河水中，如入瑶池仙境了。

在徐徐的清风中小舟行进，看着河中荷花竞相开放，空气中偶然飘来缕缕的幽香，你会感觉到前所未有的清新。岸上杨柳依依，人如入画，一派田园风光。

然而，如此美丽的自然风景，段修虽从它们边上过，却没有入心，没有一点儿知觉。段修正坐在县城开往边镇的轮船上，轮船已进了边镇境内。她趴在窗口，眼神呆滞无光，脸上全是阴霾，没有表情，甚至脱了光泽，心事重重的。段修心中隐隐作痛，她愿意担负这样的凄凉和孤独，就是因为心中有恨意。她的恨意就是郜明终于不听自己的话，虽然与郜明同床了这么多年，共枕一个枕头，就是没有做过同一个梦，全都是异梦。这是为什

么？自己在少女时代曾经那样爱他，不顾一切地爱他，他曾经是自己心中无比坚强的后盾。段修的手指在窗上划来划去，她的内心在激烈地斗争着，她觉得郜明的人生思维出了问题。在这个世界上，谁不为官拼命，为钱而争夺？人来到这个社会是干什么？是在穷苦的度日，还是要享受欢乐过好每一天？我要你去争个官当当，难道是我错了？自己一点也没有错，是郜明错了。可他又死不肯认错。

段修很纳闷，心中空空的，了无滋味。她想不通，怎么也想不通。她认为这是命运，眼前的美景、城市的浮华，一切的一切，就好比华丽的衣裳被脱去，就像镜中花、水中月。

段修拎着两个包，无力地敲着家门。屋里段师娘听到了敲门声，放下手中正准备替段奇倒水的热水瓶，赶忙向大门跑去。打开门，段师娘看到段修沮丧而落魄的神情，感到意外和惊愕，她刚想问什么，嘴还未起动，段修已挤进门内，急匆匆往屋里跑。

段师娘紧追其后，她已经预感到，段修回来不会有好兆头。

段修放下手中的包，说："妈，我还没吃呢。"

段奇坐在门口的椅子上抽着烟，晒着太阳，问："段修，你一个人回来的？"

段修说："是的，一个人回来的。"

段师娘盛来一碗粥，又拿了一只咸鸭蛋给段修，段修一边吃着，段师娘婉转地问："郜明和孩子怎么没回来？"

段修沉吟半晌，只顾着吃。

段师娘喃喃自语道："妈妈想看外孙，妈还没有看过外孙呢。"

段修把筷子往桌上一放，然后生硬而直截了当地说："我和郜明离婚了。"

段师娘心一颤，事实比她预想的严重多了，她原以为夫妻之间的争吵斗嘴，想不到事情发展到这种地步。她还不甘心地说：

"你已经定了？"

段修说："法院已经判了。"

段师娘不由自主地"啊"了一声，觉得头昏目眩，一只手扶住了桌角，才勉强撑住了身体。

段奇狠狠地吸了一口烟，将烟头扔了，又从"飞马"牌香烟盒里抽出一根点上，他轻声但包含压制的怒气喊道："段修，你拿个凳子坐到我这里来。"

段修有气无力地坐在段奇旁边。

段奇问："离婚是你提出来的吧？"

段修答："嗯。"

段奇控制住心中的怒火，声音很沉闷，说："你怎么就不跟我和你妈商量呢？最起码也应该告诉我们一声吧。"

段师娘哭丧着脸说："这么大的事，你说离就离了。唉——"

段修说："我实在与他无法再过下去了。"

段奇吸了一口烟，接着又咳嗽起来。段师娘走过来捶着段奇的后背。

段奇说："郜明是个好人啊，你肯定是嫌郜明没有做官！我可告诉你，你想再找比郜明好的已经没有了。"

段师娘说："你就是有天大的矛盾也不应该离婚啊，我那可怜的外孙，我还没有看到就又成了别人的外孙了。"

段奇说："这是命啊，命中注定如此。"

段修反问段奇："爸，你不是说不要相信命，都是迷信，要靠自己拼搏吗？我就是要郜明去拼，去搏的，我到现在也想不通我哪儿错了。"

段奇深深地叹了口气，说："有些东西你还不懂，强扭的瓜不甜。你说说看，桃树上就不长梨子，梨树上也结不出桃子。莲花下面只能是藕，绝不是菱角。郜明就是郜明，你错在没有把郜明当作郜明，你是把郜明当作了能在外面呼风唤雨、顶天立地、出人头地而你跟在他后面风风光光的那种人，可那不是家庭，不是夫妻之间的真实生活，那是在演戏。"

段师娘替段奇茶杯里倒满了水，段修沉默不语。

段奇喝了口茶，继续说："现在家里没有其他人，就只有我们三人，我打开窗户说亮话吧。'文化大革命'我藏了不义之财。一次，段修你在找衣裳时看了一包首饰，就是抄来的。这是一笔财富，一笔很大的财。自从我退下来，坐在这椅上，我就想啊，天天想啊，看啊。我想得最多的，我现在已经不如那矮墙隔壁的人家了，你知道为什么吗？"

段修和段师娘惊恐地望着段奇，问："为什么？"

段奇又喝了口茶，说："那包首饰黄金不应该是我家的啊，是不义之财啊。俗话说，得了这种不义之财，会要遭到报应的。你们看看，现在我们已经不如人家了。"

段修从鼻子里哼了一声，说："怎么不如他家，瘦死的骆驼比马大。"

段奇也从鼻子了哼了一声，瞪了段修一眼，说："你真是鼠目寸光。人家的女儿个个有出息，一步一步往上走，而我家的呢？你哥结婚这么长时间，至今没有生孩子，人生不孝有三，无后为大。你呢？又与鄯明离了婚，中年失夫，没有了家，也是人生中的不幸啊，即使有再多钱又有什么用呢？农民中有句俗语，叫作'养儿胜过父，要田干什么？'人家孩子一个个有出息，比黄金、金钱、权利更好，有真本事才是长久的，永恒的，而靠父亲的钱、权，只能是一时的，短暂的。"

段师娘凝神注视着那堵矮墙，听了段奇的话，她深有感触，触动了她的神情。是啊，就这一堵齐胸的矮墙，怎么就是两样呢？

段资和孙阳一起到菜场买菜回来了，段资手里拎着一个篮子，孙阳手里拎着一个小篮子。

孙阳看到段修后，一下子收敛了笑容，没有进屋先进了厨房。

段资走过来，表现得有些亲热地问："段修回来了，怎么不把郜明和我那小外甥带回来呢？"

真是哪壶不开提哪壶，段修没接他的话，段师娘赶忙上来打岔说："段资，没事你就到厨房去。"

段修想，离婚了，想瞒也瞒不住，不如早点说出来，心里反而痛快，便说："妈，你别瞒他。段资，我离婚了，没地方住，回到家里来住，我不走了。"

段资惊叫道："啊，你离婚了？"

段修说："是啊，离了。这个家也有我的份。"

段资惊讶的脸色又转成诧异，说："段修，你不会是用的苦肉计吧？"

段修瞪着段资反问："什么苦肉计，我不懂。"

段资说："嘿嘿，这一招电影上经常有的，你是不是看中了家里的财产，与郜明办个假离婚，等家产分到手了，你再回去享福。这一招别在我这儿演。"

段修气得横蹬鼻子竖瞪眼地说："段资，是不是电影放多了，心眼也多了？"

段资嬉皮笑脸地说："段修，这种方法电影里多着呢，不是什么新鲜玩意儿。"紧接着又阴阳怪气地说，"段修，你想要多少就直说，别弄得骨肉分离的，离开孩子，离开丈夫，为了几个钱多难受啊！"

段修肺都气炸了，脸涨得通红，急得发抖地说："你、你、你，你真不是个东西。"

段资还想说什么，被段奇猛地吼道："段资，你别说了。"

段资说："爸，你别冲我发火啊，我是想保住段家的财产，肥水不流外人田。嫁出去的女儿，泼出去的水，她凭什么来分我的财产？"

段奇将茶杯往地上一摔，说："你看看你们，哪儿还有一点人情味，手足情？我还没有死呢，你们就为这点儿家产争吵，你们长点儿出息好不好。你们学学人家迟满香就好了。"说着，流下了两行泪水。

段师娘把段资推到厨房里，说："段资啊，段修是真离了，她心里不好受，你爸和我心里都难受着呢，你还这样说，你爸能不发脾气吗？"

段资淡淡地毫无怜惜地说："我才不信。"

段师娘说："你信也好，不信也好，这事你就别提了。"说完，走到孙阳跟前，"孙阳，你可千万别生气啊。"

孙阳脸上掠过一丝不易察觉的笑，说："妈，我才不生气呢，我要是生气，早该气死了。"

段师娘说："乖，孙阳你是个乖孩子，不要跟她计较啊，一切有妈、爸做主。"

段师娘重新拿了只茶杯给段奇放了茶叶，泡上茶端给段奇。

段奇说："你看看，这就是我们的家庭，这就是我们的孩子。家门不幸，家门不幸啊。"

段师娘把段修拉到段梅霞的房间，说："段修啊，你们兄妹、姐妹的都是妈妈身上掉下来的肉，妈这么多年也不容易，你先跟梅霞一起住着。这段时间呢先歇歇，没事呢，你愿意就帮妈做做家务，不愿呢，就出去转转玩玩，或者陪梅霞一起玩都行。千万不要惹你爸生气，你嫂子呢也不能生气，一生气就怀不上孩子。医生说，这段时间是孙阳受孕最好的时光，我们总要为段家留下根啊。"说着说着，段师娘的泪水从眼里涌了出来。她继续说，"就算妈求你了。"

段修说："妈，你都听到了，我不需要他同情、安慰，可他竟说出这种话来，我这心里冰凉冰凉的。"

段师娘说："你哥他就是这脾气啊，他说过也就是说过了，你们是亲兄妹，难道还为这点小事记仇。"

段修说："妈，我听你的。我以后不跟他们吵了。"

段师娘说："对，对，好，这就好了。你歇着，妈去烧饭了。"说着转身就往外跑，正巧与气冲冲闯进房的段梅霞撞了满怀。段师娘一把拉住了门框才没有倒下，说："梅霞，你忙什么事？"

只见段梅霞捂着脸，冲进房间，没有理睬段师娘，趴在被子上呜呜地哭着。段修望着段师娘，段师娘望着段修，都不知发生了什么事。

段修扶着段梅霞的肩，问："梅霞，发生什么事了？"

段梅霞把肩一抖，继续哭着，声音越哭越大。

段师娘和段修面面相觑，一脸的狐疑。段师娘又走上前，弯下身子，轻轻问道："梅霞，发生什么事了，能告诉妈妈吗？"

段梅霞哭得更加伤心了，似乎痛苦了，双肩抽搐着。

段师娘拿了条毛巾过来，说："梅霞，先把脸擦一下，有什么话跟我说。"

段梅霞双肩一抖，还是伤心地哭着。

段师娘一脸的憔悴和无奈，甚至是绝望了，她的心碎了，她从心底都感到一阵冰凉。老天啊，你惩罚就惩罚我吧，你为什么要这样折磨我呢？我做了坏事，段奇做了坏事，你不能惩罚到我们下一代身上啊！老天啊，保佑我们啊，保佑我们的下一代，从今以后，我只做好事，不做坏事，不能做坏事了，做坏事是要遭报应的。

段修扶着段梅霞坐了起来，用毛巾替梅霞抹掉了脸上的泪水。段梅霞的情绪稍微稳定了。

段师娘心平气和地问："梅霞，什么事这么伤心？"

段梅霞一边抽搐着一边说："我没有考上，他们家两个又考上了。"

段师娘问："哪家？"

段梅霞说："就是矮墙那边的，今年，她们姐妹都考上了。"

段师娘问："咦，他家不是有一个姑娘在城里服装厂上班的呢？"

段梅霞说："她一边上班一边复习。我们学校的朱校长、林老师帮助她们复习、补课，所以都考上了。"

段师娘说："朱校长、林老师？"

段梅霞说："对。我听人说就是爸爸曾经经手过他们的事，差点儿送了命，那天夜里就是他们家救了他俩。所以，朱校长、林老师就非常帮他家。"

段师娘深深地感叹道："天啊，我的天啊，善有善报，恶有恶报，才几年的工夫，就应验了。"

段师娘从房间里走出来，她看着矮墙，看到矮墙的潮湿，看到斑驳的砖头，再抬头向四奶奶看去，用欣赏风景的心情看着四奶奶的家。

此时，段奇也坐在椅上凝望着矮墙和墙那边的人家，一堵矮墙，确实两重天、两个世界、两种人性、两种心情、两种观念，两种人生。

夏天去了，秋天的脚步声就听到了。水乡水面是"丛丛菱叶随波起，朵朵菱花背日开。"夏去秋来，天高云淡，真是水上有白帆，水下有红菱，不时有采菱人划着小船儿穿行在菱叶间，翻起翠绿的菱叶，寻找底下挂着的菱角，颇有点诗情画意。夏景去了又来秋景，大自然就是这样装饰着大地。

月亮悄悄地爬上了枝头，照得整个大地是那样柔和。段师娘刚刚躺下，就听到了敲门声。段师娘瞪大眼睛，凝神静听。家里才安逸了几个月，段修也陪着爸爸有事没事说着话儿，虽然孙阳看到段修不舒服，段修看了孙阳不顺眼，但正面的交锋已经没有了，彼此都不愿跟对方讲话。段师娘心想，你们不讲话也落得清静。可是这夜晚又有人敲门，段师娘心里想着该有什么事了。

"笃，笃，笃"，又敲了。

段师娘披起衣服下床，轻手轻脚地来到大门边，侧耳听着外面的动静。

门外，段素霞轻声地叫道："妈，我知道你站在门边，是我，快让我进家。"

段师娘赶忙打开门，段素霞手里抱着什么东西，一闪就进了屋里。段师娘把门关上，立即跟上段素霞。段素霞走进自己的房间，打开灯。一看段修和段梅霞已经睡了。

段师娘紧跟其后，看到段素霞手里抱的是一个包裹得紧紧的小孩。

段师娘慌慌张张地问："素霞，这是哪儿的孩子？"

段素霞说："是我生的。"

屋内，段师娘、段修、段梅霞都惊呆了。特别是段师娘，脸色苍白。她恐慌地说："是你生的？"

段素霞从容地答道："是我生的。"

段师娘的泪水凄然而下。原来，段素霞嫌睡在家里不方便，就在粮管所要了一间单人宿舍，平时也不怎么回来，有时还跟着季刚到县城一玩就是几天。段师娘是心中有数，但还是问："是谁的？你还没结婚就把孩子抱回家，也不怕人家骂？"

段素霞说："当然是季刚的。"

段师娘克制住心中的怒火，说："那你为什么不早点儿结婚？"

段素霞说："现在结不了婚，季刚在外面又找了个，把我甩了。"

段师娘悲怆地"啊"了一声，就瘫倒在地。

段修和段梅霞赶忙将段师娘拉起，段修还一边喊道："爸爸，快来，妈不行了。"

听到喊声，段奇赶紧从铺上爬起来，段资也从铺上爬起来。孙阳要起床，被段资阻止住了。

他们都赶到了段梅霞的房间。

段资说："妈，我送你到医院。"说着就背起段师娘。

段师娘从喉咙深处发出微弱的声音，说："别，别到医院，让我歇会儿。"

他们立即把段师娘扶到了段梅霞的铺上，段修放了一条被子在段师娘的身后，让段师娘半躺着。

段奇端来一碗红糖茶，一勺一勺地喂着段师娘。

段修接过碗，说："爸，我来吧。"

段奇怒目瞪着段素霞，吼道："脸都被你丢光了，还好意思抱回来！滚，抱出去，送走。"

段素霞可怜兮兮地抱着孩子往外走。

只听到段师娘猛地高喊道："素霞，别走，回来，把孩子抱回来。"

段素霞站在原地，一动不动。

段师娘望着段素霞说："来，素霞，把孩子给妈。"

段素霞缓缓地来到妈妈的身边。

段师娘接过孩子，笑眯眯看着孩子，然后抱在怀里，对段奇说："段奇啊，不管怎么说，素霞已经把孩子生下来了，也是一条生命。把这么小的孩子送出去，也是作孽啊，我们要多做好事，不能再做坏事了，把孩子留下来吧。"

段奇"哎"的一声长叹，说："你说怎么办吧？"

段师娘喝了一口糖茶，说："我想呢，素霞这一段时间不要出门，孙阳也不允许出门，孩子由孙阳和段素霞两人轮流带着。

等过了一段时候后，我们就说是孙阳生的，这样名正言顺，既能把孩子养好，又能保住素霞的名节。素霞毕竟是个姑娘家，以后还要嫁人。”

段资似乎有点难堪地叫了一声："妈，我总不能替人家养孩子吧！"

段师娘说："段资，你再想想有什么好办法呢？"

段资低下头无语。

段师娘劝慰道："段资啊，这毕竟是你妹生的孩子，也是你的亲外甥，你是他亲舅舅，怎能是替别人养呢？"

段奇说："也只能这样了。"

段师娘说："这件事只有我们家里人知道，不能在任何场合任何人面前谈到这件事，家丑不可外扬。"

第三十章　虽然困难，但很幸福

　　暑假期间，迟玉香和迟满香放假回来，就一直没有停过。她俩到自留地种菜、摘菜、卖菜，就是不让妈妈插手。迟秀香在家里做家务，田里的活儿和卖菜的活也不要秀香做。堂香是刚刚才到家的，她一直上班到临开学才与厂里结清了账目。

　　四姐妹又在家里集合了。四奶奶为她们每人准备了一个包，把四双刚做好的新布鞋分别放到四个包里，嘴里喊道："堂香，你过来。"

　　迟堂香走到妈妈身边，问："妈，什么事？"

　　四奶奶拿出三双布鞋，说："这是我给你大姐、姐夫，还有高伟华做的鞋，你拿去寄给他们。"

　　迟堂香说："妈，姐夫他们发鞋，都穿的是好的新的球鞋，你以后别给姐夫做了，你歇着不行吗？"

　　迟秀香说："堂香，你能把妈妈说服了不给姐夫做鞋子，我这一辈子都服你。"

　　四奶奶说："就你们两个嘴硬，话多，你们都是妈的孩子，我给你们每人都是一双。喔，你有了，他没有，这不公平。"

　　迟堂香说："姐夫穿不着这种鞋。"

　　四奶奶说："穿不到我也给他做，该是他的，妈要给他。又不要你们做，你们操什么心。"

迟堂香说："你做了他不穿，不是浪费吗？"

四奶奶说："堂香，你寄不寄？"

迟堂香说："好，我寄。妈，你别生气，我现在就去寄。"

迟秀香在旁边捂着嘴直笑得弯下了腰，开心地望着迟堂香。

迟堂香鼓着嘴说："真拿妈没办法。"

迟秀香笑哈哈地说："我说的吧。"

迟堂香不服气地拉着迟秀香说："走，你别闲着，跟我一起去寄。"

姐妹俩欢快地奔出了门。

迟志来在柜台里抽着烟，看着两个丫头嬉笑地出去，喊道："你看你们俩，哪像个姑娘家的。快去寄完了就回来。"

迟秀香做了个鬼脸，然后规规矩矩地和堂香一起向邮局走去。

菜场上，迟玉香、迟满香正忙着卖菜呢。满香拿着秤称着，玉香一边算账一边收钱。奇怪的是，其他的菜摊就没有她俩的菜摊忙，有些大嫂大妈就是愿意慢慢等，并且都不急着买菜，好像就是要来看看她俩。

一位大嫂一边拣着一边说："满香啊，暑假回来也不歇歇。"

满香说："妈一个人在家，平时我们又帮不上，放假了帮妈妈做点儿活。"

大嫂说："你是大学生了，还做这种活？"

满香说："不管是什么生，我帮助妈妈做点儿，心里舒坦，再说我也做惯了。卖菜又不是什么丢人的事。"

有人议论："这个迟志来真是有福，养的姑娘这么懂事。"

"四个姑娘都是大学生，真是祖坟上冒青烟了。"

"迟志来生了五个丫头，一个丫头嫁给了军官，四个丫头考上了大学，这在边镇都是很少的，这才是光宗耀祖。"

"人家五个丫头，是五朵金花。"

"你们看，考上大学了，放假回来还帮家里卖菜。还是个全县的状元，这样的孩子多养几个才好呢。"

"这是迟志来的福分。"

这时，有个顾客挤到前面说："其他人的菜我不买，我就是要这家的菜，我儿子明年考大学，我也要沾沾迟志来家的喜气。"

引起大家的哄笑。

有人说："是啊，儿子结婚，我们就请迟志来、四奶奶做福爷爷、福奶奶，将来我们的孙子孙女也都成为大学生。"

有位近六十岁的老人说："你儿子还小呢，我儿子今年过年就结婚，还是让我先来吧。"

又引起大家的哄笑。

迟满香、迟玉香也抿着嘴笑着。

这时，有人叹了一口气，说："只可惜，迟志来生了五个姑娘，要是再生一个儿子，才叫儿孙满堂。做福爷爷、福奶奶就没得话说了。"

有人反驳道："去，去。什么思想啊？时代不同了，男女都一样，要是都像迟志来家的姑娘，我养十个也不嫌多。"

"是啊，个个漂漂亮亮，个个有出息。养个没出息的小伙，吵架生气，把人都气死了。"

"对，你们不请我请，我就要请迟志来、四奶奶做福爷爷、福奶奶。人家大姑娘生的儿子白白胖胖的，多神气啊。"

有人抬杠说："你请人家还不一定去呢。"

"人家志来人好，只要我诚心，就能请到。"

迟玉香、迟满香也不顾人们怎么去议论，她们只顾卖菜，收钱，心中乐滋滋的。

此时，只见迟堂香急匆匆地跑来说："玉香、满香，快收起来，爸叫你们俩赶快回家，今天不卖了。"说着就帮着把菜往篮子里装。

迟志来店的柜台上，林育才夫妻俩和朱祥和正在谈着什么。

迟志来一脸的不高兴，四奶奶急得没了主意，只是嘴里不停地说："这怎么好，这怎么好，怎么不早说呢？我拿什么东西给你们呢？"

朱祥和说："志来，我和林育才夫妻非常感谢你的救命之恩，我们是永生难忘的。我们本不想告诉你的，我知道告诉你，你一定要准备这准备那，所以，我们才一直等到现在才告诉你。不告诉你就太不近人情了。滕书记准备好了，小快艇送我们去县里报到。"

迟志来说："你们能不能不走呢？"

朱祥和说："不行，县里已经决定，我们今天必须要到县里报到了。"

林育才说："志来，我们是好朋友，也不应再瞒你了，去年县里就要调朱校长到县中做校长。他说，一定要等到今年秀香和堂香考上大学再走。我是准备留下的，可朱校长一定要我去……"

朱祥和说："林老师与我共患难，同生死。又是教学中的好手，我当然要带着他。"转身看着迟玉香、迟满香、迟堂香、迟秀香，他在姐妹四人的肩上爱怜地一一拍着，止不住的泪水流下来了，姐妹四个也流下了感激的泪水。

迟志来对四个丫头说："还不感谢你们的校长和老师！"

四姐妹都很真诚地弯下了腰，向朱祥和、林育才夫妇深深地鞠躬。

四奶奶说："怎么说走就走呢，连饭都不吃一口。我拿什么给你们带走呢？"说着，她将店里收的鸡蛋一个一个拾进一个小竹篮里，递给迟玉香。

朱祥和说:"志来、四奶奶,我们走了。"说着,和林育才夫妇弯下腰,向迟志来和四奶奶鞠着躬。

四奶奶说:"快起来,快起来,我怎担当得起啊。"

朱祥和、林育才夫妇抬起头时,已经是满眼盈泪了。然后,他们走出了店堂,向码头边走去。

迟志来紧追其后,要为他们送行,四个丫头紧随着迟志来身后,他们一路跑着一路说着,难舍难分。

小快艇已经在码头边发动起来,快艇的屁股后面"扑扑"地冒着青烟。当朱祥和、林育才夫妇跨上小快艇时,迟玉香将一篮子鸡蛋送给他们,迟满香将没卖完的蔬菜全部给了他们。

迟玉香说:"老师多保重,学生永远记住你们。"

朱祥和对她俩说:"你爸、妈是善良忠厚的爸妈,你们要好好孝敬他们。"

小快艇离岸,向着县城方向开去,迟志来在岸上追着,四个丫头也跟在后面追着,向着小快艇挥手。艇上的朱祥和、林育才夫妇也向他们挥手,只见白浪翻滚,小艇乘风破浪,越开越远,直到消失在视线里。

四奶奶站在柜台内,看到迟志来他们回来,着急地把手里一个信封递给迟志来。

迟志来边接信封边说:"这是在哪儿的?"

四奶奶说:"就压在这包香烟下面,你们走了,我整理柜台时发现的。"

迟志来问:"里面是什么?"

四奶奶说:"我哪里知道,我没敢拆。"

迟志来撕开信封,抽出一看,是一沓人民币,并掉下一张纸。

迟玉香拾起纸条,打开:

志来、四奶奶：

你们好！

我们就要调到县城里了，来到这个小镇，就只有你们家是对我们最好的，是我们最信赖、最真诚的朋友。我们能有你们这样的朋友知足了。"人生得一知己足矣"。从你们身上，我们学到了一种怎样做人的高贵品德，这是我们终身受用的。

志来、四奶奶，我们就要走了，这也是没有办法的事，县里说，要把我们县的教育搞上去，要把高考和升学率抓上去，为我们县培养更多更好的大学生，对我县的建设和发展都是很大的帮助，因此，我们只好服从安排。我和林老师认为，你家四个孩子都正在上大学，这样的负担对一个家庭来说是很重很重的，你家又不富裕，所以，我们就凑了分子，给每个孩子每人一百块钱，请你一定要收下，就算我们给孩子们考上大学的贺礼，就算是我们为孩子们送行吧。

志来、四奶奶，你们养了一群好女儿，我们为你们高兴，祝福。她们是金光闪耀的五朵金花、是永不凋谢的金花。

友：朱祥和、林育才夫妇

迟玉香一字一句地读着，早已哽咽了。迟志来的眼角湿润了，一动不动地坐在那儿，心潮澎湃。他从柜台角上，把压在火柴盒下的半根烟拿起来，点燃，慢慢吸了起来。

四奶奶说："这个朱校长，怎么这样呢？把我们家四个丫头培养成了大学生，还给我们钱。"

迟志来吐出一口烟，说："你们都听到了，也都看到了。你们要永远记住人家对我们家的好，特别是我们家现在正处在困难的时候，有人帮助我们一把是多么的不易啊！"

四个丫头都点了点头。

迟玉香说："爸，妈，你们放心，我们个个都会记住的。"

迟满香、迟堂香、迟秀香都答道："嗯。"

"四奶奶。"张建东在他们身后喊道。

随着喊声，迟玉香转过脸来，诧异地看到张建东背着一网袋青草站在柜台外。

迟玉香喊："张建东。"

张建东低着头说："迟老师，我给你家送猪草的。"

迟玉香、迟满香、迟堂香、迟秀香都不解地望着妈妈，四奶奶说出了原委。

迟玉香笑盈盈地摸着张建东的头，说："建东，谢谢你，谢谢你妈。"

四奶奶从糖罐里拿了几块糖塞到张建东手里，说："来，来，建东到家里玩一会儿。"

迟志来说："你们都到屋里去吧。"

迟玉香对张建东说："建东啊，我们家的猪卖了，以后不养猪了，你也别铲猪草了。"

张建东说："为什么不养猪啊？我能帮你家铲猪草。"

迟玉香说："我们没几天就都要离家去外地上学了，我妈、爸呢，年龄大了，所以就不养了。"

张建东转着眼问："那我能帮奶奶做点什么吗？"

四奶奶说："奶奶这儿没什么要做的，你以后就常到奶奶这里来玩，她们都不在家，你就来陪奶奶说说话。"

张建东说："我妈说，迟老师是好人，一定要帮你家做点什么才好。"

迟玉香说："建东啊，奶奶一个人在家呢比较孤单，你来陪奶奶说说话，就是帮我们做了事。"

迟玉香微微一笑，嘴一扬，说："'孤单'就是一个人在家里没人说话，很清苦。"

张建东似懂非懂地点了点头："哦。"接着双眼盯着迟玉香说，"迟老师，我想跟你借书。"

迟玉香问道："什么书？"

张建东说："就是考大学的书，我也要考大学。我妈要我向你学习，将来像你一样。"

迟玉香耐心地说："建东啊，我把书都送给你，不过，你要先把老师教的书上的内容全部学好，才能学我送给你的书。我替你把书用编号编好，你按顺序学，好吗？"

张建东说："好。我跟老师一样，我把书全抄下来，全背上。"

迟玉香问："你怎么知道的？"

张建东说："广播里是这样说的，外面的人也都这样说，说你学习用功。"

迟玉香抚摸着张建东的头，说："还必须要全部弄懂了。不懂就问老师，老师会告诉你的。"

张建东点头答道："嗯。"

四奶奶又从柜台里拿了几块饼干给张建东吃。

迟玉香把自己用过的书，一本一本地整理好，编好编号，放到一个塑料袋里，她又拿出自己原先用剩下的笔和本子，一起送给了张建东。

迟秀香也把自己用剩下的笔和本子一起送给了张建东。张建东看到这么多的本子和笔，高兴地笑着说："这下好了，下学期我有笔和本子用了。"

四奶奶眼角红红地说："建东，你差本子和笔就到奶奶这里来拿。"

这天，四奶奶正在和四个丫头谈着，拉着家常。

"四奶奶，四奶奶。"段师娘和段梅霞站在矮墙那边喊着。

　　四奶奶向四个丫头做着手势，示意她们不要讲话，自己起身向矮墙跑去。

　　段师娘满脸堆着笑，段梅霞也亲切地叫了声："四奶奶。"

　　四奶奶答道："哎，哎，梅霞成大姑娘了，越长越标致，好看了。"

　　段师娘说："四奶奶，我有件事想请你帮帮忙，不知你是否肯帮？"

　　四奶奶先是一愣，她请我帮忙，莫非她又要耍什么心眼吧，然后说："段师娘，你别拿我一个老太婆开玩笑，我能帮什么？你要拿什么尽管说。"

　　段师娘说："四奶奶，看你说的，我一站在这儿，好像就是拿什么东西。喔，你说起这事，我倒想起来了，我一直琢磨着，我们是邻居，这么多年了，拿了你家不少东西，我想把钱还给你家，我挺不好意思的。"

　　四奶奶确实没有思想准备段师娘会说出这样的话来，一时不知怎么回答，只是说："这、这，这就算了吧，这么多年了，我家也过来了。"

　　段师娘说："不管多少年，账总是要算的。"

　　段梅霞说："四奶奶，我妈拿了你家东西，就应该给钱，拖欠了这么长时间就更不应该了，四奶奶还是快把账算了吧。能欠给我家就是情了。"

　　四奶奶心想，这个段梅霞说话还在理儿，不像她姐、哥、嫂子，好像是欠他们似的，段梅霞的话还能暖暖人心，即使不给钱，心里也舒服。

　　四奶奶看着段梅霞，说："算了吧，就不要算了。"

　　段梅霞说："四奶奶。我很佩服你，你们家这么困难的情况，我家欠了你家这么多东西，我家又不缺这些钱，可我妈就是不给钱，我就看不惯，可你从来没有讲过、说过，自己咬着牙克服困难，我都看在了眼里，你们家还帮了那么多人，四个姑娘都考上了大学，这在全县都很少见。你家虽然困难，但比我家幸福好多倍，你才是最富有、最有福的妈妈。"

四奶奶说："梅霞，你快别这样说，我哪有什么福？"

段梅霞说："四奶奶，我们家具体的情况你不清楚。真的，我长大了，懂事了，你是很坚强的妈妈，我打心眼里敬重你。"

她们在谈着，迟志来让迟玉香去把四奶奶叫回来，不要跟那家人啰唆。于是，迟玉香走到妈妈跟前。

段师娘一见到迟玉香，立即眉开眼笑，说："玉香是大人了，长得又漂亮，是个大学生了。"

迟玉香脸上挂着笑，就像是没听到段师娘说话，悄悄地拽了一下妈妈褂子的角落。四奶奶没有反应过来，迟玉香在四奶奶的后面又使劲地拽了一下。

段梅霞欣喜地说："玉香，你真是才貌双全啊。"

迟玉香只是对她笑笑，没有回答她们的话，也没有客套话，她不想和她们闲聊下去。

四奶奶走到柜台边，把段师娘要还钱的事告诉了迟志来。迟志来不假思索地说："这还客气什么，还钱是天经地义，不要客气，让她家还钱。"

当四奶奶再返回到矮墙边时，看到迟玉香正从段师娘手里接过钱，只听段师娘说："这是八百块钱，你数一数，少了我们再给。"

迟玉香不客气地说："我也不知道是多少钱，也不知道我爸有没有记账，多了还退给你家。说着就回到柜台边，让迟志来算账。"

四奶奶不由自主地说："段师娘你太客气了。"

段师娘说："应该的，应该的。"

段梅霞说："四奶奶，我本人还有件事求你，与我爸妈无关。"

四奶奶说："梅霞，你别说求了，我这辈子最怕人求，只要我能办到的，我就帮你办。"

段梅霞说："我今年没有考上，我呢还想继续再考，准备再重读一年，能不能把玉香学习的书借给我看看。"

四奶奶说："哎哟，真是不巧，梅霞，前几天刚给玉香的一个学生借去了，你怎么不早说。"

段师娘、段梅霞的脸上一阵失望，沮丧。段梅霞甚至要掉出眼泪来。

四奶奶忙解释说："梅霞，是真的给玉香的一个学生借去了，你可不要认为是我不借。"

段师娘嘀咕着："怎么这么不凑巧啊。"

段梅霞的泪水像断线的珍珠，一滴一滴地往下滴，她哽咽说："这是命，命中注定就是这样。我就不应该生在这家里。"转身对段师娘说，"都是你们惹的祸，都是你们。"

四奶奶不懂段梅霞对她妈妈发火的意思和内涵，但她知道段梅霞是在着急，是在责怪段师娘。四奶奶心一软，便说："梅霞，你别急，奶奶给你想办法，我想办法跟朱校长借。"

段梅霞抹干泪水说："四奶奶，你好人做到底，我想到朱校长那个学校去上学。"

四奶奶受了段梅霞感情的感染，不由分说地答道："好，好，梅霞，奶奶答应你。"

段梅霞高兴地叫道："谢谢奶奶。"

迟玉香走过来说："段妈妈，不好意思，我爸算了，每笔账都记得清清楚楚，还差四百一十块钱。如不信，可查看。"

段师娘忙说："信，信。"说着又从袋里掏出钱数了四百一十块钱给迟玉香。

段师娘拉着段梅霞回到家里。

段师娘赶紧在观音菩萨的瓷像前虔诚地点上香，跪拜着，嘴里默默地念叨："要多做好事，不做坏事。"

段梅霞在旁边说："妈，要见行动。你千万不要再欺骗菩萨，心诚则灵。"

迟玉香拉着四奶奶回到了柜台，兴奋地抱着四奶奶，喜上眉梢。

迟志来气愤地责问四奶奶："你已经答应她了？"

四奶奶说："我当时心一软，就答应了。"

迟玉香说："我就知道，他们家主动还钱就没安好心。"

迟志来说："人家朱校长刚到县里去上班，就去找人家说情，我没这个脸去。"

四奶奶说："老头子，你别急，我们再想想办法。"

迟志来说："有什么办法想，我不去，你想想老太婆，以前是段奇把朱校长害得那样，现在叫我们去替他求情，这说得过去吗？真亏你想得出来。我都替朱校长抱不平。"

四奶奶说："老头子，你听我说。我看梅霞这孩子不像她姐啊哥啊嫂的，你别把人看扁了。能帮就帮她一回吧。"

迟志来说："其他人家我都可以答应去说说。"

四奶奶说："我已经答应她了，就算我求你了。你总不能让我家在别人面前说话不算数吧。"

迟满香在屋里喊："吃晚饭了。爸，妈，不要为了人家的事坏了我们家的情绪。先吃饭吧。"

刚坐下，端起饭碗。四奶奶替迟志来拈了一筷子菜，说："老头子，我知道你心中有气，可我家与他家也就隔了一堵矮墙，低头不见抬头见，还是帮一下梅霞吧。"

迟志来说："我就知道他家还钱没安好心。"

迟玉香说："爸，他家说还钱，我一点儿都没有犹豫，我说好啊。"

迟满香说："欠债还钱，天经地义。这么多钱，欠了这么多年，我妈、爸苦死了。舍不得吃好的，他们家倒好，天天吃好的，应该还。"

迟玉香说："对，哪有富人家欠穷人钱的道理。"

四奶奶说："你们这些丫头，人家钱还了，也该帮帮吧，你们也不帮妈妈说情，请你们爸帮忙。那个叫什么，什么肚里有条船的。"

迟玉香说："妈，那叫宰相肚里能撑船。"

四奶奶说："对，宰相肚里能撑船，老头子你是宰相，肚量大。"

迟满香说："爸，既然妈答应人家了，这个忙还是要帮的，这关系到我们家的声誉。"

四奶奶说："哎，满香说得对。他们家做了对不起人的事，由他家自己去收拾，我们不能做对不起人的事。"

迟志来说："你惹的事，你去找朱校长说情。"

四奶奶说："你这个老头子，我长这么大还从来没有离开过这个镇子。到了城里，东南西北都分不清了。"

迟秀香说："妈，你不能去，你在城里弄丢了，还不把爸爸、把我们都急死啊。"

迟堂香说："爸，还是你去一趟吧。"

迟志来说："老太婆，你这是发动群众，我还没有答应去呢。"

四奶奶笑嘻嘻地说："我们全家都要求你去，也是为了我们全家人的声誉，你是家长，一家之主，也是为了你的名望。老头子就去一趟吧。"

迟志来说："老太婆，绕来绕去的反倒成了我的事了。"他手里拿着筷子，一个个点着四个丫头，"你们这些丫头，怎么一下子都支持你妈，站到你妈那边去了。"

迟满香、迟堂香、迟玉香、迟秀香异口同声地说："因为妈说的有道理。"

迟志来说："好，好，我去，你们联合起来力量大，我没办法说服你们。我去，我去一趟。"

全家人都哈哈地笑了起来，欢乐笑声飞出了屋子，荡漾在小镇的上空。

第三十一章　五女拜寿

日月星辰，春夏秋冬轮回更替，一转眼五个春秋过去了。

迟玉香、迟满香、迟堂香、迟秀香大学毕业后，都分别留在了不同城市安排就业了。家里只剩下迟志来和四奶奶。

这天，迟志来照例起来，坐到柜台边，泡了杯茶，点燃一支香烟，慢悠悠地抽着，看着小菜场和大街上忙碌的人们。

随着改革开放的不断深入和发展，小菜场的菜已经比较丰富了，反季节蔬菜，鸡、鸭、鹅、猪肉随到随买，粮、油等物国家取消了计划，菜篮子丰富起来，大街上的行人也多了起来。好像小镇有了生机。

迟志来的这个小店也实行了经营承包，自主经营，自主进货、销售。说到底，迟志来是自己小店的老板了，等到了退休年龄，国家发给他退休工资就行了。

四奶奶在家除了把家务做好，服侍着迟志来，还到自留地种种蔬菜，就为这事，五个丫头没少跟四奶奶较量，争吵。迟金香在信中不知说了多少次，现在条件好了，你为我们操心了一辈子，该歇一歇了。迟玉香说，我们都不吃你种的菜，你为什么非要下地种菜？迟满香说，你只要把爸照顾好，你们把身体养好，比什么都强。迟堂香说，那么困难的日子都过来了，现在还种菜干什么？迟秀香说，妈天天下地，我们上班都没心上，总是牵挂着妈妈。

这么多的话，还就是迟秀香的话起了作用。四奶奶最怕丫头们分神，最怕丫头们把心放在她身上，影响了工作。于是，她对丫头们说，妈听你们的，妈在家闲着无事，又不做鞋子，不做衣服的，我就少种点田，散散心。

就这一来二去的口水交锋战，不知打了多少回，谁也没有说服谁，谁也说服不了谁。

但是有一个奇怪的现象，就是人们都喜欢到迟志来的店里买东西，有的闲着没事的老人，都喜欢到迟志来店里坐坐、谈谈、玩玩，打发着无聊的时光。让迟志来没有想到的是，他店里每月经营下来的收入，比他在供销社拿工资多了很多。所以，他又经常劝四奶奶不要下地去了，现在就老两口，自己做了自己吃，自己养活自己没有问题了，丫头们都不用负担了，她们自己都有出息了。可是四奶奶每次总是说，你这个老头子，孩子们在外面不苦啊？没有爸爸妈妈在身边疼着她们，热啊，冷啊，饱啊，饿的，没人照应我放心不下。我要为她们攒点钱，让她们的生活过得好些，还有将来有了外孙，外孙女的，我们要替她们想着。迟志来说，老太婆，你怎么还是这样呢，你要愁到什么时候？四奶奶说，天下的父母都是这样的。迟志来每次都气得没办法，只好说，听你的，听你的。

这不，四奶奶拎着一瓶烧得滚开的水放到柜台下面，说："老头子，这水是开的，你自己倒啊。"

迟志来见四奶奶又要下地去了，说："你早点儿回来。"

四奶奶说："今天，我把扁豆全摘了。要拿回来晒干，过两天寄给高清泉，他喜欢吃。"

迟志来说："金香不是来信叫你不要寄，他们那儿买得到吗？"

四奶奶说:"他们那儿的没有我弄的好吃,清泉喜欢吃我做的。"

这时,有位经常在店里玩的老人张福全走进店堂。四奶奶赶忙拿了张凳子给他坐下,说:"你陪我家老头子玩玩啊,我下地去了。"

迟志来抽出一支烟给张福全。

张福全说:"迟老板,今天,你别拿烟,吃我的烟。"说着从袋里掏出一包鲜红包装的"牡丹"牌香烟,抽出一支给迟志来。

迟志来笑着说:"老张,你发了,怎么抽这么好的烟。"

张福全说:"不是我发了,我托你的福。"

迟志来从柜台角上拿起抽剩下的半根烟,说:"老张,这么好的烟,我不抽,我还是抽我的低档烟,抽好的,我以后的日子不好过。"

张福全说:"老迟,这是喜烟,抽了腰不疼。是专门来请你的。"

迟志来盯着张福全问:"请我的?"

张福全说:"是啊。是我们边北村的支部书记让我来专门请你的。"

迟志来诧异地瞪大眼睛问:"是支书要请我?我一个开店的老头有什么请的?"

张福全说:"你先把我这支烟点上。来,来,先吃好烟。"

迟志来犹豫着。

张福全说:"抽吧,抽不死人的。"

迟志来接过烟,张福全替她点上烟,说:"支书的儿子要结婚,想请你做'福爷爷',请四奶奶做'福奶奶'。"

迟志来把烟举到半空中停住,一脸的惊恐,望着张福全说:"老张,你有没有搞错?"

张福全很镇静地说："没有。"

迟志来说："你是为了抽好烟，把头抽晕了吧，我们家能做'福爷爷，福奶奶'吗？你是取笑我，还是骂我呢？"

张福全哈哈大笑起来，按着迟志来的肩，说："迟老板，你先别激动，坐下来，慢慢说。"张福全抽了口烟继续说，"迟老板，你的意思我懂，你是说你家没有儿子，不适合做'福爷爷，福奶奶'。"

迟志来说："对呀，你知道的，为什么还要我去做？"

张福全说："我知道你家没有儿子，支书也知道你家没儿子，你这个又不是瞒着掖着的，全镇的人都知道，你没儿子，可是全镇的人都知道你是最有福气、最有福分的人。"

迟志来说："不行，这不行，我不能破了风俗，对人家主任不利的，我不去。"

张福全说："咦，人家主任不计较这个，你倒计较这个干什么？"

迟志来说："这不是给全镇人取笑吗？我没这个资格。不行，不行，还不把人家大牙笑掉！"

正在这时，边北村邹支书来了，他笑嘻嘻地先给了迟志来一根烟，说："迟老板，我想来想去，还是觉得我要亲自来请。说老实话，你是我们全镇公认的有福之人，现在生男孩女孩都是一样的，只要孩子有出息就行。迟老板，你的五个丫头个个才貌双全，人品好，不知有多少人在背后羡慕你，夸奖她们，都说，今后生个孩子能像你家的孩子就是福。迟老板，请你给我个面子，就看在我们是一个村的，本乡本土的好不好？"

迟志来脸急得通红，说："这，这……"

张福全说："迟老板，别再推辞了，就答应了吧。"

邹支书从袋里掏出两包烟给迟志来，说："好，迟老板，就这样定了，谢谢你，我替儿子谢谢你。"

一天，迟志来照例在柜台上忙着，顺理着货架上的物品。

"爸，我们回来了。"

迟志来将头转过来，一看是迟金香，抱着高伟华，高清泉穿着崭新的新式军衔制服，他已经是团级干部了，手里拎着两个大包。

迟志来真是喜出望外，说："你们怎么回来啦？"

迟金香没有回答迟志来的话，而是问："妈呢？"

迟志来说："你妈还能到哪里去，下地了，在自留地种菜。她一会儿就回来。清泉，你们先到屋里坐。"

迟金香说："不是不让她下地的吗？真让人担心。"

高清泉放下手中包，拔腿就往外走。

迟志来问："清泉，你到哪儿去？"

高清泉说："我去接妈回来。"

四奶奶正在自留地里清理着山芋藤，在扒山芋呢。高清泉三步并作两步一路小跑着，他看到四奶奶头上扎着一张毛巾，蹲在田里一锹一锹地挖着。

高清泉走到四奶奶身边，喊了声："妈。"随即蹲下，拿过四奶奶手里的小铁锹挖着山芋。

四奶奶激动万分地喊："清泉！清泉怎么是你，你怎么回来啦？走，清泉，回家，不挖了。"

高清泉不搭理四奶奶，低着头只顾挖山芋，把挖好的山芋一个一个地往竹篮里放。

四奶奶说："清泉，别挖了，我们回家。"

高清泉边挖边说："妈，叫你不要下地，你就是不听，我们都请假回来帮你种地了。"

四奶奶望着高清泉，笑眯眯地说："你这孩子，好，妈不种田了，回家吧。"说着便抢过了高清泉手里的铁锹，继续说，

"回去，回去吧。"

高清泉拎起一篮子山芋，和四奶奶一起走在回家的路上，人们看到一个年轻的军官和一位农村大妈是那样亲密无间，谈着，说着，笑着，真是一幅温馨的幸福图。

四奶奶一到家，看到高伟华，一把抱着，笑开了嘴："哎哟喂，我的乖外孙，想死外婆了。"说着笑着并亲着高伟华。

高伟华推着四奶奶说："婆婆，妈妈说你不听话。"

四奶奶说："乖乖，婆婆怎么不听话？"

高伟华说："婆婆，我妈不让你下地干活，你偏要去。"

四奶奶哈哈地笑着，笑得是那样开心，灿烂，她说："我的好乖乖，好外孙，婆婆以后不下地了。"

这时候，迟玉香和迟满香都分别带着男朋友回来了。他们一跨进门就喊："爸，妈。"

四奶奶一看，叫道："哎哟喂，今天都回来啦，你们是约好的吧。"

迟金香和高清泉从房里出来，大家亲热地叫着，搂着，家里热闹了起来。

迟玉香抱起高伟华说："侄儿，侄儿，姨妈抱抱。"

迟满香问迟金香："姐，你们什么时候到家的？"

迟金香答道："我们也是刚到家。咦，堂香、秀香怎么还没回来？"

迟满香说："快了，应该到了。"

迟志来问："你们约好了回来，也不告诉我和你妈，一下子回来，家里可没什么准备。玉香、满香，快去买点菜回来。"

四奶奶问迟金香："金香，你们约好了回来是什么事啊，也不预先告诉我，你看玉香、满香都带着男朋友回来，不好好招待人家，像话吗？"

迟金香说："妈，你别着急。玉香、满香找的对象都是大学里的同学，按照你和爸的要求，人好，学习成绩好，善良，聪明，都是知识分子。他们都是来给你拜寿的。你明天就是六十岁的生日，他们都是来祝贺的。"

四奶奶说："我不是跟你们讲过，你们工作忙，不要回来。你看我这冷锅冷灶的，我和你爸商量好了，是不准备办的。"

迟金香说："我们不告诉你，就是怕你担心我们要请假，要影响工作了。你呀，又要准备这个菜那个菜，最后呢，你却累了，所以，我们姐妹五个约好，不告诉你，都是提前一天到家。来，酒我们都带回来了，你歇着，我们去忙饭，忙菜。"

四奶奶说："你们这些鬼丫头。"

"妈，爸，姐，姐夫，你们好。"迟堂香一进门就拉着男朋友一起喊了起来。

四奶奶合不拢嘴地笑着："堂香，快进屋坐，进来坐。"

迟堂香进屋后，把一个六尺高的大蛋糕放到桌上，说："妈，祝你生日快乐。"

四奶奶指着堂香的鼻子说："你这丫头，也学坏了，也不告诉妈妈一声。"

迟堂香拉开包，拿出了两套衣服，说："这套是给你的，这套给爸爸的，都是我亲手做的。都穿上，今天就穿起来。饭、菜不要你忙，有姐和姐夫他们忙去。"

四奶奶说："你们个个都在外面工作，都忙死了，到家了该歇着，让我来忙。"

迟堂香说："妈，他们带回来的菜，你不会做，给他们自己做，你别烦了。"

迟秀香手里拿了一个大蛋糕急匆匆地进门，举起了蛋糕说："哇，我回来了，大家好。"

四奶奶说："你看你，疯疯癫癫的。"

迟秀香依偎着四奶奶撒起娇来，娇嗔地喊："妈——"叫完后，她拉着男朋友催着，"叫呀！"男朋友红着脸，含羞地叫了声："妈。"

四奶奶笑眯眯地说："哎，哎。坐，快坐下。"

迟志来把圆桌面拉开，高清泉喊："开饭啦，准备吃饭。"

迟金香、迟满香帮着将菜端上桌子。

四奶奶说："坐，坐，大家都坐。"

四奶奶和迟志来两人都穿着新衣裳，坐在上席，一家人围着坐下。

四奶奶要抱着外孙坐，迟金香说："妈，你今天是寿星，伟华也大了，让他坐在我这里吧。"

迟堂香把蛋糕搬到桌上说："大家为妈、爸许愿吧。爸妈，你们自己也许个愿。"

四奶奶笑哈哈地说："许什么愿啊，你们啊个个健康，下班在一起吃饭，孝敬你们的婆婆就像孝敬妈，把婆婆当作妈妈。谁没吃饭，另一个人帮着送去，在锅里焐好，谁冷了，另一个人帮着把衣服替他穿上。"

"喔。"大家一起鼓起掌来，一起向爸妈敬酒，夹着蛋糕。

四奶奶看着自己面前的蛋糕堆得满满的，夹了一块给高伟华，说："给我的外孙吃。"

高清泉说："你们几个都把男朋友带回来了，以后我们就是亲戚了，你们也介绍一下，以后我们走在路上遇到了也就认识了。"

迟秀香睁大眼睛指着高清泉，对身边的男朋友说："这是大姐夫，是解放军团级干部。"

迟金香说："秀香，你别介绍其他人，介绍自己的，按照从小到大的顺序，你先请吧。"

迟秀香说："好，我先来，他是……"

迟金香说："秀香，你坐下，让他自己介绍。"

迟秀香拉起身边的男朋友，说："好，自我介绍吧。向爸妈，这么多姐夫介绍介绍。"

秀香的男朋友站着，红起了脸，说："爸妈，我和迟秀香是同学，在省青年杂志社工作。"

四奶奶从袋里掏出一个红包给他，秀香的男朋友推辞着。

迟秀香说："这个要收下，你收下，这说明爸妈同意我们了，这是我们这里的风俗。"

秀香的男朋友兴奋而欢乐地收下了红包。

迟堂香的男朋友站起来，介绍说："爸妈，我是上海人，和堂香是大学同学，毕业后，就留在学校做教师了。"

高伟华吃着蛋糕，说："是大学老师啊。"他的惊讶，引起大家的一阵笑声。

四奶奶将红包递给堂香的男朋友，他接过后说："谢谢妈。"

迟满香的男朋友说："妈、爸，我和满香在一个医院工作，我们上班都在一起，下班一起回家。相互学习。"

四奶奶将红包递给他时，说："好，好。满香从小就很苦的。"

迟玉香的男朋友说："妈，爸，我和玉香也是同学，毕业后分配到了教育局机关工作。"

四奶奶也送给他一个红包。

最后，高清泉站起来向大家敬了一个个军礼。

四奶奶也将一个红包递给他，说："你这身衣裳一穿大家就知道。"

高清泉说："妈，红包我就不要了，我已经是老女婿了。"

四奶奶说："清泉啊，那时候家里穷，这个见面的红包，妈一直没有给你。欠你欠了这么多年，今天就一齐给你。"

迟满香说："我们再一齐敬爸妈，祝爸妈健康长寿。"

迟玉香说："快快乐乐。"

迟志来、四奶奶坐着，其他人都站起来了，他们把杯子全部举到迟志来和四奶奶杯前。

迟秀香说："这是五女拜寿。"

迟志来看到满桌儿女，内心特别温暖，甜丝丝的，脸上洋溢着红光，说："我和你妈都老了，你们还年轻，做夫妻也是前世修来的缘分，这么多男男女女的，就偏偏是你俩结合在一起，终身相守，这就是缘分。既然做了夫妻，不要在乎钱多少，权多大的，就是要能了解对方的缺点，谅解对方的缺点，就是同一个厨房里做饭、做菜，晚上在一起吃饭，然后呢，做着各自喜欢做的事，说着共同感兴趣的事。在睡觉的时候，悄悄说出希望对方能改变的事儿。"

四奶奶说："夫妻之间过日子，双方都要忍着点。有时一方还要受点儿委屈。夫妻之间受一点委屈也是无所谓的。我的这些丫头们，可不要让丈夫受了委屈，你们要是受了委屈，就告诉我，我来教训她们。"

迟堂香说："爸，妈，我们不会的。我一不为钱，二不为权的。我们就研究自己的技术。"

"迟老板，迟老板。"有人在柜台上喊叫着。

迟志来赶紧起来跑到柜台，见是邮递员，要迟志来在一张单子上签字，说："包裹。"

迟志来将包裹拿进屋里，他纳闷着。

迟玉香说："打开看看，是谁寄的啊？"

迟志来说："我不知道啊。"

包裹打开，是两条人造棉毛裤，还有一封信。

大伯、大妈：

你们好！

我提笔先祝你们六十大寿快乐。向你们拜寿了。我知道四奶奶过六十岁生日，我本想赶到家，可是有个临时紧急会议，就不能到你身边祝贺了。

五年前，要不是大妈为我劝说大伯去找朱校长，把我安排到县中上学，也许就没有我的今天，我非常感谢大妈大伯不计较我父亲作下的冤孽。说老实话，在请你们之前，我爸妈找了好多人，托了好多关系，想把我送到县中去复读，都没成功。那次，我也是抱着绝望后试试的心态向大妈讲的，谁知，大妈却认真给我办了，并且大伯去找朱校长后一次就成功了。后来，我想了很多很多，你们俩在一个小镇上无权无势无钱，你们却受到了别人的尊重，而这种尊重都是人们发自内心的、肺腑的、真诚的，这就是你们的人格魅力。你们这种人格魅力对我来说是终身受用，我就是从你们身上，从你的五个姑娘身上学到了艰苦奋斗、奋发图强的精神。大妈，大伯，你们是这个世界上最幸福的人，做你的女儿也是幸福的女儿，如果你们同意，我愿做你们的干女儿，请接受一个干女儿对你们的祝福吧："爸，妈，祝你们生日快乐。"我知道五个姐姐现在一定在你们身边为你们祝福祈祷，我也祝他们生活幸福、快乐。爸，妈，冬天快到了，我替你们每人买了一条毛裤，很暖和的。另外，我还寄了二百块钱给你们，你们查收一下。爸，你别抽那劣质烟了，买点好烟抽抽，但烟要少抽。妈，你不要下地去干活了，我们姐妹能养活你和爸的。

干女儿：段梅霞

四奶奶抹着眼角的泪说："这个丫头，也真难为她了。"

迟志来说："段梅霞像我家的女儿。"

高清泉说："爸，妈，为你们收了一个好的干女儿，干杯。"

全桌所有的杯子都碰到一齐，发出悠扬的碰杯声。每个人的脸上都充满了激情和兴奋，快乐和自信。

第三十二章 矮墙啊矮墙

太阳冉冉地从东方升起，超出了地平线，毫无保留地把阳光、温暖洒向大地的每个角落。太阳每天都升起，每天都是鲜灵灵的。迟志来仍然是每天开着店，太阳升起的时候，他就开始开店门，清扫店堂，抹着柜台。然后就是泡上一杯茶，点起一根烟，吃半根后，还有半根就摆到柜台角上，等会儿再吃，如果是半根烟，他就全吃了，反正他每次只抽半根烟，这是他多年养成的习惯，不，是一辈子的习惯，他说既过了烟瘾，又省了钱。

迟志来退休了，拿了退休工资，自己开着小店，开小店主要是消磨无聊的时光，能把无聊的时光变得充实起来，忙完这一切后，迟志来就坐在柜台内看着小菜场的热闹，看着来来往往的行人，这个菜场，这个街市，这个小镇的人，他已经看了半辈子。

小镇上的人都说迟志来最有福，说他气质好，六十多岁的人了，走路总是腰杆挺得直直的。女儿不知动员他和四奶奶多少次，要他们老两口到城里去居住，随他选择哪一户都行，可他和四奶奶坚持要种地一样的，就是不听丫头们的劝，就是和四奶奶一起住在这里。丫头们也拿他没办法。所不同的是，他现在喜欢养花养草，他说，这么大的房子，只有老太婆和自己太冷清，因此，要弄点花儿、草儿衬托一下，才显得有生机、生气。

迟志来所养的花儿都是农村里常见的，栀子花、月季花、菊花，这些花好生长，他的要求就是能保证家里每月都有花儿开放着，栀子花开过是月季花，月季花开过是菊花，特别是菊花，迟志来是情有独钟，有野菊花，朵儿小，晒干了可泡茶喝，有培育的菊花，就艳艳的大丽菊绽放出一朵朵海红，很是吸引人们的眼球。有时他还端一盆一盆地放到柜子上，戴上老花眼镜，穿着干净的中山装，坐在那把油光发亮的椅子上，腰却挺得笔直，抽着烟，看着街景，很是庄重，沉静，给人一种淡定、悠闲，但内心充实、强大、沉静的美感。

这么多的日子里，这么多年里，他真是平常心，心存高远，意守平常，身体而力行，小步终成千里。他是用另一种方法追求快乐而丰满的人生。静下来的时候，他会想到那刻骨铭心的疼痛，令他的脸色又增添了沧桑，下地割猪草、种蔬菜、扒山芋、纳鞋底的苦难日子，他不愿再想起，这么多年的酸甜苦辣一句话就被他带过，他说日子就是一天一天地往前过。

有时候，曾经的过去，他的心理落差也是比较大的，他又是平平淡淡地说，别人过一天，自己也是过一天。那时，他总是在心中鼓励着自己，要活着，好好地活着。

现在的迟志来，常常是上午要伺候着月季花、栀子花和菊花，要浇浇水，要把它们一盆一盆地拿到太阳光下照射，然后再用一根小木棒翻一翻盆里的土。下午，他又要捧着一杯茶站在花前仔细看着，有时还轻轻比弄着，要给栀子理枝，给月季树枝摆个造型。

迟志来喜欢治家，四奶奶喜欢收拾，他家的房屋都收拾得很清爽，窗明几净，来往的人又比较少，四奶奶每天都把家具擦一遍，家里显得特别安静，迟志来倒有了闲情逸致了，渐渐地已经有了一点隐逸之气。闲下来的时候，他还会翻翻那些唐诗、宋词之类的书籍，苏东坡的"无事此静坐，一日当二日。"

当然，要想静，并不是仅仅表现在环境上，而是一种内心的静。唐人诗云："山中习静朝观槿，松下清斋折露葵。"这对于生活与尘世扰攘中的人是不易做到的。其实，迟志来要的静，是另一种境界，不是孤独的静，不是不闻世事，而是"万物静观皆自得，四时佳兴与人同"。对于人间的生活充满了无限的兴致和乐趣。

历来的文人雅士都十分推崇陶渊明寄情"采菊东篱下，悠然见南山"的隐居生活。迟志来没有到深山老林去的条件，他只能在自己的房屋里修一座"南山"。他种了菊花，也采着菊花，喝着菊花茶，所以，他"悠然"了起来，安然自在。

四奶奶端来了一碗热气腾腾的面条，说："老头子，你要吃面，我给你下好了，吃吧。"

迟志来闻到了一股扑鼻的香味和胡椒粉末味，立即吊起了食欲。他把香烟摁灭，放到柜台的角落上，喝了口茶，漱漱口，端起面条"呼呼"地吃起来。

四奶奶接过迟志来的茶杯，替他倒满茶，放在柜台上。

迟志来问："老太婆，你吃的什么？"

四奶奶说："我吃了一碗粥。"

迟志来说："老太婆，生活条件好了，就别省了。"

四奶奶说："我不是省，丫头们这个城市一个，那个城市一个，我是担心她们，我一担心，油腻的东西就吃不下，就乏味。"

迟志来说："你又来了，生活条件好了，你担心，困难的时候你也是担心，丫头们大了，不要你担心了。"

四奶奶说："到了丫头那里吧，又担心着，又想着要回来。"

迟志来笑哈哈地说："这就叫少年夫妻老来伴。我喊你一声老太婆很容易，再喊你一声太太也不难，可是叫你一声老太婆，就是我一辈子的事，一辈子的坚守和承诺。"

四奶奶说："去，去，去。老头子，你也变得油腔滑调了。"

这时，供销社的李会计来到柜台上，递给迟志来一支烟，迟志来刚好吃完面条，点起了香烟。

李会计说："迟老板，我儿子结婚，请你帮忙，当我儿子的福爷爷、福奶奶。"

迟志来不紧不慢地问："李会计，你儿子哪天是正日？"

李会计说："后天。"

迟志来说："怎么都是后天。你是第三家来约我了。"

李会计着急地说："迟老板，你可千万要帮我这个忙，你若不去，我在儿子、儿媳、亲友面前也没面子啊。"

迟志来抽了一口烟，说："李会计，你放心，我和老太婆肯定去，你们三家都是在一天，我把你们的时间排一下，三家我都去。如果我能为你们的子孙带来福气，不管哪家喊我，我都去，为了全镇人的幸福，我一定去。"

段奇坐在天井里晒太阳，一张藤椅已经是油光发亮了。藤椅旁边仍然是一张凳子，凳子上仍然放着香烟，放着一杯茶。

穿过矮墙，他听到了迟志来和李会计的对话。他心潮起伏，心情平静不下来，他的心被尘世的扬尘、嘈杂的环境，被内心的欲望和虚荣催促着。迟志来的生活是多么充实、有意思。而自己呢？自己和迟志来比起来真是差得太远了。迟志来五个丫头个个都响当当的，在边镇提到迟家，都会竖起大拇指，人人都称赞迟家的"五朵金花"。

现在段奇已经苍老多了，脸上布满了皱纹，岁月的沧桑使他的脸上增添了愁苦和不安。段师娘给他端来一碗粥，说："你慢慢吃，我到河边去把两件衣服洗了。"

段奇微微地点了下头，微弱的声音说："去吧。"

段师娘刚出去，就进来个人，这两个人是段资的牌友。农村电影队已经名存实亡了，段资闲着没事，就在家打着牌，赌着钱，天天有牌友、赌友上门，段奇、段师娘为这事不知与段资吵了多少次，可是没用。段资说，他闲着没事，不打牌更是无事生非。更可气的是，段资赌钱时，有时差一个人，段修还主动地补上，段奇是看在眼里，急在心里，可又有什么办法呢？已经无能为力了，心力跟不上了。

有时，段资手气好赢了钱，就大鱼大肉地在家喝酒，输了钱又垂头丧气的，弄不好还要找碴儿吵架，闹得家庭不安，全家人的心情都不舒畅。

孙阳所在的食品站已经彻底垮了，连食品站的房子都已经卖了，孙阳失业了，段素霞所在的粮管所实行的是优化组合，段素霞被淘汰出局，一次性领了补助，下岗回家了。

两个牌友与段奇打着招呼，段奇头都没抬，只是"嗯"了一声。那两个牌友也不顾段奇的态度，径直往屋里走去。

只听到段资在屋里喊："段修，你快点儿好不好，我们三差一。"

段修刚起床，听到段资的喊声后，急急忙忙边跑边答应着："来了，来了。"

段资说："孙阳，去买几根油条、烧饼。"

孙阳拿着一个小竹篮就往外跑，一手挽着段素霞养的小孩，边走边对小孩说："走，跟我走，我买肉包给你吃。"

段素霞在铺上打了个哈欠，懒洋洋地伸了个懒腰。

段师娘到河边洗完两件衣裳回来了，她替段奇加满了茶。段奇接过茶杯，深深地叹了口气。这一声叹息，也深深地刺痛了段师娘的心，看到家变成了这个样子，段师娘心如刀绞，一阵阵的疼痛，她似乎已经哭干了泪水，再也哭不出来了，只是苦涩地笑，笑比哭还要难看难受。

段奇、段师娘都是不胜悲凉地相互交换着眼神，无奈，眼神中饱含心酸、冷峻和阴冷，甚至是失望。

段奇双眼盯着那堵矮墙，久久地凝望着，双眼的眼神集中到了一个点上，他呆呆地望着矮墙出神。矮墙啊矮墙，你隔出了两个世界、两种人性、两种命运、两种人心，两个天地。

后　记

　　经常行走在苏州的小巷子里，看到的是一幢幢苏州的老房子、老宅院。粉墙黛瓦龙脊的平房，开着豆腐干天窗，或者是老虎窗。没有目的地沿着苏州的小巷子走，深深感受到一种很少有的特别。走走，看看，真的又没有什么特别。

　　小巷子是干净的，院子是朴素的，空气是干净朴素的。还有那些坐在巷子里笑容可掬的老人，老人脸上闪着心灵的光亮，显现内心的力量和厚重。有了这些掉了牙齿的老人在，小巷又多了一种气息，这是一种深藏在小巷里永远抹不去的气息，他们是贴附在院子内的，同时又是在生活中的。每当走在小巷里，我都感受到这种气息，我会不断地品味着这种气息。

　　有人一提到苏州便是小桥、流水、人家、枕河，我却想到了那些老墙，老墙中那一堵堵矮墙，墙上长满了青苔，发出了一丝丝淡淡的青草香味儿，又饱含着一种气息。

　　于是，始终品味着这种气息，酝酿了五六年后，被小巷的气息浸透着，散发不了，却弥漫开了，渐渐地就有了《矮墙》。

　　二十世纪六七十年代的苏州，不知是哪个朝代的状院、官府、大户人家的院子都住进了老百姓，一个大院里的住着几十户人家，大房间一分为二，也有分为三间的，大家挤在一起过着日子，好好的"府"就被割成了七零八落的。在集镇上，大地主家的房子也分了。往往是一排瓦房六间或四间，在中间隔一堵齐腰的矮墙，以矮墙为界线，就是两户人家了。矮墙也成为苏州民间的一个特色了，应该是小桥、流水、人家、矮墙才是苏州一道风景。

矮墙两边就是两个天地，他们很俗，也很土，他们从不掩饰自己，他们各家有各家的心思，各家在社会中位置不一样，他们的观念、生活格式都是不一样的。

用"矮墙"作为小说名，写"矮墙"的小说，不是一夜之间想起来，而是一直在头脑中想，一直缠绕着我。于是断断续续写，写写停停。我写他们，是实实在在写他们的，写的是生活中真实的他们，但是一直拖拖拉拉地写。

慢慢地写了五六年的时间，到了二〇二〇年的时候，疫情来了。经历后，我有了死而复生的感受。这一段时间所发生的一切，让我们重新认识和理解了世界，也认识了自己，认识了周围的人，认识了矮墙那边的人家。

我常常一个人戴着口罩行走在苏州的大街小巷里，看到那些矮墙，盯着矮墙望。矮墙两边的人家已经都搬走了。一天，一只鸟儿在树上飞来飞去，后来便停在树杈上看着矮墙的两边，也许它觉得非常安静，就在我稍有悲悯之心的时候，鸟儿"嗖"一下飞走了，无影无踪了。许多东西就是这样，当失去的时候感到珍贵，在的时候没有当回事儿。我徘徊在矮墙边，觉得不是我一个人在徘徊，那是半个世纪的徘徊，那是一段难忘的生活记录。人已经走了，房子还在，矮墙还在，矮墙边的故事还在。我的这部小说应该叫《矮墙》。

我再次坐到了电脑前，继续把《矮墙》"砌"起来，那些人物跳到了眼前，老人衰老了，孩子们长大了。与笔下的人物相处久了，也熟悉了。他们都在生活中奔跑、抗争、寻找、反省。这里的故事，没有波澜，有了波澜也不惊，故事中的每一处细节都是生活中的，我做的就是把这些生活碎片连接起来成为一个完整的故事，在当下的生活追问人情、人性和思想状况。

写着写着，我又来到那矮墙边，看鸟儿自由飞翔，它多了生存能力。我的心里有很多答案，矮墙两边的孩子们也各奔东西了。他们的生活怎样，工作怎样，家庭怎样呢？一个个答案在头脑里，又在电脑里蹦出来，形成了文字。我要让下一代看到他们的长辈是如何生存与发展的，他们在追求，他们从来没有停止过。

把生活变成小说，有人乐于拿着望远镜，有人习惯使用放大镜，而我却选择了后视镜。对生活的观察采用的是一种"后视"的方法。对人生走过的路进行一次审视，在这样的世界里，作家的创作就是要把"来路"中美丑通过小说的形式慢慢释放出来，以达到指明今后走路的方向，把意义、色彩与生命力重新还给大多数平凡的事物。我是把一个无力挽回的遗失和一种陌生集中到了《矮墙》里，怎样从生活的蛛丝马迹中看见、认识并且呈现出难以言说的时代和历史意义。

在我这一部长篇小说里，人物在我的笔下都是鲜活的，我没有办法让他们走开，写到激情处的时候，我是跟着主人公走的，仿佛我和他们是朋友似的。我把他们平淡的却又充满活力的生活写出来。但是在写的时候，我一直又是忐忑不安的，生怕写不好。写完后只是放在电脑里，不敢拿出来给人家看，总是在修改。这次，在苏州高新区管委会宣传部大力支持下，在高新区文联的鼓励和帮助下，使我有了出版的勇气，感谢责任编辑在出版过程对每个细节的把握，我向他们及所有关心我创作的朋友表示衷心的感谢，有了你们的支持才得以把一部长篇小说奉献给读者，接受读者审视和检阅。

顾小平

二〇二三年一月于苏州